JN319505

# 幻の翼

逢坂　剛

集英社文庫

目次

# 幻の翼

『警察庁
稜徳会事件の捜査を打ち切り

大和田四郎警察庁長官と河村伸晃警視総監は七日、先月下旬都下稲城《いなぎ》市の稜徳会《りょうとくかい》病院で起きた大量殺人事件に関して記者会見を行ない、同日付で捜査を終了するとともに、本部を解散すると発表した。明確な理由のない突然の捜査打ち切りに、法曹界など各方面から批判の声が上がることは必至とみられる。

この事件は、身元不詳の〝殺人請負業者〟Aが警視庁公安部の室井玄部長、組織暴力団豊明興業《ほうめいこうぎょう》の野本辰雄専務ら計五人を殺害し、自らも若松忠久公安三課長に撃ち殺されるという異常な経過をたどったもので、背後に政治的な陰謀が絡んでいるのではないかと取《と》り沙汰《ざた》されていた。しかし事件の鍵《かぎ》を握るとみられる若松課長が、Aを撃った直後公安特務一課のB警部に射殺されていることから、事件の解明はきわめて困難とする見方が強かった。捜査本部が早ばやと解散されたことで、この危惧《きぐ》が現実のものとなったかたちだが、これをきっかけに公安警察に対する不信感が強まることは否定できない。

大和田長官は記者団の質問に答えて「これまでの調査から、若松課長が暴力団やAを手先に使って、左翼系の活動家や闘士を秘密裡《ひみつり》に〝処理〟するなど、警察官としてあるまじき行為を行なっていたことが明らかになった。今回の事件はAがなんらかの理由で、室井部長の暗殺を計画したことに端を発していると思われる。若松課長は豊明興業の社員にそれを阻止するよう命じたが、逆に彼らはAの手で返り討ちにあった。結局若松課長は、自分でAを始末せざるをえない状況に追い込まれてしまったようだ」と語った。しかしAが室井部長の暗殺を企てた動機については、今のところ不明であるとして確答を避けた。

一方河村警視総監は、事件当夜室井部長が稜徳会病院に入院中の長女大原香苗さんを見舞いに行き、物陰に潜《ひそ》んでいたAに襲われたことなど、改めて事件の経過を記者団に説明した。それによると、室井部長はAに喉《のど》を切り裂かれて即死し、同時にAもその場で若松課長に射殺された。そこへ警視庁のC監察官が来合わせ、かねて調査中であった若松課長の不行跡を厳しくとがめたところ、同課長はかっとしてC監察官に拳銃《けんじゆう》を向け、発砲しようとした。そのため同行していたB警部が、やむなく同課長を射殺したという。河村総監は、現場にはほかに警視庁捜査一課のD警部補と公安三課のE部長刑事も立ち会っており、以上説明した事実関係に食い違いはないと強調した。B警部の発砲についても、正当防衛が成立するので法律的にはなんら問題ないとしている。

また大和田長官は「七日現在で〝殺人請負業者〟Aの身元は判明していない。身分証明書もなく、前科記録もないので、身元をつきとめるのはむずかしいかもしれない」と語り、さらに治安上の見地からB警部以下警察官の個人名は公表できないと述べたあと、「若松課長の不始末については遺憾《いかん》に思っているし、責任も感じている。二度とこのような不祥事が起こらないように、警察内部の規律を強化したい」と付け加えた。政治的な陰謀が絡んでいるという噂《うわさ》もあるが、との質問に対しては、そのような事実はいっさいないと否定し、河村総監を促してそそくさと席を立った。わずか十分足らずの会見に、記者団から不満の声が上がったが、それ以上の談話は発表されなかった。

公安が絡んだ警察官の不祥事はこれまでにも多いが、ほとんどが闇《やみ》から闇へ葬られ、曖昧《あいまい》なかたちで処理されてきた。今回の事件もまたその例外ではないようにみえる。しかし本事件の背景には、十月下旬に発生した新宿の爆弾事件や、この十日に来日するサルドニア共和国のエチェバリア大統領の警備問題も絡んでいるといわれ、唐突な捜査本部解散に警察内部でも戸惑いを隠し切れないようだ。

稜徳会事件発生後ほどなく、駐日サルドニア大使館のイバニエス参事官以下、スワレス大使を除く大多数の館員がスペイン大使館へ亡命を申し出たことも、いろいろと憶測《おくそく》を生む要因になっている。エチェバリア大統領は予定どおり十日に来日する模様であるが、反政府組織が滞日中ひそかに暗殺を計画しているという噂もあり、今度の捜査本部解散はそのための警備態勢をにらんだ措置ともいわれる——』

海面は漆《うるし》を流したように暗い。

灯火を消した船上に人影が動き、黄日学は目を凝《こ》らした。妙にのっぺりした、ほの白い男の顔が闇に浮かぶ。

黄日学は吐息をつき、声をかけた。

「用意はできたか」

「ああ。いつでもいい」

相手の男は低く答え、デッキを滑るようにそばへやって来た。

黄日学は親指で肩越しにゴムボートを示した。

「まもなくエンジンが停止する。あとはあれに乗って上陸するだけだ」

男はうなずいた。

「世話になったな。もどったら張竜東によろしく伝えてくれ」

「分かった」

二人は黙って握手した。

やがてエンジンが停まった。舷《げん》に打ち寄せる波の音が大きくなり、急に冷気が迫ってくる。

黄日学は男に手を貸し、慎重にゴムボートを海面へ吊《つ》り下ろした。うまくはしごの下に来るように、ロープを引き寄せる。

男はボストンバッグの取っ手に腕を通し、はしごにつかまった。

黄日学はその肩を叩《たた》いた。

「気をつけて漕《こ》ぐんだ。海へ落ちたら、三十分と持たないぞ」

「大丈夫だ。合図をしたらロープを引いてくれ」

男は素早くはしごを伝い下り、ゴムボートに飛び移った。巧みにオールを操り、静かに船から離れて行く。黄日学はボートの速度に合わせて、少しずつナイロン・テグスの細いロープを繰り出していった。

ボートはすぐに厚い闇の向こうに姿を消した。オールの音も聞こえなくなる。

黄日学は深く溜《た》め息《いき》をついた。

シンガイ。

十時間前に対岸の砂浜で会ったとき、あの日本人はそう名乗った。張竜東から聞かされていたとおりの名前だった。どういう字を書くのか知らない。もちろん一度も会ったことのない男で、これまでどんな経歴をたどってきたのか、これからどうするつもりなのか、いっさい聞かされていない。また聞く必要もなかった。黄日学の仕事は、指定された人物を指定された場所へ運ぶことで、それ以上でもそれ以下でもない。命令されたことだけを、命令されたとおりに務めていれば、何も問題はない。

ロープの山が徐々に崩れていく。黄日学は思わず胴震《どうぶる》いをした。風が身を切るように冷たい。

ゴムボートの消えた彼方《かなた》に、黒ぐろと断崖《だんがい》がそびえている。近いように見えるが、五百メートルはあるだろう。たどり着くまでに、二十分から三十分はかかるはずだ。あの華奢《きやしや》な腕で大丈夫だろうか。見たところ細身の、まるで女のような体つきの男だった。

黄日学の腕時計が二十五分経過を告げたとき、ロープの動きが止まった。黄日学は息を詰め、闇の壁に目を凝らした。自然に胸が高鳴る。いつもこの瞬間は緊張するのだ。

闇の奥に小さな光がついた。それが二度、ゆっくりと円を描く。

黄日学はもう一度溜め息をついた。よし、うまく上陸したらしい。これで仕事は終わった。ウィンチの取っ手を握り、ロープを巻きもどしにかかる。海水を含んだロープはひどく重たかったが、黄日学は休まずウィンチを回し続けた。

五分後、船はエンジンを低速度で回転させ、静かにスタートした。三十分はそのままの速度で走り、それから高速航行に切り替えて一気に日本の領海を脱出するのだ。夜明けにはまだ間があり、十分脱出できるだろう。

二十分ほど走ったとき、黄日学は急に胸騒ぎを覚えた。海が重たくなっている。波の音も変わったような気がする。

黄日学は通話口に顔を近づけた。

そのとたん、鋭い光線が前方から船をとらえた。黄日学ははね飛ばされたように、デッキにはいつくばった。恐怖に体の筋肉がひきつる。しまった、日本の巡視船だ。くそ、あと少しというところだったのに。

拡声器が呼びかけてくる。

「ここは日本の領海である。ただちに停船せよ。ただちに停船して国籍を明らかにせよ」

声の大きさと光の明るさから、黄日学は巡視船との距離が百メートルもないと判断した。迷っている暇はない。ここで拿捕《だほ》されたら一巻の終わりだ。

黄日学は跳《は》ね起き、通話口に向かってわめいた。

「取り舵《かじ》一杯、全速前進!」

同時にすぐ目の前の防水カバーを引きめくり、機関銃に飛びつく。船はエンジンをフル回転に切り替え、右へ激しく傾きながら進路を左へ変えた。

巡視船の拡声器が、今度は朝鮮語で、同じことをどなった。

黄日学は銃座にしがみつき、巡視船の投光器めがけて引き金を絞った。弾帯が鰐《わに》のしっぽのように躍り跳ねる。十秒とたたぬうちに、投光器が紫色の光を発して砕け散った。しめた、と思ったのも束の間、ほとんど同時に別の投光器が点灯する。黄日学は唇を嚙《か》み締め、さらに引き金を絞り続けた。巡視船を振り切り、領海を抜けてしまえばこっちのものだ。三十ノットの高速に追いつける巡視船は、日本にはない。

船は船体を揺らせながら、巡視船の斜め横をすり抜けようとした。距離は約七十メートル。あと少しだ。ここさえ切り抜ければ、あとはこっちのものだ。

いきなり黄日学はマストの根元まで吹き飛ばされた。やられた、と思う。自分を撃った銃弾の発射音は、耳にはいらなかった。背骨をマストに打ちつけ、一瞬息がとまる。どこを撃たれたのか分からない。

ジグザグ航法に切り替えた船が、大きく左に傾いた。黄日学はデッキを滑り、船べりに激突した。死に物狂いで手すりにしがみつく。その体に波がおおいかぶさる。手がすべった。

つぎの瞬間黄日学は、頭から海中へ転落していた。しびれるような水の冷たさに、心臓がひきつる。息ができなかった。苦しさに胸を掻《か》きむしる。肺が破裂しそうだった。しだいにエンジンの音が遠ざかって行く。それを耳の底で聞きながら、黄日学は自分の命運がつきたことを悟《さと》った。意識が薄れ始める。

シンガイ。

どうあっても、この呼び名だけは漏《も》らしてはならない。

黄日学が最後に考えたのはそのことだった。

# 第一章

## 1

「公安省設置を巡《めぐ》って展開された、森原《もりはら》法務大臣と一部の高級警察官僚を巻き込む陰謀は、かくして未然に打ち砕かれた。しかしそれを幸いにして、と形容することはできない相談である。なぜならこの大がかりな陰謀の真相は、稜徳会事件の発生後一年三か月余を経た現在も、依然として公表されていない。それを積極的に解明し、禍根《かこん》を断とうとする試みすらなされていない。事件は世論の厳しい批判を浴びることなく、すでに風化しようとしている。これをこのまま放置することは、国民に対する重大な犯罪と言わねばならない」

倉木尚武《くらきなおたけ》は一呼吸入れた。

明星美希《あけぼしみき》はそこまでの文節を打ち上げ、指を休めた。腕がひどく重く感じられる。しかし気持ちの重さほどではなかった。

倉木が続ける。

「事件はまさしく、ここに書かれたように起こり、ここに書かれたように闇《やみ》に葬られた。その真実を知ることは、国民一人ひとりの権利であるとともに義務でもある。このレポートが単なる妄想《もうそう》か、あるいはまぎれもない真実かは、賢明なる読者の判断にお任せするしかない。いずれにせよ本稿が、政界と警察の腐敗を指弾するきっかけになるならば、筆者としてもこれ以上の喜びはない」

美希が最後の文字を打ち終わると、倉木はソファを立ってワープロのそばへやって来た。

「これで終わりだ。印字してくれたまえ」

美希はひとまず打ち上げた分をフロッピーに落とし、プリンターに用紙をはさんだ。無言で印字キーを押す。ヘッドが軽い音をたてて動き始めた。

全部でどれくらいの量になっただろうか。何度かに分けて打ったが、おそらくA４で二十頁《ページ》はいったはずだ。四百字詰めの原稿用紙に直せば、五十枚を越えるだろう。

この一か月半の間に七回、倉木は美希のマンションへやって来て、ワープロによる口述筆記の手伝いをさせた。そのワープロも、警視庁外事二課に置いてあるものと同じキーボードを選んで、倉木が買ってきたハンディ・ワープロだった。

美希は稜徳会事件のあとほどなく、公安三課から外事二課へ配置転換になった。外勤よりも内勤が多くなり、必然的にワープロの打ち方も身についてしまった。倉木がそこに目をつけたことは間違いない。

印字が終わると、倉木は打ち出された用紙をこれまでの分と一緒にし、ソファへもどった。

「コーヒーを頼む」

美希はのろのろと立ち上がった。

「お酒でなくていいんですか」

そう言いながら、皮肉に聞こえるならそれでもいいと思った。

しかし倉木はいっこうに頓着《とんちゃく》せず、コーヒーでいいと答えた。目はすでに原稿の一頁めを追っている。美希は唇を引き締め、倉木の横顔をじっと見た。頬《ほお》に残る薄茶色の傷が、みみずのようにうねっている。その傷を最初に手当てしたのが、今自分がコーヒーを言いつけた女だということを、この男は覚えているだろうか。怪しいものだと思いながら、美希はキチンへ足を向けた。

一人住まいの女の部屋へ、平気でやって来る。しかも来るたびに態度や物言いがぞんざいになる。人を人とも思わない振舞いをする。死んだ妻に対しても、倉木はこんな調子だったのだろうか。もっとも妻なら妻で大目にみることもできる。しかし美希は倉木の妻ではなかった。恋人でもなければ、愛人でもない。なんでもないというそのことが、美希には耐えられなかった。

コーヒーを二つ、トレイに載せてリビングへもどる。倉木は相変わらず原稿に没頭していた。それを見たとたん、美希は自分のコーヒーを一緒に運んできたことに、なぜか後ろめたさを覚えた。同時にそう感じた自分に腹をたてる。わたしがわたしのコーヒーを飲むのに、なんの遠慮がいるものか。

美希は向かいのソファにすわり、倉木のコーヒーに砂糖とミルクを入れた。よくかきまぜてやる。むだなことだと思いながら、そうしないではいられなかった。案の定倉木は原稿からかたときも目を離さず、無造作にカップを口に運んだ。どこかから勝手にコーヒーがわいてきたというような飲み方だった。倉木は自分の関心外のことには、何であろうとまったく気持ちを動かされない男なのだ。それがこの一年ほどの間に、美希が倉木について知り得たただ一つのことだった。

一年三か月ほど前、稜徳会病院で室井《むろい》公安部長が新谷《しんがい》の手にかかって死んだあと、事件は美希の与《あずか》り知らぬところで政治的な決着がつけられたようだった。何がどうなったのか分からぬまま、美希は同じ公安部の外事課へ配置替えになった。倉木は倉木で警視に昇進し、警察庁警務局へ転出した。警視正の津城俊輔《つきしゆんすけ》と同じ特別監察官に任命されたのだが、そこに津城自身の意志が働いたことは美希にも容易に想像がついた。

一方刑事部捜査一課の大杉良太《おおすぎりようた》は、警部補のまま本庁を出された。転出先は新宿大久保署の防犯課保安一係長。それはどうみても飛ばされたとしかいいようのない配転だった。しかしその理不尽な異動に対して、大杉が辞表を叩《たた》きつけたという話は聞かない。不平を唱《とな》えたという噂《うわさ》すら流れなかった。それが美希には不思議でもあり、不満でもあった。あの鼻っ柱の強い大杉が、唯々諾々《いいだくだく》とそんな辞令を受け取る姿など、想像したくもない。もし受け取ったとすれば、なんらかの圧力がかかったに違いないのだ。一度津城に探りを入れてみたが、無言で肩をすくめる仕種が返ってきただけだった。

あの事件への関わりをいえば、倉木も大杉も同列に論ずべき立場にあったはずだ。それが一方は昇進して栄転、他方は据え置きの左遷というのでは、公正を欠く人事といわれても仕方がない。あるいは倉木は若松《わかまつ》警視を射殺することで、結果的に陰謀を闇に葬る手助けをしたともいえる。それが昇進の原因だろうか。いや、そうは思いたくない。

それにしても、今になって急にこんな原稿を打たせるとは、どういうことだろうか。

美希の心中を見抜いたように、倉木が顔を上げた。

「この原稿、どう思うかね」

美希は冷えたコーヒーを飲み干した。

「それはその原稿を何にお使いになるかによりますね」

倉木もコーヒーを空《あ》けた。一息ついて言う。

「雑誌に発表する」

美希は驚いて拳《こぶし》を握った。

「雑誌というと、ブラックですか」

「いや、ちゃんとした雑誌だ」

美希は相手に分かるように微笑を浮かべた。

「ちゃんとした雑誌が、そのような原稿を掲載すると思いますか」

倉木の目が光った。美希は思わずたじろいだ。考えてみれば倉木は警視で、巡査部長の自分とは三階級も違う。少しは言葉遣いに気をつけるべきかもしれない。

美希は目を伏せた。倉木はあの事件のさなか、ボクサー崩れの男にしたたかに叩きのめされ、わずかだが顔が歪《ゆが》んでしまった。それが倉木の雰囲気《ふんいき》をいっそう近寄りがたいものにした。いつ会っても美希は、それを意識せずにいられなかった。

倉木が抑揚のない声で言った。

「確かにむずかしいだろう。しかしなんとか一般の雑誌に載せたい。ブラックでは内容の真実性にバイアスがかかってしまうからね」

美希は腕を組んだ。

「警視は本気でそんなことを考えてらっしゃるんですか。特別監察官というお立場はどうなるんですか」

「特別監察官の仕事は、警察内部の不正を正すことにある」

「でもそれは、警察の恥を天下に公表することと同じ意味ではありません。よくご存じと思いますが」

倉木は頰の傷痕《きずあと》に指を滑らせた。

「最初の質問にもどろう。この原稿をどう思うかね」

美希は胸を張った。別に自慢するほどの胸ではないが、倉木の目がまったく動かなかったことに軽いショックを受ける。

「正直に白状しますと、ワープロを打ちながら膝《ひざ》が震えました。これが外部に漏《も》れたときのことを考えると、とても平静ではいられませんでした。あの事件の裏に、こんな恐ろしい陰謀が隠されていたことを知ったら、そしてそれを警察が握りつぶしたことを知ったら、頭に血が上って交番に石を投げる人間が出てくるかもしれません」

倉木は満足そうにうなずいた。

「それでいい。マスコミを使って火をつけるのが狙《ねら》いなんだ」

美希は体を固くした。

「この原稿のこと、津城警視正はご存じなんですか」

倉木の頰がぴくりと動いた。

「いや、彼は知らない。知っていると思ったのかね」

美希は首を振った。

「もう一つお尋ねしますが、どうして警視は今になってこんなことをなさるのですか。もし彼らの不正を暴《あば》くおつもりなら、もっと早く、事件の直後になさればよかったのに」

倉木は両手を開き、それを見つめた。

「きみの言いたいことは分かる。弁解はしたくないが、結局わたしは事件のあとで津城警視正に言いくるめられてしまったわけさ。彼が言うとおり、室井や若松が死んだあのときの状況では、森原を糾弾《きゅうだん》することは不可能だった」

法務大臣・森原研吾《けんご》。死んだ室井公安部長を使って、公安省を設置しようと陰謀を巡らした男。しかし現時点では、指一本触れることのできない存在だった。

「徹底的に森原を叩くには、うむを言わせぬ生き証人と物的証拠が必要だ。それを手に入れる機会はこれからいくらでもある。それまで自分と一緒に、警察内部の癌《がん》を始末する仕事をしないかと、津城警視正はそう言ってわたしを懐柔《かいじゅう》したんだ」

美希は苦いものが込み上げてくるのを感じた。倉木が特別監察官になった理由が、今ようやく分かった。

「警視がそれほど簡単に懐柔されるとは思いませんでした。警視は確か、津城警視正の仕事に批判的だったと承知していますが、わたしの記憶違いでしょうか」

倉木は目を上げ、無表情に応じた。

「いや、きみの記憶は正しい。ただ当時のわたしには、何かよりどころが必要だった。分かってもらえると思うが」

美希は目を伏せた。

「分かります。そして今、津城警視正に黙ってこれを公表しようと思うくらい、りっぱに立ち直られたことも」

倉木が口を開くまでに、少し間があった。

「今日はずいぶん皮肉がきついね」

声の調子が変わっていた。

「正直に言いますけど、警視に皮肉が通じるとは思いませんでした」

美希は目をそらしたまま、空《から》のカップをトレイに載せてキチンへ向かった。気持ちの上では、逃げ場を求めたといった方が正しい。

コーヒーを入れ直してもどる。

倉木はそれに手をつけなかった。

「この原稿をまとめるについては、わたしもずいぶん迷った。きみが指摘したように、今さらという気持ちが強かった。しかしいつまでたっても森原を追及する機会は巡ってこないし、公安のえげつないやり口も相変わらず元のままだ。これ以上手をこまねいていると、どうにも歯止めがきかなくなる。だからこれを書くことにしたんだ。今ならまだ遅くはないだろう」

「これを津城警視正がごらんになったら、どうなると思いますか」

「わたしを棺桶《かんおけ》にぶち込んで、海の底へ沈めるだろうね」

「そんな極秘《ごくひ》の作業を、どうしてわたしなどに手伝わせたのですか。ワープロが打てるからですか。ご承知のようにわたしは、現在も警視正と非公式のコンタクトがあります。わたしの口から漏れるかもしれないとは思わなかったのですか」

倉木はじっと美希を見つめた。

「きみに手伝ってもらったのは、ただきみに手伝ってほしかったからだ」

美希は急いでカップを受け皿にもどし、こぼれたコーヒーをティシュでぬぐった。

倉木を見返し、思い切って言う。

「それは偶然ですね。わたしがお手伝いしたのも、ただそうしたかったからなんです」

倉木の目をふと柔らかい光がよぎった。

「お礼に食事をごちそうしたい。きみにワープロを頼まなければよかったと、後悔するぐらいたくさん食べないと約束してくれればだが」

2

低くシャンソンが流れている。

倉木と美希は新宿の東口に近い裏通りにある、小さなフランス料理店にいた。

その店は一昨年の秋、倉木の妻珠枝《たまえ》が爆死した現場から、さほど遠くない場所にあった。しかし倉木はそれを意識しているように見えず、むしろ美希の方が落ち着かない気分だった。

二人は倉木が選んだ赤ワインで乾杯した。

「フランス料理の神髄《しんずい》はソースにあるというけど、そういうものかね」

「フランス料理が高度に洗練された最大の理由は、イギリスのような既製の優《すぐ》れたソースを持たなかったからだそうですね」

「既製のソースというと」

「例えばウスターソース。あれはイングランドの、ウスターというところで生まれたソースなんです。イギリスはそういう良質のソースを持ったために、いわゆるイギリス料理なるものを持てなかったといわれています」

倉木は感心したように瞬《まばた》きした。

「最近は警察学校でも料理を教えるのかね」

「以前料理学校に通ったことがあると言ったら、信じていただけますか」

倉木は顎《あご》を引き、しんから驚いたように美希を見た。

ふと思いついたように質問する。

「そういえば、ウスターの綴《つづ》りを知ってるかね」

虚をつかれて、美希はたじろいだ。

「綴りですか。ええと、W—O—O……それともW—O—U……S—T—E—Rかしら」

「残念ながらはずれた。正しくはW—O—R—C—E—S—T—E—Rだ。まともに読むとワーセスターになる。これをウスターと発音するところがみそでね」

美希はワイン・グラスを握り締めた。努めて平静な声で言う。

「料理学校では、そこまで教えてくれませんでした」

「そんなに目を三角にすることはない。昔受験勉強で覚えたのを、急に思い出しただけなんだから」

美希は顔を赤らめ、言葉を飲み込んだ。急いでワインを口に含む。

どうしてこんなつまらぬことで、倉木と張り合おうとするのだろうか。知らないことは知らないと、最初から言えばいいのだ。それができない自分がうとましかった。

注文した料理が来た。

二人はしばらく無言でステーキと取り組んだ。

やがて倉木が、なにげない口調で言った。

「さっきの続きだが、実はあの原稿を大杉警部補に読ませたいと思うんだ。きみから手渡してもらえるとありがたいんだが」

美希はフォークを休め、ナプキンで口の端を押さえた。唐突に大杉の名を出されて、一瞬返事に窮する。

「おっしゃる意味が分かりません。そんな必要があるんですか」

「彼はあの事件の真相を知る、数少ない人間の一人だ。つまりわたしの記憶違いや、書き足りないところを指摘できる立場にある」

「それだけの理由ですか」

倉木は咳払《せきばら》いをした。

「彼は出版社に友だちがいると言っていた。力になってもらえるかもしれない」

「それにしても、どうしてわたしを経由しなければいけないんですか。直接ご相談なされればいいのに」

「彼とはその後一度も会ってないんだ」

「わたしもです」

倉木はナイフを置き、美希の目をのぞき込んだ。

「大杉警部補はあの事件のあと、本庁から大久保署の防犯課へ飛ばされた。何も言わずに辞令を受けたらしいが、本心ははらわたが煮えくり返る思いだったろう。事件のことは何もしゃべるなと命令されたうえに、格下げ配転というのではとてもたまったものじゃない。よく警察手帳を引き裂かなかったと感心するぐらいだ。もっとも最近は少々荒れぎみで、良からぬ噂も聞こえてくる。そこで彼が今どんな心理状態にあるのか、きみの目で確かめてほしいんだ。つまり彼に、わたしの力になるだけの根性が残っているかどうか、それを知りたい。あの原稿を読めば、なんらかの反応を見せるはずだ」

美希は少し考えた。

「かりに大杉警部補が力を貸してくださるとしても、やはり問題は残りますね。さっき森原を叩くには、うむを言わせぬ証人と証拠が必要だと、そうおっしゃったでしょう。それがない以上、あの原稿も結局はただの紙くずではないでしょうか。裏付けのない告発を掲載するほど、マスコミがネタに困っているとは思えません」

倉木は爪楊枝《つまようじ》のはいった袋を細かくちぎり始めた。美希は眉《まゆ》をひそめた。それは倉木が内心の葛藤《かっとう》を抑えようとするときの、いつもの癖だった。

「それは百も承知だ。だからこそ大杉警部補の力を借りたいと思っている」

「警視や警部補は、あの事件を立証する証人になれないんですか。津城警視正やわたしも同様ですが」

「少なくとも警視正はあてにできない。わたしや警部補は証人になれるかもしれないが、いくら室井や若松の所業を暴きたてたところで、相手が死んでいるのではどうしようもない。森原の牙城《がじょう》を脅《おびや》かすのはとうてい不可能だ。だいいち検察が腰を上げない。かりにうまく起訴に持ち込んだところで、裁判所はわれわれの証言を伝聞証拠としてしりぞけるだろう。まして相手が森原となれば、さまざまな圧力がかかる。それがこれまで口をつぐんできた理由の一つでもあるんだ」

美希はワインを飲み干した。

「そこで法廷へ持ち出すのはやめて、ゲリラ戦術に訴えるんですね」

「そうだ。あの原稿が公表されれば新聞も動き出すだろうし、場合によっては検察も腰を上げるかもしれない。そうなれば森原は足元に火がついて、かならずぼろを出す」

「この作戦に津城警視正がかならず反対すると考える根拠がおありですか」

倉木は指の動きをとめた。ちぎった爪楊枝の袋を灰皿に捨てる。

「反対しないと考える根拠があるのかね」

「相談してみる価値はあると思います」

「むだだね。また丸めこまれるのがおちさ。きみは彼を買いかぶりすぎている。彼には森原を叩きつぶす気なんかない。ただ封じ込めておくことができれば、それでいいと考えているんだ」

「わたしもどちらかといえば、その考え方に賛成ですね。平衡《へいこう》状態が続いている限り、何も警視が危ない橋を渡ることはないと思います」

倉木は裸になった爪楊枝を二つに折った。

「いや、わたしは森原を政治の表舞台から引きずり下ろしたい。あの男は警察権力を自分の手中に収めようとしている。室井が死んだあと、警察庁に新たな人脈を開発したり、公安調査庁に触手を伸ばしたりする気配がある。黙って見過ごすわけにはいかない」

美希は口をつぐんだ。この男は妻の死に対して、どこまでも追及の手を緩《ゆる》めぬつもりだろうか。それともただ、異常に正義感が強いだけなのだろうか。

倉木は爪楊枝を四つに折り、言葉を継いだ。

「津城警視正は警察の威信を守ることだけに汲々《きゆうきゆう》としている。自分の家の火の粉さえ払えれば、どこの家が燃えようと関係ないのさ」

「ずいぶん手厳しいですね。わたしはきっかけさえあれば、警視正も森原を糾弾するのに躊躇《ちゆうちよ》しないと思いますが」

「その気があるなら、もうとっくにやっているはずだ。わたしはもう待ちくたびれた。サラ金を踏み倒す暴力刑事や、女風呂をのぞき見する変態巡査の後始末をする仕事には、あきあきしてしまったんだ」

倉木はふたたびナイフを取り上げ、ステーキを切り始めた。美希もそれにならう。肉が固くなっていた。

「かりにどこかの雑誌が掲載をOKしたとして、だれの名前で出すのですか。まさか特別監察官・倉木尚武というわけにはいかないでしょう」

「名前は適当に考えればいい。鈴木太郎とか、田中一郎とか」

「警察庁や警視庁からクレームがついたとき、それで雑誌社が支え切れると思いますか。だめですね。どう考えても掲載は不可能です」

「編集長はきみではない。とにかく大杉警部補の意見を聞いてほしい。力になってくれないというなら、そのときは別の手を考える」

美希は皿を脇《わき》へどけ、ナプキンで口元をぬぐった。どうやらとっておきの話をするときがきたようだ。それを聞いたときの、倉木の顔が早く見たい。

「話題を変えてよろしいですか。まんざら無関係でもない話ですが」

倉木は明らかに不服そうだったが、食事の手を休めず、先を促した。

美希は一息にしゃべった。

「実は二日前、外事二課に海上保安庁からある報告がはいりました。三月一日未明、巡視船『極光』が能登《のと》半島沖で国籍不明の漁船を発見し、停船を命じたところ機銃掃射を浴びせられたというのです。どうやら北朝鮮の武装工作船だったようです。応戦した結果、相手の甲板《かんぱん》にいた男が一人、バランスを崩して海中に転落しました。工作船は男を見捨て、そのまま巡視船の追跡を振り切って、外海へ脱出したそうです。巡視船は転落した男を回収しましたが、肺に貫通銃創《じゅうそう》を受けていて、三十分後に息を引き取ったと報告されています」

北朝鮮の工作船が、非合法にスパイを上陸させたり連れもどしたりするために、ひそかに日本海沿岸にやって来ることは、公安関係者の間では常識になっている。工作船は漁船に姿をやつしているが、武装していてスピードも格段に速い。

倉木は目を上げずに聞いた。

「男の名前や素姓は」

「意識不明で、尋問できる状態ではなかったそうです。意識があったとしても、簡単に口を割ったとは思えませんが」

倉木は唇をちょっと歪めた。

「それは言えるな。せいぜい出入国管理令違反か何かで、一年もすれば大手を振って国へ帰れるんだから」

「ただその男は、死ぬ前にうわごとで二回、ある言葉を繰り返したそうです」

「どんな言葉だ」

美希はわずかにタイミングをはずした。

「シンガイです。シンガイ、シンガイと二度繰り返したというのです」

倉木は静かにナイフを置き、目を上げた。奇妙な静寂《せいじゃく》があたりを包む。

「シンガイだって」

「そうです。撃たれたことが心外だと言ったのかもしれませんし、権利が侵害されたと言うつもりだったのかもしれません」

倉木がその説を信じるとは思わなかったし、現に少しでもそれを考慮した様子はなかった。目が刺すように美希を見つめる。

そのときウェイターがやって来て、食べ残した料理を下げ始めた。態度が妙によそよそしい。全部食べなかったことで、店の格に傷がついたと考えているようだった。

ウェイターがいなくなるのを待ち、倉木は低い声で言った。

「あの新谷のことだというのか」

美希はまっすぐに倉木を見た。

「海上保安庁の報告の中にシンガイの四文字を見たとき、なぜかすぐに新谷の名前が頭に浮かんだのです。なんの脈絡もないんですけど。たぶん考えすぎでしょうね」

倉木はじっと美希を見つめた。しかし焦点が狂っている。どこか遠いところを見ている目だ。

やがて我に返ったように言う。

「考えすぎだというのかね」

「つまり北の工作員が、新谷の名前を知るはずがないということです」

デミタス・コーヒーが運ばれて来た。

美希はミルクだけ入れた。倉木はブラックのままで飲んだ。

間をおいて言う。

「今の件は外事二課長に上申したのか」

「いいえ。一笑に付されるだけですから」

倉木はカップを置き、さりげなく続けた。

「津城警視正には」

「まだです」

「しかし話すつもりだろう」

美希はためらったが、倉木に嘘《うそ》を言うことはできなかった。

「ええ。かりにわたしが黙っていても、いずれお耳に達するでしょう。警視正はあちこちに情報網をお持ちですから」

「彼もおそらく、わたしにしゃべったかどうか確認するに違いないな」

「そのときも正直に答えるつもりです」

「そうだろうね」

美希はテーブルの下で拳を握り締めた。倉木の口調に、さげすむような響きを感じた。

倉木は気配を察したように話を変えた。

「能登半島の近辺は、北が秘密工作をするのによく利用する場所だ。問題の武装工作船も、その種の目的があって航海していたのかもしれない」

「たぶんそうだと思います」

ときどき人けのない海岸で、突然男や女が姿を消す事件が起こる。マスコミは神隠しにあったなどといって騒ぐが、その多くは北朝鮮の工作員による誘拐《ゆうかい》だというのが公安筋の見解だった。日本人を北朝鮮へ拉致《らち》して、スパイ学校へ送り込む。あらゆる手段を使って洗脳し、専門教育を施したあと、スパイとしてまた日本へ送り返す。日本海沿岸は、そうした北朝鮮の隠密《おんみつ》工作の、重要な作戦地帯になっているのだ。

「能登には網を張っただろうね。念のため聞くんだが」

「ええ。一応警戒する必要があるということで、事件の直後石川県警に協力を求めて、外事課員が内偵を進めています」

「情報がはいりしだい、連絡してほしい」

美希は倉木を見つめた。

「何を考えてらっしゃるんですか」

倉木はふっと口元を緩めた。

「きみが考えまいとしていることさ」

3

落ちたグラスが四方に砕け散った。

「やってくれるじゃねえかよ」

角刈《かくが》りのがっちりした男が、カウンターを平手《ひらて》でばしりと叩いた。

隣にすわった、色の生白い公務員風の男が、迷惑そうな顔をして言う。

「何言ってんだ、あんたが自分で落としたんじゃないか」

「ばかやろう、てめえが肘《ひじ》でおれの腕を押したからだろうが」

「冗談じゃないよ。さっきからやけにからむけど、なんか恨《うら》みでもあるの。いいかげんにしといたら」

「いいかげんにしといたら、だと。ふざけんじゃねえ」

角刈りはいきなり相手の肩口を突いた。公務員風の男はバランスを崩し、止まり木から転げ落ちた。床に尻餅《しりもち》をつき、口汚く罵《ののし》る。

カウンターの中から、和服を着た女が急いで止めにはいった。

「やめてよ、竹島さん、かたぎの人に」

「うるせえ。酒を飲むのにやくざもかたぎもあるかよ。てっ、いいかげんにしといたら、だと」

それを聞いた公務員風の男は、相手が悪いとみたのか口をつぐんだ。隣にいた連れの男に助け起こされ、ハンカチで手を押さえる。グラスの破片で切ったらしい。顔色が青かった。角刈りを無視して、女に言う。

「全部精算してよ。もう来ないから」

女の顔も青かった。

「あいすみません。お勘定はけっこうですから」

角刈りが割り込む。

「上等じゃねえか。二度と来るなよ、このおたんこなす」

公務員風の男はそれに取り合わず、連れを促してそそくさと出て行った。それをきっかけに、ほかの客たちもそっと席を立ち始めた。まるで影になったように、できるだけ角刈りの視野にはいりたくないという歩き方だった。だれも勘定を払おうとせず、女も黙って客を出て行かせた。

一分とたたぬうちに、店の中は空《から》になった。

大杉良太は、急にしんとしたバーのカウンターの、いちばん奥にすわっていた。飲み干した水割りのグラスを置くと、その音が妙に大きくあたりに響いた。

竹島と呼ばれた角刈りの男は、ぐるりと体を回して大杉を見た。

「てめえ、なんで帰らねえんだ」

大杉はグラスから手を離した。返事をせず、たばこに火をつける。

「なんとか言ったらどうなんだよ。出て行かねえのかよ」

天井に向かって、溜《た》め息《いき》とともに煙を吐き出す。うるさいがきだ。もう三十を過ぎているだろうに、まるで十八、九のちんぴらみたいに突っ張っている。酒だけのせいではなさそうだ。よほど面白くないことがあったのだろう。

わざとのんびりした口調で言う。

「人を待ってるんだ。それにもう一杯飲みたいしな」

急いで水割りを作りにかかる女を、竹島は押しとどめた。

「どっかほかで飲みゃいいだろうが。ここはおれが借り切ることにしたんだ」

「借り切ってどうするんだ。賛美歌の練習でもするつもりか」

竹島は瞬きした。

「何を抜かしやがる。おれは一人で飲みてえんだよ。とっとと出て行きやがれ」

目の細い、ひどくえらの張った顔だ。どこか蟹《かに》に似ているが、脳みそは蟹より少ないに違いない。

「一人で飲みたい、とね。いい考えがある。そこのトイレにはいって飲むんだ」

竹島の細い目が一瞬見開かれた。

「くそ、ふざけやがって」

止まり木を滑り下り、大杉の方へやって来る。女はあわててカウンターの中を移動した。

「乱暴はやめてよ、竹島さん。ほかのお客さんに手を出さないで。警察呼ぶわよ」

「おう、呼んでみやがれ。大久保署のデカはみんな顔馴染《かおなじ》みよ」

竹島はうそぶき、大杉の上着の袖《そで》をつかんだ。無理やり止まり木から引きずり下ろそうとする。

大杉はつかまれた肘を返し、相手の手首を強く握って逆にねじり上げた。竹島は声を上げ、爪先立《つまさきだ》ちになった。目に驚きの色が浮かぶ。それでも唸《うな》りながら、自由な右手で大杉の顔を殴ろうとした。

大杉はその手をはねのけ、竹島の髪をつかんで下へ叩きつけた。鼻がもろにカウンターにぶつかり、竹島はだらしなく悲鳴を上げた。

大杉はさらに手首をねじり、体ごと持ち上げるようにした。竹島はカウンターにかぶさり、苦痛のあまり泣き声を上げた。

「おれも大久保署の者だが、おまえのようなちんぴらは知らんぞ」

竹島の泣き声が止まった。

「お、大久保署だって」

「そうだ、防犯課の大杉だ。おまえの顔馴染みのデカとは、いったいだれのことかね」

竹島は返事をしなかった。大杉は鼻で笑った。腕に力を込める。肘が妙な音を立てた。

竹島はあわてて叫んだ。

「穂波《ほなみ》だよ、穂波」

「穂波だと」

大杉は少し腕の力を緩めた。竹島は勢いづいたように繰り返した。

「そうだよ、穂波。刑事課の穂波代理だよ。おれは千早一家の竹島だ。あとで後悔しても知らねえぞ」

大杉はせせら笑った。

「後悔ってのは、たいていあとでするものだ。それくらいみみずでも知ってるぞ」

カウンターの内側で女が震えている。大杉は声をかけた。

「ラーメンでも食って来たらどうだ。それとも修羅場《しゅらば》が見たいか」

女は背筋をしゃんとさせた。

「ほんとに大久保署の刑事さんなんですか」

「そうだ。顔を覚えておいて損はないぞ」

ためらいながら言う。

「あの、お店、壊さないでくださいね」

「さきにこのちんぴらが壊れるだろう。十五分したらもどって来ていい」

「行くんじゃねえ」

恐怖にかられたように、竹島が叫んだ。しかし女はすでにカウンターから飛び出していた。あたふたと店を出て行く。

大杉は竹島を引き起こし、止まり木にすわらせた。手首を放して、上着の襟《えり》を背中の中ほどまで引きずり下ろす。竹島は両腕の自由を奪われ、鶏のようにじたばたした。鼻がつぶれ、血が口の中に流れ込んでいる。

赤い唾《つば》を吐いて言う。

「刑事さんよ、善良な市民にこんなことしていいのかよ」

「聞いたふうなことを言うな。善良な市民はな、わざとコップを落としたりしないんだ」

「あとで泣きを入れても知らねえからな」

「穂波代理に言いつけるつもりか」

「ああ、覚悟しとけよ。あんたなんか、外回りの平巡査《ひら》に降格させてやる」

「あいつとは長いのか。穂波とは」

竹島はびっくりして大杉の顔を見た。

「そんな呼び方していいのかよ。かりにも上司だろうが」

「暴力団と結託するようなやつは警察官じゃない」

竹島は喉《のど》を動かした。

「そのせりふ、そっくり代理に伝えるからな。どうなるか見ものだぜ」

「さだめし顔を赤くして、もじもじするだろうよ」

「おれたちはよ、相身互《あいみたが》いなんだ。大久保署にいて、そんなことも知らねえのかよ」

「これから大久保署も、そういうことを知らないデカがふえる。おまえたちのように、かたぎの人間に迷惑をかけるような街のだには、下を向いて道端をこそこそ歩くんだ。分かったか、ちんぴら」

「うるせえ」

竹島はわめき、大杉を蹴《け》ろうとした。大杉は力任せに襟首を引き下ろした。竹島は止まり木から、真っ逆さまに転落した。床に頭を打ちつけ、蛙《かえる》がつぶれたような声を上げる。そのまま起き上がらなかった。

「口ほどにもないやつだな。さっきの威勢はどうしたんだ」

大杉は竹島の襟首をつかんだまま、床の上をドアまで引きずって行った。ドアを靴で蹴りあけ、外の路地へ放り出す。

ちょうど店の前に立った人影が、驚いて一歩下がった。グレイのトップ・コートを着た中背の女だった。

女は大杉を見て、困ったように笑った。

「どうしましょう、あまりご機嫌がよくないみたいですね」

明星美希だった。

角刈りがはうようにして逃げて行く。それを見送ってから、大杉は美希に目をもどした。久しぶりだった。街灯の光に照らされた顔が、記憶していたよりもはるかに美しく見える。がらにもなくどぎまぎした。

「いや、近来になく上機嫌だよ、おれは」

「だれですか、今の男」

「裏で残飯をあさっていたごきぶりさ」

美希はショートカットの髪に軽く手を触れた。

「待ち合わせのお店は、確かこの先でしたわね」

「ああ、その角を曲がったところだ。ちょっと時間が早すぎたものだから、ここで民情を視察していたのさ。この界隈《かいわい》は、管内でおれの顔が売れていない、唯一《ゆいいつ》の地区なんでね」

二人は肩を並べて歩き出した。

大杉はテーブルに原稿を置いた。

まっすぐに美希を見る。鼓動が早まっているのが、自分でも分かった。

「こいつを倉木警視が書いたというのか」

「そうです。ワープロを打ったのはわたしですが」

食べ残した八宝菜《はっぽうさい》を口に流し込む。この際食べられるだけ食べておいた方がいい。どうせ家に帰れば何もないのだ。一人暮らしにもすっかり慣れてしまった。

それにしても倉木は、よくここまで書いたものだ。事実関係に間違いはない。大杉自身が知らなかったことも、詳しく書き込んである。これがもし公《おおやけ》にされたら、たいへんなスキャンダルになる。民政党体制にも重大なひびがはいるだろう。

しかしそれを口にするのは控えた。

「それでおれにどうしてほしいと言ってるんだ、やっこさんは」

「その原稿を、お知り合いの雑誌社に持ち込んでほしいとおっしゃっています。確か親しい編集者がいらっしゃると聞きましたが」

「ああ、公論春秋社に友だちがいる。しかしその男は写真雑誌の編集長で、この手のものは扱わないと思うよ」

「その方から、しかるべき雑誌の編集長に回していただくわけにはいかないでしょうか」

大杉は水を飲んだ。一つだけ聞いてみたいことがある。

「どうしてきみはやっこさんの使い走りなんかしてるのかね。外事課の仕事はどうしたんだ」

美希の目がちらりと揺れた。いいぞ、なかなかいい調子だ。この女は倉木とできている。あのころから兆《きざ》しはあったが、どうやら続いているらしい。おれの目は節穴ではない。

美希は眉を引き上げた。

「わたしは自分が何をしているかを説明するつもりはありません」

大杉はほくそえんだ。それはそうだろう。説明したくてもできるはずがない。どちらにしても、相変わらず気の強い女だ。

もう一太刀《ひとたち》浴びせる。

「これは公務かね」

大杉は美希が目を伏せ、とっくに冷えているはずのスープをさも熱そうに飲むのを、意地悪な目で見ていた。

「広い意味では公務といえると思います」

「津城警視正は知ってるのか。つまりやっこさんがこんなものを書いたってことをさ」

「ご存じないと思います」

大杉はたばこに火をつけた。無性に杏仁《きようにん》豆腐が食べたかったが、美希の前で注文するのは気が引けた。

うつむいたまま、なおもスープに取り組んでいる美希を見ているうちに、だんだん気持ちがしぼんできた。短いびんの毛先が、妙な形によじれて横にはみ出している。それがどことなくやつれを感じさせた。もう少し化粧をすれば、見栄えのする女になるのにと思う。

「分かったよ。やっこさんがどういうつもりか知らんが、できるだけのことはやってみよう」

顔を上げた美希の目に、ほっとしたような色が浮かぶのを見て、大杉はひどくみじめな気分になった。

4

神楽坂《かぐらざか》の和風喫茶室。

外で会う時、倉木尚武はいつもばらばらの店を指定する。明星美希はそのたびに、教えられた店に電話して、所在地を確かめなければならなかった。

美希は煎茶《せんちや》を飲み、甘ったるい羊《よう》かんを食べた。倉木はコーヒーだった。

「大杉警部補の意見は聞かなかったわけか」

「それどころじゃなかったんです。どうして倉木警視の使い走りをするのかとか、これは公務かとか、答えにくい質問を次から次へとされてしまって」

倉木はこめかみを搔《か》いた。

「あの男らしいな」

「でも一応知り合いの編集長に当たってみると約束してくれました。近いうちに返事をもらえると思います」

琴の音がうるさい。奥の方で小さな水車が回り、テーブルの仕切りの間を水が流れている。趣味の悪い箱庭のようだ。

「ところで、外事課の方の調べはどうなんだ。少しは進展があったのかね」

「はい。二、三情報がはいってきました。まず例の武装工作船ですが、やはりスパイを潜入させるために、あの近辺にやってきたようです」

倉木の目が強い光を放った。

「だれか上陸した形跡があるのか」

「銃撃戦が行なわれた翌朝、地元では見かけたことのない男が孤狼岬《ころうざき》付近から路線バスに乗って能登線の珠洲《すず》駅まで行ったことが判明しました。そのあと近くの飯田港《いいだこう》でも、それらしき男を見たという報告があります」

「飯田港か。列車は避けて、連絡船で七尾《ななお》あたりへ渡ったのかもしれんな」

「そうですね。どちらにしても、すでに半島から内陸へはいったことは間違いないようです。今ごろは東京に来ているかもしれませんね」

倉木は腕組みをした。

「それで肝心《かんじん》の人相は。その男はどんな様子をしていたんだ」

珍しく声に焦《あせ》りがある。美希も手が汗ばむのを覚えた。

「年齢二十五歳から三十五歳。ベージュのスプリング・コートにグレイのスラックス。手に小型のボストンバッグ。体格は中背で痩《や》せ型《がた》。目つきが鋭く、鼻筋の通ったハンサムな男」

美希は口をつぐみ、そばの水音に耳をすました。それがまるで日本海の荒波のように聞こえる。倉木の肩がゆっくりと上下した。深呼吸をしたようだ。

「その人相書きはだれに当てはまると思うかね」

美希はためらった。

「おっしゃる意味は分かるような気がします。でも信じたくありません」

「どうしてだ。新谷が生きているかもしれないと考えるのは、別に不合理なことじゃないと思うがね」

美希は手を下ろした。ハンカチで汗をふく。考えていたことをずばり指摘されてみると、ますますそれが現実離れしたことのように思えた。

言葉を探して言う。

「弟の新谷宏美《ひろみ》は、稜徳会病院で間違いなく死んでいます。警視がおっしゃるのは、当然兄の新谷和彦《かずひこ》のことですね」

その質問は時間稼ぎにすぎなかったが、倉木は辛抱強く応じた。

「そうだ。弟の話によれば、新谷和彦は豊明興業の連中に、能登半島の孤狼岬から突き落とされたということだ。しかし当時死体が上がったという報告はなかった。死体が発見されない以上、新谷が生きている可能性もないとはいえない」

「でもそれが北とどう結びつくんですか」

「孤狼岬の周辺は北がスパイを密入国させるのにうってつけの地形だ。険しい断崖だから人目に触れずにすむ。あの近辺に工作船が出没するのは、たぶん今度が初めてではない。もし崖《がけ》から落ちた新谷が、死なずに沖へ流されて、たまたま工作船にぶつかったとしたらどうする」

美希は居心地が悪くなり、すわり直した。

「工作船が彼を助け上げたとおっしゃるんですか。そして北へ連れて行ったとでも」

「そう考えてもおかしくない。彼らにとって日本人はどんな場合でも役に立つからね。スパイにも仕立てられるし、スパイ学校のインストラクターにもできる。洗脳しそこなったり、あるいは協力を拒んだりする日本人は始末してしまえばすむ。そんな獲物が網にかかれば、どうしたって国へ連れて帰らずにはいられないさ」

美希は静かに息を吐いた。

「つまり新谷和彦は北に拉致されて、スパイに仕立てられたというわけですか」

倉木は力強くうなずいた。

「この間から考えてみたんだが、結論はそういうことになる。やつは間違いなく北のスパイになった。しかも問題の工作船に乗って、日本に舞いもどって来たんだ。死んだ男が、うわごとでシンガイと言ったこともそれで説明がつく。それより何より、さっきの人相書きはまさしく新谷のものだったじゃないか」

途方もない話の展開に、美希はほとんど当惑した。シンガイという四文字から、そこまで筋書きを組み立ててしまう倉木に、感心するよりも、畏怖《いふ》を覚えた。

「でもわたしにはとても信じられません」

「きみが信じようと信じまいと、状況がそれを物語っているんだ」

倉木の強い言い方に、美希は反発を感じた。

「でも警視はどうしてそんなに、新谷の生死にこだわるんですか」

倉木は口の端に薄笑いを浮かべた。

「当然じゃないか。もし新谷が生きているとすれば、われわれは貴重な生き証人を手に入れることになるんだ」

署長室のドアがあいた。

大杉良太は脇へどき、中から出て来た男に道をあけた。刑事課長代理の穂波警部だった。穂波はすれ違いざま、凄《すご》い目で大杉を睨《にら》んだ。

中へはいると、署長の池沢繁夫《いけざわしげお》がデスクの椅子にすわり、むずかしい顔をして天井の片隅を見るか、あるいは見るふりをしていた。

「お呼びですか」

声をかけると、池沢は初めて気がついたというように、大杉に目を向けた。キャリアの警察官で、まだ三十をいくつも出ていない。髪をきちんと七三に分け、メタルフレームの眼鏡をかけたマネキンのような男だった。これが警視で、しかも署長だというのだ。この手の若いキャリアは、捜査のその字も知らずに現場へ出て来るからいやになる。

池沢は眼鏡をはずし、息を吐きかけた。制服の袖で曇《くも》りをふきながら、世間話でもするような口調でいう。

「急に刑事課長代理が配置転換になりましてね」

口の利き方だけはていねいだった。

「穂波警部ですか」

「そう。金町《かなまち》署に転出します。刑事課の盗犯係長として」

大杉は笑いを嚙《か》み殺した。

「栄転というわけじゃないようですな」

「まあね。はっきり言えば格下げです」

「何か不始末でもありましたか」

池沢は眼鏡のレンズを光にすかし、それから慎重にかけ直した。能役者《のうやくしゃ》が面をかぶるような手つきだった。

「あなたの方がよく知ってるんじゃないかな」

「さあ、どうですかね。わたしは穂波代理とはあまり付き合いがないし」

池沢は立ち上がり、大杉に背を向けた。窓に向かって言う。

「あなたがここへ来てから、一年と少しになる。それからというもの、大久保署では幹部クラスを含めて、署員の異動が急にふえた」

「そう言われればそうですね」

「そのうちわたしも動くかもしれない」

「署長は動きませんよ」

くるりと振り向く。

「やけに自信がありそうだね。まるであなたが人事権を握っているみたいな言い方だ」

「とんでもない。わたしぐらいの年になると、勘が働くものなんです」

「署の連中は、陰であなたを疫病神《やくびょうがみ》と呼んでいるそうだが、知ってますか」

「ええ。へとも思っちゃいませんがね」

眼鏡が光る。

「こうもあちこち飛ばされる者が出て来ると、だれかをつつきたくなる気持ちも分かる。わたしじゃなくて、あなたがその対象にされたのは残念だが」

「恐れ入ります。しかしいくら配転が多いといっても、わたしがここの留置場にぶちこんだ人間の数ほどじゃありませんよ」

「それはわたしも認める。ただやたらに暴力を振るうのはどうかな。つい最近もどこかのバーで、無抵抗の男を外へ放り出したでしょう。やくざだというだけで手荒く扱うのは、あまりりこうなやり方じゃないと思うが」

大杉は穂波の顔を思い浮かべた。

「あれはやくざじゃありません。ただのちんぴらです」

「どっちにしても、やりすぎだ。非公式に抗議がきているんですよ、千早一家の顧問弁護士から」

大杉は笑った。

「それが穂波警部のさいごっぺですか」

池沢は眼鏡を押し上げた。

「それはどういう意味かね」

「なんでもありません。とにかく向こうがそのつもりなら、こっちも器物損壊罪で立件してやります」

「器物損壊罪」

「そうです。あのちんぴらは、店のグラスをわざと落として壊しました。経営者から被害届けを取って来ましょう」

池沢はゆっくりと椅子にすわり直した。デスクの上を形ばかり片づける。

「その必要はない。ただわたしが注意したということを覚えておいてほしい」

「分かりました。もうよろしいですか」

池沢は上目使いに大杉を見た。

「あなたは前の部署で、どんな不始末をしたんですか」

「別に、何も。とっくにお調べになったんでしょう」

池沢は上着の袖を軽く指ではじいた。

「まあね。確かに何もなかった。しかし何もないのに、本庁からこんな格下《かくした》の部署へ飛ばされるわけがない。やはり例の稜徳会事件に、何か関係があるんだろうね」

大杉は唇を引き締めた。

「それについては、何もしゃべってはいけないことになっています。しかしそのこととわたしの異動は関係ありません。どうしても事情をお知りになりたいなら、警視総監に聞いてください」

池沢はわざとらしく笑い、急に話を蒸《む》し返した。

「配転が多いのはやむをえないとしても、署長のわたしにその理由が知らされないというのは納得がいかない。どう思いますか」

大杉は一歩下がった。

「おっしゃる意味は分かりますが、意見を聞く相手を間違えておられるようですね」

日下茂《くさかしげる》の白髪が見えた。

大杉は木立を抜け、日下のすわっているベンチへ行った。声をかけて隣に腰を下ろす。

薄曇りの新宿御苑《ぎょえん》はまだ肌寒く、いつもほどの人出がない。二人がいる西洋庭園のはずれには、何組かアベックの姿が見られるだけだった。

日下は大杉の古い友人で『サタデー』という写真週刊誌の編集長をしている。ときどき酒を飲んでは、手持ちの情報を交換し合う間柄だ。

大杉はたばこに火をつけた。

「読んでもらったか、『公論春秋』の編集長に。名前は、ええと」

「宮寺《みやでら》だ。結論から言うと、だめだった。読んだには読んだが、活字にはできないと言ってきた」

大杉は日下を見た。

「どうしてだ。中身がつまらんというのか」

日下の太い眉がぴくりと動く。髪は白いが眉は染めたように黒い。

「いや。面白すぎるのさ。面白すぎてぶるってるんだ。あれが活字になったら、政府や民政党の内部は上を下への大騒ぎになる。森原法相が一人腹を切るだけじゃすまんだろう。そんな爆弾のボタンを押す役は、とても引き受けられんというわけさ」

「おいおい、その宮寺って男は、少女コミックの編集長か何かか。かりにも『公論春秋』の編集長なら、そんな弱気なことをいうはずがないぞ。権力の腐敗を白日《はくじつ》の下にさらすのが、戦闘的ジャーナリズムの仕事だろう」

日下はこめかみを掻いた。

「まあ『公論春秋』も、おれが編集長をやっていたころとは違うからなあ。スキャンダルものはもうやらないんだ」

「これはただのスキャンダルじゃないぞ。どこかのルポライターが、噂を元にでっち上げたものとはわけが違う。当事者の一人たる現職の警察官が書いたんだ。しかも匿名《とくめい》じゃなく、本名で発表してもいいと言ってる。これだけお膳立てが揃《そろ》ってるのに、どこに不満があるというんだ」

「そこがむしろ怖いんじゃないかね。内部告発は両刃《もろは》の剣だ。現職の警察官がこんなものを発表するなんて、正気の沙汰《さた》じゃないよ。退職したあとならともかく」

「現職だからこそ、パンチがあるんだ。書いた当人は警視の職をなげうつ覚悟でいる。確かに正気の沙汰じゃないがね」

「宮寺はそんなやつと心中したくないんだろう。だいたい原稿の中身を裏付ける証拠が何かあるのか」

大杉はベンチの背にもたれた。

「ない」

「例の写真はどうなんだ」

それは事件のとき、日下の提供した情報に端を発して、最終的に倉木尚武の手に落ちた極秘写真のことだった。

「それもない。お偉方《えらがた》が召し上げたきり、一度もお目にかかってない」

「まったくおめでたいよ。あれほどの暴露原稿を書くつもりなら、写真の一枚ぐらいくすねておくのが常識というもんだ。何も証拠がないんじゃ、ますます掲載は無理だな」

「当人が書いたんだから、これほど確かなことはないじゃないか」

「頭がおかしくなったデカの妄想だといわれたら、それでおしまいだろうが。書いたやつは懲戒免職になり、宮寺は編集長をはずされて板橋倉庫の倉庫番になる」

「しかしあそこに書いてあることは本当なんだ。おれがその旨一筆したためてもいい」

「そんなもの、くその役にも立たんよ。妄想刑事がもう一人ふえるだけのことだ」

大杉は短くなったたばこを投げ捨てた。

「もっと根性のある編集長はいないのか。ほかの社でもいいから、どこか紹介してくれ」

日下は首を振った。

「同じことだよ。どこへ持ち込んでもだめだろう。少なくともメジャーの出版社ではね。新左翼系のミニコミ雑誌にでも相談してみるんだな」

「そうするつもりなら、最初からあんたのとこへ持ち込んだりしないよ」

日下はブリーフケースをあけ、綴《と》じたワープロ原稿を取り出した。

「役に立たなくてすまん。『サタデー』でやれる内容でもないし、一応お返し申し上げるよ」

大杉はそれを引ったくり、丸めてコートのポケットに突っ込んだ。

溜め息をついて言う。

「気にしなくていい。おれもたぶんだめだろうと思った。こんな原稿読んだら、だれだって震えがくるさ」

日下はそれに答えず、じゃあ、と言い残してベンチを立った。急ぐでもなく、木立の中を遠ざかって行く。

日下の姿が見えなくなると、大杉はポケットから原稿を引っ張り出した。目を近づけて丹念に調べる。

ごくわずかだが、留めたホッチキスの穴がずれていた。

5

明星美希は肩を落とし、テーブルに置かれた原稿を見た。

「やはりだめでしたか」

残念な気持ちと、ほっとしたような気持ちが入り交じって、体がかすかに震える。

大杉良太は居心地悪そうにすわり直し、たばこの灰を叩き落とした。

「なにしろ内容が凄いからな。まして書いたのが現職の警察官となると、まるで火のついたダイナマイトを投げ渡されたようなもんだ。あとがどうなるかを考えたら、とてもじゃないが関わり合う気にならんだろう。少なくともまともな出版社じゃ無理だね」

美希は耳をすました。ハープシコードのレコードが流れている。いかにもホテルのバーらしい静かな雰囲気だが、今の話題にはいちばん似つかわしくない音楽に聞こえた。

「でもこの原稿は、まともな雑誌に掲載されなければ意味がないと、倉木警視はそうおっしゃっています」

「まあその方がインパクトは強いだろうが、新左翼系の雑誌もそれほどばかにしたもんじゃない。部数は少ないが、進歩的文化人と称するお歴々《れきれき》がけっこう読んでるんだ。そういう連中が一般マスコミへの火つけ役をしてくれるかもしれん」

美希は原稿をハンドバッグにしまった。水割りを飲む。どうやら一般雑誌に掲載するのは不可能なようだ。逆にいえば、それだけこの原稿の内容が危険だということになる。倉木のためには、掲載されない方がいいのかもしれなかった。

「分かりました。そのように警視にお伝えします。改めてお尋ねしますが、警部補ご自身のご意見はいかがですか、この原稿をお読みになって」

「おれには意見なんかない」

大杉はにべもなく言い捨てた。

「でも何かおありのはずです。出版社に打診してくださったくらいですから」

「警視殿が手を貸せというから、とりあえず義理を果したまでだ。空振りに終わったのは残念だがね。まあおれだったら、こんなばかな原稿は書かないな。今さら古い話を蒸し返したところでどうしようもない。遅すぎるよ」

「警視に直接そうおっしゃっていただけませんか」

「やっこさんだって、間にきみを立てたんだ。おれもそうさせてもらうよ」

大杉がぐいとあおったオン・ザ・ロックのグラスから、ウィスキーがぼとぼととこぼれ落ちた。ワイシャツにしみができる。

美希は急いでおしぼりを差し出した。大杉は顔をしかめ、形ばかりしみをふいた。よれよれのワイシャツで、すくなくとも一週間は取り替えていないように見える。

大杉は美希の視線に気づいたらしく、言い訳めいた口調で言った。

「女房に逃げられてね。ろくに洗濯もできないんだ」

美希は驚いて体を起こした。

「そんな、ご冗談でしょう」

「いや、本当だ。もう半年になるかな。娘を連れて実家へ帰っちまったんだ。大久保署へ移ってから、おれもだいぶ乱れたからな。愛想をつかされても仕方がないさ。遅すぎたくらいだよ」

美希は目を伏せた。大杉からプライベートな話を聞かされるのは初めてだった。

「それは何かとご不便ですね」

「なあに、小うるさいのがいなくなって、せいせいしてるよ」

「でもいずれはもどられるんでしょう」

「さあな。まあ今すぐ離婚する気はないだろうがね。別れたって慰謝料を当てにできないことは分かってるんだから」

「お嬢さんはおいくつですか」

大杉は瞬きした。

「この四月から高二になるんだ。中学のときには手に負えない不良でね。今はどうにかまともになったが」

「じゃ、お寂《さび》しいでしょう」

大杉は困ったような顔をして目をそらした。

美希は口をつぐんだ。軽い気持ちで言った言葉が、予想以上に大杉を動揺させたことが分かった。こんないかつい刑事にも、そんな柔らかい部分があったのかと、意外の念に打たれる。

大杉が咳払いをした。

「たまに電話をよこすんだ。非番のときには一緒に飯を食うこともある。寂しくもないしうるさくもない、ちょうどいい関係だよ。アメリカあたりじゃ、けっこう多いらしいじゃないか、そういうのが」

なんとなく強がりという感じがした。

美希は意識して話題を変えた。

「ところで警部補はあのとき、よく何も言わずに大久保署転出の辞令を受け取りましたね。こんなことを申し上げては失礼かもしれませんけど、本庁捜査一課の主任から一警察署の保安係長では、だれがみても格下げでしょう」

大杉は苦笑してテーブルに肘をついた。声を低めて言う。

「それは見方によるな。かりにあのときおれが、どこかの警察署長にでも任命されてみろ。稜徳会事件はなおさら疑惑の目で見られただろう。よほどおれが凄い手柄を立てたか、あるいは警察内部の弱みを握ったか、どちらかだと分かっちまう。上の連中がそんな危ない橋を渡るわけがないさ」

「それでおとなしく保安係長におさまったわけですか」

「悪いかね。長いものには巻かれるのが、りこうな警察官の生き方だ」

「当時はそう考えていらっしゃらなかったはずです。警部補は津城警視正のやり方に反対されていましたね。あの事件があんな形で処理されたことに、なんの怒りも感じなかったとおっしゃるんですか」

大杉の頬の筋肉がうねった。

「そうは言わないが、あの時点ではどうしようもなかった。関係者がみんな死んじまったんだから」

美希は口をつぐんで拳を握り締めた。

大杉は体を引いた。

「失望したかね」

「いいえ、その意味では、倉木警視もわたしも同罪ですから」

大杉はじっと美希を見つめ、抑揚のない声で言った。

「その他大勢のデカがいくらじたばたしたところで、警察の体質を変えることはできないよ。おれたちは自分が考えている以上に無力なんだ。それを肝《きも》に銘じておいた方がいい」

「じゃ、どうして今回、倉木警視のために一肌脱ごうという気になったんですか」

大杉はめんどくさそうに手を振った。

「だから義理だと言ったろう。やっこさんに伝えてくれ。この件はこれっきりにした方がいいとね」

美希は唇の裏側を嚙んだ。

「分かりました。お伝えします」

美希には大杉の言うことがもっともに思われた。いくらか失望したのは事実だが、自分の身の安泰を図るためには、大杉のように割り切ることが必要かもしれなかった。倉木にもそうしてほしいと思う。しかし倉木がそうしないことは、よく分かっていた。

美希はそれとなく周囲に目を配った。ホテルのバーとしてはかなり広い。近くのブースにはだれもいなかった。

「そう言えば一つ、お話ししていなかったことがあります。実は半月ほど前、海上保安庁の巡視船が日本海で北の武装工作船に遭遇して銃撃戦になりました」

先日倉木に報告したことを、もう一度繰り返して話す。

聞き終わると、大杉は目をむいて言った。

「その死んだ男は、確かにシンガイと言ったのか」

「海上保安庁からの報告書ではそうなっています」

大杉はしばらく考えていたが、やがてあまり気の進まぬ様子で言った。

「まさかあの新谷と関係あるわけじゃないだろうな」

「倉木警視もそのようにおっしゃいました」

大杉はいやな顔をした。

「やっこさんの意見はどうだったんだ」

美希は倉木が考えついた話を、そのまま大杉に伝えた。

大杉は口を半開きにした。とぎれとぎれに言う。

「つまりその、崖から突き落とされた新谷和彦が、北の工作船に助けられて、向こうへ連れて行かれたというわけか」

「ええ。そしてつい先日、日本に再入国したと。それも北のスパイとして」

大杉は笑わなかった。それどころかめったにないほど真剣な顔つきだった。

「とても信じられん話だ。しかしいかにも筋が通っている。どうなんだ、新谷らしい男が上陸したのを、だれか見たものがいるのか」

「銃撃戦の翌朝、地元の人間が現場付近で、見慣れぬ男を目撃しています。その男の人相風体は、新谷のそれと酷似していました。確かにこうした状況は、倉木警視の仮説を裏付けているように見えます」

「その男、本当に新谷なのか」

「可能性があるとしか言えません」

大杉はくすぶっていたたばこを消した。

「やつの人相書きを回せば、意外に早く身柄を捕捉《ほそく》できるかもしれんな」

美希はスカートのごみを取るふりをした。

「外事課では、シンガイという言葉を新谷和彦の名前と結びつける者はいません。稜徳会事件の詳細が、公安内部でもほとんど明らかにされていないことはご存じでしょう」

大杉はじろりと美希を見た。

「つまりこの情報を、上司に報告してないということか」

「ええ。よほどはっきりした証拠が出てくれれば別ですが。今の段階では、とても納得してもらえないでしょう」

「するとそのことを承知しているのは、きみと倉木警視と、それにおれだけか」

美希は一拍おいた。

「もう一人、津城警視正がいます」

大杉の目が光る。

「彼にも報告したのか」

「ええ。黙っているわけにいかないでしょう、新谷が絡んでいるかもしれないとすれば」

「警視正の意見はどうだった」

「何もおっしゃいませんでした。ただそのとき、コーヒーに入れるべきミルクを、コップの水にいれようとしました」

6

宗田吉国《そうだよしくに》は振り向いた。

雑木林にはさまれた砂利道には、車も人影もなかった。その向こうにそびえるどこかの工場の煙突から、薄いオレンジ色の煙が吹き出しているのが見える。

だれかにつけられているような気がした。今日だけではない。二か月ぐらい前からそんな気配が続いている。

ふと李春元の顔が目の裏に浮かんだ。あれが始まったのはちょうど、李春元と知り合った前後のことではなかったか。

宗田は品川区大崎で、食料品の仕入れ会社を経営するかたわら、朝鮮焼肉の店を開いている。李春元が初めて焼肉店に姿を見せたのは、一月の松が取れてまもなくのころだった。李はたまたま店に出ていた宗田に愛想よく話しかけ、いい肉を使っていると世辞を言った。それから週に一、二度顔を出すようになった。来るたびに特上のカルビを二人前と、ビビンバの大盛りを平らげた。

しばらくたったある夜、宗田が閉店後よく行く近所のスナックで酒を飲んでいると、李春元がはいって来た。気がついたときには、李はいつの間にか同じ席にすわり、宗田に酒をおごっていた。宗田が帰化日本人であることを承知しており、自分も南のある商社に勤務していること、最近その駐在員として日本へ来たことなどを告げた。如才《じよさい》がなく、話題の豊富な男だった。そのことがかえって宗田を不安にした。人当たりのいい同胞に出会うと、本能的に警戒心が働いてしまうのだ。もしかすると李春元は、ＫＣＩＡのエージェントかもしれないと思った。

宗田は李春元のことを頭から追い払い、車のドアをロックした。空を見て深呼吸する。砂利道には人っ子一人見当たらなかった。どうやら気のせいだったようだ。少なくとも今は、だれにもつけられていない。

気を取り直して、稜徳会病院の門をくぐる。常緑樹に囲まれた小道を抜け、中央病棟を右に見ながら建物の裏手へ向かった。そこに給食や洗濯、エネルギー関係を扱うサービス棟の入り口がある。ガラス戸のわきに、小さく『旭興産』と看板が出ていた。

事務室をのぞくと、青いつなぎの作業着を着た男が一人、床を掃除しているのが見えた。体が不自由らしく、左足をひきずっている。黒縁の眼鏡をかけ、揉《も》み上《あ》げから顎にかけて縮れた髭《ひげ》をはやした男だった。

「千木良《ちぎら》さんはいらっしゃいますか」

声をかけると、男は腰を伸ばして宗田を見た。

「ちょっと病棟の方へ行っていますが、すぐもどると思いますよ」

つやのある声だった。ほっそりした体つきだが、頬のあたりだけふっくらしている。まだ三十代の前半だろう。今まで見たことがないが、新入りだろうか。この病院では、人道的な理由よりも人件費を安く押さえるために、体の不自由な者を雇っているという噂がある。

「宗田といいますが、待たせてもらっていいですか」

男は眼鏡に手をやった。

「宗田食品の宗田社長ですか」

そうだと答えると、男は相好を崩した。ぺこりと頭を下げて言う。

「わたし、今度はいりました古江《ふるえ》五郎《ごろう》といいます。宗田さんのことは、千木良主任からうかがっています。よろしくお願いします」

「こちらこそよろしく。給食ですか、洗濯ですか」

「いえ、もうなんでもやる雑用係なんです。看護助手なんかもやります。体が不自由なもんですから、働き口がなくて困っていたんですが、やっとここで雇ってもらえて」

勝手にしゃべりながら、茶を入れてくれた。

一口飲んだとき、ドアがあいて千木良がもどって来た。宗田は急いで立ち上がり、挨《あい》拶《さつ》した。

千木良亘《わたる》は四十がらみの、大柄な男だった。口の脇にいかにも狷介《けんかい》そうなしわが刻まれている。顎はとがり、頬骨が高い。濃い眉の下の目は、まるでアイスピックのように危険で冷たい光を放っている。宗田はいつも、千木良の目を三秒以上は正視できなかった。

下を向いて封筒を取り出す。

「先月分の請求書をお持ちしました」

千木良は封筒を受け取り、請求書を引っ張り出した。それを机の上にほうり投げ、封筒の方は上っ張りのポケットにしまった。中にはいつものように、請求書と一緒に一万円札が五枚はいっているのだが、千木良は眉一つ動かさなかった。

古江が千木良に茶を入れた。

千木良は接客用のソファにすわり、サンダル・シューズを脱いでテーブルに足をのせた。象のように大きな足だった。

「この間の蒲鉾《かまぼこ》だがなあ、ちょっとへんな味がしたぞ。試しに患者に食わしたら、何人か腹を壊したやつがいたよ。おれたちに腐ったものを食わせようってのか。どういう料簡なんだ、いったい」

宗田は体を固くした。千木良の口ぶりから、あまり虫の居所がよくないことが分かる。

あの蒲鉾は一流の食品会社から仕入れた高級品だった。腐るはずがなかった。しかし千木良の機嫌が悪いとすれば、それを言っても始まらなかった。かえって火に油を注ぐ結果になる。

「申しわけありません、いつも注意してるんですが。来月の請求書からはずしますから、今回はご勘弁願います」

「それだけかよ」

「いえ、いずれ何かで埋め合わせさせてもらいます。本当に申し訳ありませんでした」

千木良はそれについてしばらくねちねちいやみを言った。宗田は恐縮しきったふりをし、テーブルに頭をすりつけるようにして、ひたすら詫《わ》びた。この際ついでに、千木良が新入りの古江に自分の威光を示す、絶好の機会を提供してやるのだ。千木良はそういうことが好きな男だった。

千木良はこの病院の主任看護士だが、同時に旭興産の専務も務めている。旭興産は稜徳会病院の子会社だった。病院で消費される食料品、日用品、衣料、雑貨のたぐいは、すべて旭興産から買い上げられる。旭興産はそれらの物品を業者から安く買い叩き、病院に高く転売して利鞘《りざや》を稼ぐのだ。

旭興産の社長は、稜徳会病院の院長の梶村文雄《かじむらふみお》が兼ねていた。梶村は以前から旭興産の社長をしているが、一年ほど前に起きた大量殺人事件をきっかけに、稜徳会の院長も兼任するようになった。それまで院長を務めていた小山富男《こやまとみお》は、副院長に格下げされた。普通なら首になるところだが、医者としての腕がよかったおかげで、追い出されずにすんだらしい。

宗田がさっき差し出した請求書も、稜徳会病院宛《あて》ではなく旭興産宛になっていた。ただし食料品はすべて、病院の方に直接納入される。つまり旭興産は、実体のないトンネル会社なのだ。医療法の規制を受ける医療法人稜徳会病院が、法の網目をくぐって利益を上げるために考え出した、巧妙な仕掛けだった。

ころあいを見計らって、宗田はおずおずと切り出した。

「ところで、先日ご相談した例の件なんですが、どんなもんでしょうか」

千木良はそれに答えず、たばこを取り出した。宗田はすばやくテーブルのライターを取り、火をつけてやった。

千木良は質問に答えず、机をふいている古江に声をかけた。

「ちょっと来い。紹介しとこう」

古江はぞうきんを持ったまま、急いで気をつけをした。左足が不自由なせいで、上体が小さく揺れる。

緊張した声で言う。

「宗田さんにはさきほどご挨拶しました」

「おう、そうか」

千木良は鷹揚《おうよう》にうなずき、宗田の方に向き直った。

「こいつ、最近はいった雑用係でね、古江っていうんだ。けっこう気が利くんで、手伝いをやらしてる。よろしく頼むよ」

「こちらこそ、よろしく」

二人は改めて挨拶を交わした。千木良はそれを待って古江に言った。

「ちょっと病棟へ行って、電パチの用意をしといてくれ。平山のじじいを痛めつけてやるんだ。おれのスリッパにしょんべん引っかけやがって」

古江が出て行くと千木良はテーブルから足を引っ込めた。低い声で言う。

「こないだ話した金井だがなあ、おととい看護士の篠崎が鉄パイプでぶっ叩いたら、あっけなくくたばりやがったんだ。だからあんたに払い下げるわけにいかなくなった」

宗田は愕然《がくぜん》とした。

「まさか。あんな無邪気な男を殺すなんて、ちょっとひどいじゃないですか」

千木良はテーブルを蹴った。

「言葉に気をつけろ。殺したんじゃない、野郎が勝手にくたばったんだ。おれだって三十万稼ぎそこなって、頭に来てるんだ。篠崎のやつをぶっ飛ばしてやったよ。まったく情けねえ。院長に死亡届けを書いてもらいながら、涙が出てきたくらいだ」

「死亡届けを出したんですか」

「当たり前じゃねえか。病死だよ、病死。心不全でな。殴打《おうだ》によるショック死だなどと書けるかよ」

宗田はつばを飲んだ。体が震えそうになる。この連中のすることといったら、とても常識では考えられないことばかりだ。世間がこの病院の実態を知ったら、どんなことになるだろうか。

それはともかく、金井が死んだのは二重の意味でショックだった。あんな罪のないアル中の男が、看護士に殴り殺されるとは信じられなかった。それに金井のように、まったく身寄りのない人間というのは、そうたくさんはいない。死亡届けさえ出ていなければ、死体を引き取ってもよかったくらいだ。生きていようと死んでいようと、こちらにとっては結局同じことなのだから。

しかしそれを口に出して言うわけにはいかなかった。ちくしょうめ、これでまた最初からやり直しか。

千木良が猫撫《ねこな》で声《ごえ》で言う。

「そんなにがっかりするなよ。また福祉事務所やそこいらの飯場を一回りすれば、身寄りのないやつはいくらでも見つかるさ。近いうちにまた下げ渡してやる。約束するよ」

宗田は溜め息を殺して立ち上がった。

「一つよろしくお願いします」

千木良は野放図にたばこの煙を吐き散らした。

「それにしてもあんた、物好きだよなあ。そんなに身寄りのない人間ばかり引き取って、いったいどうするんだ。それもどだい頭がおかしい連中をさ」

宗田は拳を握った。

「罪滅ぼしですよ。何も聞かないでください。そういう約束でしょう」

千木良は両手をかざした。

「分かった、分かった。こっちは金さえはいりゃ文句はないんだ。あんたに引き取られた連中はここと おさらばできるし、病院はあいたベッドに新しい患者を詰め込むことができる。あんたはあんたで功徳《くどく》を施したことになる。まるまる一石三鳥、いや四鳥じゃないか。たいした慈善事業だよ、なあ、社長」

病院を出ると、宗田はまた大きく深呼吸した。つくづくいやな仕事だと思う。何もかもなげうって、どこか遠いところへ逃げることができたら、どんなにいいだろう。

しかし北にいる母親や妹のことを思うと、それはとうていできない相談だった。

車に乗り込み、発進した。稜徳会病院は都下稲城市の坂浜にあり、車がないと非常に不便な土地柄だった。京王相模原《けいおうさがみはら》線が通っているが、坂浜には一つも停車駅がない。鶴川街道に出たとき、電話を入れなければいけないことを思い出した。宗田は雑貨屋の店頭に赤電話を見つけ、車を停めた。

いつものように周囲に目を配り、だれも聞き耳を立てている者がいないのを確かめる。コールサインが二回鳴ったところで、一度受話器を置く。改めて硬貨を入れ直し、同じ番号を回す。打ち合わせどおり、五回目のコールサインで相手が出た。

「新谷だ」

宗田は息をつき、口を開いた。

「宗田だ。金井の件は失敗に終わった」

バーの客はわずかしかいなかった。

倉木尚武と明星美希は、ボーリングのレーンほどもありそうな長いカウンターのちょうど真ん中あたりにすわっていた。

倉木はネクタイを緩めた。

「そうか、だめだったか」

美希は目を伏せ、水割りに口をつけた。

「大杉警部補も手を尽くしてくださったようですが、結局メジャーの雑誌では無理みたいですね。あまりにパンチが効きすぎて」

倉木はショット・グラスを一息にあけた。いらだちを抑え込むような飲み方だった。

カウンターの端にいるバーテンに、指を鳴らして合図する。

バーテンはスコッチの瓶《びん》を取り上げ、滑るようにそばへやって来た。目にも留まらぬ早業《はやわざ》でグラスを満たすと、つぎの瞬間にはもうカウンターの端にもどっていた。

倉木は一口でグラスを半分空《から》にした。

「内容についてはどんな意見だった」

「警部補の言葉をそのままお伝えしますと、自分ならこんなばかな原稿は書かないそうです。今さら古い話を蒸し返してもしかたがない、遅すぎるともおっしゃいました」

「ごりっぱな意見じゃないか」

ゆがんだ唇の端で言う。

美希は取り合わずに続けた。

「この件はこれきりにした方がいい、というのが警部補の結論です」

倉木はグラスを見つめた。ウィスキーを静かに回す。

やがてぼそりと言った。

「ほかには」

美希は唇をなめた。

「警部補は奥さんに逃げられて、不自由しているという話でした」

倉木はグラスを下ろし、美希を見た。

「逃げられた。どうして」

「知りません。もう半年になるそうです」

倉木の目にちらりと苦渋の色が浮かんだ。無造作に酒を飲み干して言う。

「確か娘さんが一人いたはずだが」

「奥さんが連れて行ったと聞きました」

倉木はまたバーテンを呼び、グラスに酒を注がせた。いつもよりピッチが速い。顔が少し青ざめている。

「今夜ははらはらするほどハイピッチですね。だいじょうぶですか」

「介抱してくれとは言わんよ」

言葉にとげがある。

美希はおしぼりをつかみ、カウンターにこぼれた水をふいた。

「大杉警部補も一所懸命やってくださったんです。編集長を説得できなかったからといって、警部補の責任ではないと思います」

「別に彼を責めるつもりはないし、そのためにピッチが上がったわけでもない。原稿はどうした」

美希はハンドバッグをあけ、二つ折りにした原稿を差し出した。倉木はそれを広げ、薄暗い照明の下で注意深く調べた。まるでだれかが、ラーメンのつゆをこぼしたのではないかと疑っているような、執拗《しつよう》な視線だった。

倉木は美希を見た。

「この原稿を綴じ直さなかったかね」

どこか引っかかる口調だった。

「わたしは綴じ直したりしません。おかしいところがありますか」

「いや、いいんだ。これはきみが預かっておいてくれ」

倉木はそっけなく言い、原稿を折り畳んで美希のバッグにねじ込んだ。美希はわけを尋ねようとしたが、倉木の固い横顔を見て口を閉じた。何を聞いてもむだなようだ。

水割りを静かに飲み干す。ひどく苦い味がした。自分がしていることの空《むな》しさを、つくづくと思い知る。倉木のしようとしていることに、未来があるとは思えなかった。それはとりもなおさず、手伝いをしている自分にも未来がないということだった。

美希が手助けしようとしまいと、倉木は思ったことをやらずにはいないだろう。それならばやはり、手を貸す立場に身を置きたいと思う。そしてその理由は一つしかない。死んでも悟られたくないが、美希は無関心きわまりない倉木の目を、少しでも自分に引きつけようとしているのだ。倉木にとって何者かでありたいと、気が狂うほど望んでいるのだ。そのためならば、電話ボックスの中で裸になることもいとわなかった。

しかしかりにそんな振舞いをしたところで、倉木がかならず目を向けてくるという保証はない。まったく倉木はポストのように無感動な男だった。いっそ口から手を突っ込んで、中を掻き回してやりたいと思う。

「外事二課の筋からは、新谷の足取りはまだつかめないのかね」

倉木の言葉が、容赦なく美希の黙想を突き破った。

溜め息とともに言う。

「残念ながらまだです。この前お話ししたとおり、新谷が能登から内陸へ潜入したことは間違いありませんが、その後の足取りはいっさい分かっていません」

「そうか。実はこっちも収穫なしだった」

美希は倉木の横顔を見た。

「警視も何かお調べになったんですか」

「きみにばかり頼っていると思ったのかね」

語勢に押されて口をつぐむ。

「やつが前に住んでいたマンションや、リビエラにそれとなく当たってみたが、どちらにも立ち回った様子はなかった」

リビエラは以前、新谷が店長を務めていた池袋のパブだった。

倉木はまた新しい酒を注がせた。

「もっともやつがもしスパイになりきっているとしたら、そんな足のつく場所に立ち回るわけがない。むしろまったく関係のないルートを利用するだろう」

「でも新谷がもどって来たとすれば、スパイだけが目的ではないでしょう。弟のこともありますし、自分を殺そうとした豊明興業に復讐《ふくしゆう》しようとするはずです」

「しかし復讐すべき連中は全員死んでしまった。やつとしては振り上げた拳の持っていきどころがないだろう」

美希も水割りを作り直してもらった。冗談めかして言う。

「考えてみるとおかしいですね。警視もわたしも新谷和彦が確かに生きていて、北のスパイになったものと決め込んで話をしているんですから。状況的にその可能性があるというだけなのに」

倉木は笑わなかった。

「ある男が最近北朝鮮から能登半島へ潜入した。その事実は一応確認されている。そいつは新谷かもしれないし、そうでないかもしれない。それはやつをつかまえてみれば分かることだ。今そのことで悩んでも始まらない。われわれは外事課の連中が知らない情報を一つ持っている。そう考えることにしようじゃないか」

「外事課では今度の潜入スパイの足取りについて、韓国中央情報部の出先機関に調査を依頼しています。彼らは別個の追跡ルートを持っていますから、あるいはわたしたちより早く足取りをつかむかもしれません」

倉木は頰の傷に指を触れた。また酒のお代わりをする。

「ＫＣＩＡか。かりに連中が新谷の潜伏先をつきとめても、すなおに外事課に連絡してくるかどうか疑問だな。自分たちで処理してしまう可能性もある」

「でも公安部との間に、一応協定がありますから。日本国内における捜査活動を黙認するかわりに、情報をきちんと提供してもらうことになっています」

「建て前上はそうだが、公安部には連中に裏切られても公式に抗議できない弱みがある。警視庁がＫＣＩＡの、国内における捜査活動を黙認したとすれば、それは国家機関がみずから主権を放棄したことになる。そんなことがばれたら、マスコミに叩かれるだけではすまないだろう」

美希はためらったが、思い切って言った。

「それとは別に、わたしはＫＣＩＡの部員と個人的なコンタクトがあります」

倉木はちらりと美希を見た。

「きみは内勤じゃなかったのかね」

「それはそうですけど、会議などで何度か顔を合わせるうちに、親しくなった部員がいるんです」

「親しくというと」

「例えば食事を一緒にしたりとか」

倉木はじっと美希を見つめた。

「つまりその男は、きみに個人的な関心を寄せたというわけかね」

美希は目を伏せた。耳に血が上るのが分かる。

「ご自由に解釈してください」

倉木はグラスをあけた。

美希は顔を上げ、倉木が新しい酒を注文する前に腕をとらえた。

「そろそろ出ませんか、警視。ちょっと飲みすぎですよ」

倉木は腕時計を見た。

その拍子に、のぞいたワイシャツの袖がだらりとたれた。ボタンが取れている。

「あら、ボタンが」

倉木は美希の視線に気づくと、さりげなく腕をカウンターの下に引っ込めた。

「今朝着たあとで気がついた。クリーニング屋に文句を言う必要がある」

ぶっきらぼうに言い、バーテンを呼ぶ。

見てはいけないものを見てしまったような気がして、美希は倉木が勘定をしている間、カウンターに目を伏せていた。

考えてみれば倉木は、大杉よりも一人暮らしが長い。不自由していないわけがなかった。それを思うと急に胸を締めつけられた。取れたボタンをつけている自分を想像すると、息苦しくなる。しかし倉木に見すかされるのがいやで、じっと押し黙っていた。そんな自分が、たまらなく腹立たしかった。

勘定をすませた倉木が言う。

「行こうか。もう少し飲みたいけど」

美希は、気を取り直し、努めて明るく言った。

「いっそこのカウンターを引きはがして、おうちへ持って帰ったらいかがですか」

8

外へ出ると、雨になっていた。ひとしきり強く降ったらしく、あちこちに水溜《みずたま》りができている。

倉木はコートの襟を立て、大股《おおまた》に歩き出した。後ろを見ようともしない。スカーフを直していた美希は、置き去りにされそうになり、あわててあとを追った。たちまち冷たいしずくが顔を濡《ぬ》らし始める。

倉木の足は速く、まるで酒が燃料になったような歩き方だった。小走りに走らなければついて行けなかった。しばしば水溜りに進路を妨げられる。その一つに危うく足を突っ込みそうになり、美希は思わず口の中で罵った。倉木には、美希のために水溜りにコートを投げるどころか、ゆっくり歩こうという発想もないとみえる。そもそも連れがいることを覚えているかどうかさえ疑わしい。

コートの胸元を押さえた手が、しだいに感覚を失っていく。車の拾える通りに早く出たい。方向としては池袋駅の西口に向かっているはずだ。美希は唇を引き締め、ひたすら倉木のあとを追った。

視線を集中していたので、掘り起こされた工事中の道に、知らずに突っ込んでしまった。あわてて踏みとどまろうとしたが、濡れた砂利に足をすくわれた。バランスを崩し、とっさに美希はそばの金網《かなあみ》にしがみついた。針金が指に食い込み、もう少しで声が出そうになる。かろうじて倒れるのだけは免れた。危ないところだった。冷や汗が吹き出す。

「すみません、警視。ちょっと待ってください」

呼びかけると、十メートルほど先を歩いていた倉木が、足を止めて振り向いた。

「どうしたんだ。そんなところに立っていても雨はやまないぞ」

美希は唇を嚙んだ。何も好きこのんで立ちどまったわけではない。倉木が引き返して来て、手を貸してくれるのではないかという期待は、空しくはずれた。溜め息をつき、金網から手を離す。みじめな気持ちになり、倉木のことを初めて憎いと思った。

美希は歯を食いしばり、また歩き始めた。すぐ目の前に水溜りがある。それを迂回《うかい》しようとしたとき、むき出しの敷石の角にパンプスのかかとが引っかかった。はっとしたときにはもう遅かった。腰がくだけ、体が斜めに泳いだ。

美希はまともに水溜りに倒れ込んだ。

水が激しくはね返り、顔にしぶきがかかった。口の端からいやな味のする泥が流れ込む。吐き気が込み上げてきた。何が起こったのか考える余裕もない。

目の前にハンドバッグが落ちている。ボーナスをはたいて買った、ルイ・ヴィトンの高価なバッグだった。水に落ちても中は濡れないといわれているが、ほんとうだろうか。おかしい。夢を見ているような気分だ。

水溜りに四つんばいになったまま、美希は少しの間茫然自失《ぼうぜんじしつ》していた。自分のおかれている状況が、すぐには信じられなかった。しかしこれは夢ではない。自分は今確かに泥水の中をはいずっている。

出し抜けに笑い声が響いた。

はじけるような笑い声だった。

驚いて顔を上げると、倉木が街灯の光を浴びて目の前に立ちはだかっていた。コートの前をはだけ、ズボンのポケットに両手を突っ込んだまま、上を向いて笑っている。

美希は愕然とした。恥ずかしさと怒りのあまり、かっと頭に血がのぼる。われ知らず体が震えた。反射的に泥水の中で砂利を探る。生まれてこのかた、これほど腹が立ったことはなかった。いつどこで笑おうと勝手だが、今この瞬間だけは許せなかった。汚れた砂利をあの傷だらけの顔に投げつけてやる。警視だろうと総監だろうとかまいはしない。覚悟するがいい。

倉木が笑いながらそばへやって来た。美希は砂利を握り締めた。好きなだけ笑うがいい。すぐに思い知らせてやる。

そのときまったく唐突に、美希の頭にあることが思い浮かんだ。それはまるで天の啓示のように胸を打った。

倉木が笑っている。

美希は一瞬怒りを忘れ、あっけにとられてその笑い顔を見つめた。

初めて会ったときから美希は、ついぞ倉木の笑い顔を見たことがなかった。笑い声を聞いたことがなかった。いつも暗い光を秘めた目で、じっと人の顔を見つめるだけの男だった。ほんのときたま漏れるかすかな冷笑も、笑いというよりはただの皮膚のひきつりでしかなかった。

その倉木が今、雨が降り込むほど大口をあけて、笑っている。それは驚くべき発見だった。

「自分が今どんな格好をしているか分かるか。溺《おぼ》れかかったフォックステリアだ」

倉木はなおも笑いながら、無頓着に水溜りに踏み込んで来た。美希は倉木の靴が泥水にもぐるのをはっきりと見た。わけもなく胸をつかれる。

倉木が手を差し伸べた。

美希は我に返り、急いで砂利を離した。泥水から手を抜き、倉木の方に差し出す。倉木は泥だらけの美希の手を、いとも無造作につかんだ。それは思いのほかがっしりした、暖かい手だった。

倉木に引き起こされると同時に、わけもなく笑いが込み上げてきた。美希は笑い始めた。なぜか分からないが、おかしくてしかたがなかった。体を折り、次には胸をのけぞらせて、とめどもなく笑ってしまう。

ふと気がつくと、目の前に気勢をそがれたような倉木の顔があった。もう笑っていない。毒気を抜かれたような表情で美希を見ている。それがなんとも間の抜けた感じにみえ、美希はまた笑いが込み上げてきた。笑おうと口をあけたとき、突然握った手を引き寄せられた。体と体がぶつかる。

ものも言わずに、倉木が美希の唇を奪った。酒臭い息がむっと鼻をつく。息が詰まるほど抱き締められる。舌が力強く侵入してくる。美希の舌や歯の裏をくまなくまさぐる。美希は喉を鳴らしながら、倉木の舌を吸い返した。体の一部が溶け出すのが分かる。わたしは倉木にキスされている。そう考えたとたんに膝の力が抜けた。もう一度水の中に崩れ落ちそうになり、急いで倉木の胸にしがみつく。

二人は雨に打たれながら、水溜りの中に立ち尽くしていた。

「ようよう、見せつけてくれるじゃないの、お二人さん」

突然静寂を破られ、美希ははっと体を離した。首をねじ曲げると、水溜りの外に男が立っているのが見えた。あわてて倉木の腕から逃れる。

革のジャンパーを着た若い男だった。パンチパーマが雨に濡れてきらきら光っている。痩せた体つきで、女のように鼻筋が通ったハンサムな男だ。

「あっちへ行け」

倉木が低い声で言った。動揺した様子は微塵《みじん》もない。

「よく言うぜ、まったく。おれにもやらせてくれよ、一回でいいからよ」

美希は倉木の腕を引いた。

「行きましょう」

男はジャンパーのポケットから手を出した。チェーンのようなものを握っている。

「急ぐことはないだろうが、ねえちゃん。おれはあんたのあそこにさわりてえのよ」

美希は驚いて一歩下がった。いきなり何を言い出すのだろう。

「あそことはどこだ」

倉木が妙にしゃがれた声で言った。細められた目が、獣のように冷たく光る。男はせせら笑い、むきつけに四文字の言葉を吐いた。美希は唇を嚙んだ。かっと頰がほてる。

倉木の体が動いた。一跳びで水溜りを抜ける。

「やめて」

美希が叫んだときには、倉木はもう男に向かっていた。男が右腕を振り上げる。倉木は風を巻いて襲いかかってくるチェーンを、左腕で受け止めた。チェーンの先がどこかにぶつかる鈍い音がした。

倉木はそれをものともせず、右の拳で男のこめかみを殴りつけた。男はよろめき、腰を落とした。チェーンは倉木の腕に残った。

因縁をつけたわりに、男は喧嘩《けんか》慣れしていないようだ。汚い言葉を吐き散らしながら、頭から倉木に向かって突っ込んで行く。

倉木は体を開いてそれを避け、チェーンを男の肩口に叩きつけた。男は声を上げ、水溜りに倒れこんだ。すぐに起き上がり、体勢を立て直す。

倉木が残忍な口調で言った。

「かかってこい。二度と汚い言葉が吐けないようにしてやる」

男は無言で殴りかかった。倉木はやすやすとその腕をかいくぐり、腹に右の拳を叩き込んだ。男の体が二つに折れ、また水溜りに膝を落とす。倉木はそれを引き起こし、口のあたりを二発殴った。男は水の中にはいつくばった。ずぶ濡れだった。

「もういいわ、やめてください」

美希が声をかけたが、倉木は耳を貸そうとしなかった。起き上がってきた男をまた殴り倒す。男は水溜りに顔を突っ込み、激しく咳き込んだ。

性懲《しょうこ》りもなく立ち上がり、またも倉木に向かって殴りかかる。まるでスピードのないパンチだった。

さすがに倉木も体をかわしただけで、今度は殴り返さなかった。男はたたらを踏んだが、すぐに方向転換して倉木にむしゃぶりつく。倉木は顔をしかめ、横腹を殴りつけた。手加減したような殴り方だったが、男はあっけなく吹っ飛び、また水溜りに仰向けに倒れた。くるりとうつぶせになると、そばに突き出していたコンクリートの塊に、自分の頭を叩きつけた。

「いてえよう。やめてくれ。助けてくれ」

狂ったように泣きわめく。泣きわめきながら頭を打ちつける。美希はわけが分からず、ぽかんと男を見下ろした。この男は気が狂ったのではないだろうか。

倉木も驚いたように、男が自分を痛めつけるのを見ていた。美希は急に不安になり、男のそばへ駆け寄ろうとした。

倉木はそれを抱きとめた。

「ほうっておけ。酔っているだけだ」

チェーンを投げ捨て、美希の腕をつかんで歩き出す。

「でも」

美希は一度振り返ったが、倉木に引きずられてしぶしぶその場を離れた。

後味の悪い出来事だった。その前の甘い瞬間の記憶が、跡形もなく消し飛んでしまった。いやな予感が体を貫く。

男の泣き声だけが耳に残った。

# 第二章

## 1

廊下にはだれもいなかった。

宗田吉国はボタンを押し、チャイムを二回鳴らした。少し間をおき、今度は続けて五回鳴らす。

ドアの向こうに人の気配がした。マジックアイで確かめている。チェーンのはずれる音がして、ドアが細めに開いた。宗田は素早く中へはいった。

新谷和彦が上がりがまちに立っていた。黒いとっくりのセーターを着ている。無機質な目でじっと宗田を見下ろす。

「つけられなかっただろうな」

ぞっとするほどやさしい声だった。声を聞いただけでは、だれもこの男が北から潜入したスパイとは思うまい。

「だいじょうぶだ。おれも昨日今日この仕事を始めたわけじゃない」

わざと無愛想に言い、靴を脱いだ。新谷はあとずさりして、宗田をリビングに入れた。この男は決して人に背中を見せようとしない。みごとなまでに用心深い。

ここは宗田が社宅の名目で借りた、1DKのマンションだった。何もない殺風景な部屋で、必要最小限の家具は置いてあるが、どれもあちこちの叩《たた》き売《う》り店で買い集めた安物ばかりだ。

二人はクッションの甘いソファに、向かい合って腰を下ろした。

「金井はどうしてだめになったんだ」

「死んじまったのさ。正確に言えば、殺されたんだ。看護士に鉄パイプで殴られて」

宗田は稜徳会病院で千木良亘から聞かされた話をした。

聞き終わると、新谷は頰《ほお》に凍りつくような笑いを浮かべた。

「なかなか面白そうな病院だな。一度のぞいて見たくなったよ」

宗田はハンカチを出して首筋をぬぐった。

千木良はただこわもてするだけの男だが、新谷にはまったく別の、得体の知れぬ怖さがある。まるで宇宙人だ。女のようなのっぺりした顔立ち。画家か音楽家のようなほっそりした手。猫のように素早く、足音をたてぬ歩き方。

新谷が日本人であることはほぼ間違いない。日本語にも訛《なま》りがなかった。外見からして在日二世という可能性も低い。朝鮮語を話さず、自発的にか強制的にか知らないが、とにかく北へ渡ってしたたかなスパイに仕立て上げられ、また日本へ舞いもどって来たのだろう。新谷和彦という名前も、本名かどうか分からない。戸籍を買うか奪うかして、すでにこの世にいない男の名を名乗っているだけかもしれない。とにかくこちらは指令どおり、この男の面倒をみればいいのだ。

新谷が口を開いた。

「死んだものはしかたがない。次の候補を当たるんだ。本部ではまだまだ足りないと言っている。何人いても多すぎることはない。分かってるだろうが」

「ああ、分かってるよ。千木良も金になる話には目がない。近いうちにまただれか世話をしてくれるだろう」

宗田は千木良に取り入り、金で身寄りのない患者を下げ渡してもらっている。千木良はそれが金になると知って、積極的に近在の飯場などを回り始めた。その種の場所にはかならず、身寄りのない天涯孤独の人間が何人かいる。そういう人間をたぶらかして、病院へ拉致《らち》するのだ。

また福祉事務所や保健所に渡りをつけておけば、生活保護で暮らしている孤独な人間の情報が簡単に入手できる。適当な病名をつけて彼らを入院させるのは、いたって簡単なことだった。

そのようにして集められた身寄りのない人間を、適当な時期に宗田が引き取る。手続きなど千木良の手にかかれば、あってないようなものだった。引き取った人間から、宗田は戸籍を買い取る。自分の戸籍が五十万円もの大金で売れることが分かると、たいていの人間は取引に応じる。彼らにとって戸籍などというものは、なんの役にも立たない過去のごみくずだからだ。

買われた戸籍は、北から送り込まれたスパイの、新しい身元証明になる。別人になりすましてパスポートを取り、どこへでも自由に渡航することができる。韓国へ渡ることも可能だった。というより、それが最大の狙《ねら》いなのだ。

戸籍を失った人間の行く末がどうなるか、宗田は知らない。それを監督し、処理するのは別の人間の仕事だ。北へ連れ去られる場合もあるし、あるいはどこか人目につかない場所で、静かに息を引き取る場合もあるかもしれない。

新谷が言った。

「ところで書類は揃《そろ》ったか」

宗田は我に返り、内ポケットから書類を出した。まず住民票。教えられたとおり、北区の区役所へ行って取ってきたものだ。抹消されているかもしれないと新谷は心配していたが、住民登録はちゃんと残っていた。次に戸籍謄本。これは宗田食品の気付で、長野県飯田《いいだ》市から取り寄せたのだった。

新谷はそれらを入念に調べ、ポケットにしまった。おそらく最初に運転免許を取り、それを身元証明にしてパスポートを申請するつもりだろう。しかし新谷がこのあとどうしようと、宗田には関係のないことだった。説明されないかぎり、聞かないですむことは聞かないことにしている。

宗田はためらいがちに言った。

「ちょっと気になることがあるんだ」

新谷の目が光る。

「なんだ」

「実は最近、南から来たと称する男が、おれに接近してるんだ」

「南から来た男」

「そうだ。商社に勤めていると言ったが」

宗田は李春元のことを細大漏《も》らさず話した。今年の初めに焼肉店にやって来たこと。しばしば酒席をともにするようになったこと。どうも監視されているような気がすること。

「はっきりしたことは分からないが、もしかするとＫＣＩＡの部員じゃないかと思うんだ。妙に如才がなくて、焦《こ》げ臭《くさ》い話をいっさいしようとしない。そこがかえって怪しい感じでね。思い過ごしならいいんだが」

新谷の眉がかすかに曇った。額にかかった髪を神経質に搔《か》き上げる。

「どんな男だ。写真はないのか」

「一度ポラロイドで撮《と》ろうとしたが、写真は嫌いだと言って断られた。そのあたりもおかしいと思う原因なんだ」

「勤め先へ連絡してみたか」

「電話をかけてみた。南友商事という会社でね。確かにやつはそこで働いていた。しかし会社ぐるみＫＣＩＡということだってありうるからね」

新谷はしばらく黙って考えていた。

「しばらく様子を見よう。急に付き合いをやめたりすると、かえって怪しまれる。やつの狙いがどこにあるのか、それとなく探るんだ」

「まさかあんたのことに気がついたんじゃないだろうな」

新谷の唇が引き締まった。

しばらく間をおいて言う。

「本部からの連絡によると、おれを乗せて来た船が日本の巡視船と遭遇して、撃ち合いになったらしい。そのとき船長が海に落ちて、行方不明になったそうだ」

宗田は驚いて体を引いた。

「そんな話は初耳だぞ。どうして黙っていたんだ」

「あんたに知らせる必要はないからさ。しかし船長がもし公安の手に落ちたとすると、油断はできないな」

宗田はハンカチで手の汗をふいた。急に恐怖心にとらわれる。

「知らなかった。もしその男が洗いざらい白状したらどうするんだ」

「つかまってもしゃべりはしない。黙秘していれば、いずれは本国へ送還されるんだ。それに逮捕されたとは限らないよ。新聞には何も出ていないし、今ごろ魚の餌《えさ》になっている可能性の方が強い」

「公安がいちいち新聞発表するものか。撃ち合いが行なわれたことさえ報道されていないとすると、かえっておかしいじゃないか」

新谷は口をつぐみ、また考え込んだ。やがて自分に言いきかせるように言う。

「とにかく警戒だけは怠らないようにしよう。かりにその李春元がＫＣＩＡだとしても、日本ではおおっぴらに手が出せないはずだ」

「それはどうかな。あんたは知らんかもしれんが、日本の公安とＫＣＩＡは、言ってみればつうかあの仲だ。あまり甘くみない方がいい」

新谷は薄笑いを浮かべた。

「よく覚えておこう。念のため千木良の様子にも目を配るんだ。もし李春元がＫＣＩＡなら、あんたと日ごろ接触のある人間に近づく可能性がある。千木良がよけいなことをしゃべったら、おれ一人だけのことではすまなくなる。スパイ調達作戦に重大な影響が出てくるだろう」

宗田はハンカチをしまった。横手の押し入れにそれとなく目を向ける。そこの天井裏に無線機が隠してあることは、十中八九間違いない。

世間話でもするように言う。

「ところで、お袋や妹の近況を聞いてくれたか」

新谷は無表情に答えた。

「別に変わりはないそうだ。だれも病気をしていないし、災難にもあっていない」

災難にもあっていない、か。いやな言い方だ。

どちらにしても新谷が、無線でそれを問い合わせてくれなかったことは確かだった。


李春元は急いで柱の陰に身を隠した。

駅につながる通りを、宗田がやって来る。さっきはすぐそばのパチンコ屋で、うまく尾行をまかれてしまった。

もちろん宗田は、李春元の尾行に気づいていないはずだ。気づかれるようなへまはしない。それほど素人ではないつもりだ。宗田はただ身についた習慣で、用心しているだけにすぎない。

とにかく宗田が、ここ西武新宿線の田無《たなし》駅から歩いて行ける距離に、アジトを持っていることは明らかになった。この次はきっとそれを見つけ出してやる。

李春元は柱の陰で宗田をやり過ごし、新たにあとをつけるために、その背に鋭い視線を向けた。

2

李春元は立ち上がった。

ボーイに案内されて、明星美希がはいって来た。物怖《ものお》じしない目で、まっすぐに李春元を見る。

「どうも、どうも」

李春元は美希がハーフコートを脱ぐのを手伝った。《どうも》というのはまったく便利な日本語だ。うまい言葉が見つからないときは、どうもと言っておけば間違いがない。

「中華料理は嫌いじゃないでしょうね」

「韓国料理でもよかったんですよ」

美希はそっけなく言い、円卓の反対側の席にすわった。隣の椅子にハンドバッグを置く。李春元もしかたなく腰を下ろした。狭い個室で、まさか並んですわるわけにもいくまい。急ぐ必要はない。時間はたっぷりある。

「女性は韓国料理、嫌いじゃないかと思ったので」

「そんなことありません」

「じゃ、この次はぜひ」

「そうですね」

つまらないテレビ・ドラマのような受け答えに、李春元はちょっと白《しら》けた。間をとるために、すでに使ったおしぼりをもう一度使う。ともかくこれで、次の約束ができたと考えていいだろうか。

「この店はペキン・ダック、売り物なんです。ちょっとしたものね」

「ほかに象の鼻とか、蚊《か》の目玉などもあるのでしょう」

李春元は咳払《せきばら》いをした。

「さあ、それは。熊の掌ぐらいはあるかもしれない。蚊の目玉ってなんですか」

「キャビアよりも珍味だといわれています。まだ食べたことはありませんけど」

「どうやって取るんですか、蚊の目玉。ピンセットでも使いますか」

「こうもりが巣食う洞穴へ行って、ふんを集めるのです」

「ふんて、あのふんのこと」

「ええ。それを水で溶いて絹ごしします。こうもりはよく蚊を食べますが、目玉だけは未消化で残るのです」

「それはまた手間かかるね」

「だからひどく値段が高いのです」

ボーイが老酒《ラオチュー》と前菜を運んで来た。

二人は円卓をはさんで乾杯した。

「ところで、もう何か分かったのですか」

美希が箸《はし》もつけずに言う。

李春元はおもむろに前菜に手を伸ばした。

「相変わらず気が早いね。わたしの国では、食事はゆっくりと、楽しい話題を選んでするのが、エチケットです」

「それは残念ですね。わたしの仕事では、食事はできるだけ早く、必要な話だけをしてすますのが礼儀になっています」

「日本人の悪い癖ね、それは。そういう考え方では、お互いに人柄知ることできないし、だいいち体にもよくない」

「この取引では人柄を知る必要はありませんし、健康問題も関係ないと思いますが」

李春元はくらげを嚙《か》み締め、老酒と一緒に飲み下した。それとなく美希の着ているものを観察する。流行とはほとんど無縁の、あかぬけない芥子色《からしいろ》のスーツ。ベージュのブラウス。スタイルは悪くないのに、着るものがそれを台なしにしている。

料理がいくつか運ばれる間、李春元は国の話などして美希の興味をつなごうとした。しかし美希は短く相槌《あいづち》を打つだけで、話に引き込まれる様子はなかった。まるで壊れたラジオでも聞いているような態度だった。料理にもほとんど手をつけない。

初めて美希を見たときから、李春元はその取りすました顔に心を奪われた。昔からインテリくさい女が好きで、美希はそれにぴったりのタイプだった。実際にインテリである必要はないが、美希の場合は頭の働きもよい。この女を膝《ひざ》の下に組み敷き、苦痛と喜びに歪《ゆが》む顔を眺めることができたら、北へ寝返ってもいいとさえ思う。

李春元は一段落したところで、話を本筋にもどした。

「さっきあなた、取引という言葉使いました。それギブ・アンド・テイクという意味ね。違いますか」

「もちろんです」

予想と違って、美希の視線は微動だにしなかった。

軽い驚きを感じながら、李春元は続けた。

「つまりわたしはあなたに、ある情報を提供する。そしてあなたはわたしに、何か見返りを提供するというわけね」

美希は老酒に氷砂糖を入れた。

「見返りを提供するのは、わたしではありません。警視庁公安部外事二課です。勘違いされては困ります」

「ほう。公安部がわたしに、どんな見返りをくれるというんですか」

「日本国内における非公式の捜査権です」

李春元は笑った。その意味がよく美希に分かるように、わざとゆっくり笑い続ける。

しかし美希の表情は変わらなかった。

笑うのをやめる。なかなか手強《てごわ》い女だった。外事課で内勤をさせておくのは惜しい。韓国へ来れば、いい情報部員になれるだろう。

ようやくペキン・ダックが運ばれて来た。部屋に香《こう》ばしい匂いが漂う。

李春元は口を閉じ、ボーイが器用にダックの皮をはぐのを、生つばを飲みながら見ていた。ペキン・ダックには目がなく、いつも二人前は平らげてしまう。

ボーイが最初のダックを美希の皿に置く。李春元はそっと息を吐いた。気のきかないボーイめ。だれが金を払うと思っているのだ。

二つめを作り始めたボーイに、つい注文をつけてしまう。

「みそをたっぷり頼む」

美希の唇に冷笑のようなものが浮かんだのに気づき、李春元は鼻をこすった。気にすることはない。好きなものは好きなのだ。

ボーイがいなくなると、李春元は猛烈な勢いでダックを食べ始めた。こうなったらもう自分でもとめようがない。うまいものはできるだけ早く、腹一杯食べなければ気がすまないのだった。

たちまち盛り皿が空《から》になった。李春元は椅子の背にもたれ、げっぷをした。

「楽しい話題をゆっくりと」

美希が歌うような口調で言った。

皮肉を言われたと気づくまでに、二秒ほどかかる。よく見ると、美希は一つしか食べていなかった。

李春元はナプキンで口をふいた。

「失礼。ペキン・ダックを見ると、どうにもがまんできなくなる。わたし、中国人尊敬します。こんなうまい料理を考え出すなんてね」

「お料理にイデオロギーがなくて、よかったと思いませんか」

李春元は苦笑した。

たばこに火をつけて言う。

「話もどるよ。わたしこの件で、公安部と取引しているつもりない。公安部には捜査権認めてもらうかわりに、いつも情報提供している。それでつり合いとれているはずね」

「それではわたし個人に、別の見返りを要求したいというわけですか」

「そうストレートに言われると、尻込《しりご》みしてしまうね。でもそれに十分値する情報、提供できると思いますよ」

「まず聞かせていただかなくては」

李春元は立ち上がった。円卓を回って美希のそばへ行く。椅子に置かれたハンドバッグの、口金があいているのが見えた。

「どうです。お互いに大人の付き合い、しませんか」

美希は臆《おく》せず李春元を見上げた。李春元は、美希の肩に手を置いた。逃げられないように、しっかり力を込める。この店は部屋はせまいが、壁が厚いので隣に声が漏れる心配はない。金切り声を上げて暴れ回るというなら話は別だが。

美希は肩に置かれた手をじろりと見た。

「あなたの国では、大人の付き合いをするとき、女を椅子に押さえつけるのですか」

李春元はほとんど驚嘆した。顔にも声にも、まったく緊張というものが感じられない。李春元に迫られて平静でいた女は、これまでだれもいなかった。

「押さえつける必要があるときだけね」

李春元は短く言い、肩に置いた手をずらした。ブラウスの上からさりげなく乳房に触れる。美希の体がかすかにこわばるのが感じられた。しかしそれも一瞬のことだった。

「あなたの情報を聞かせて」

李春元は気分を害した。もう少しうろたえると思ったが、したたかな女だ。

軽く乳房をもむ。

「今年の初めごろから、目をつけている男いる。南の出身だが、今は日本に帰化している男ね」

「名前は」

「宗田吉国」

李春元は字を教えた。

「この男、品川区の大崎で、宗田食品という食品問屋と焼肉店やっている。たぶん土台人ね」

「土台人」

北朝鮮に肉親を持つ在日韓国人は、この世界では土台人と呼ばれる。北の機関は、そうした肉親を人質《ひとじち》に使い、日本における地下活動の手伝いをさせるのだ。潜入したスパイの活動は、そうした土台人の協力なしにはほとんど成立しない。李春元の仕事は、まだ知られていない土台人を探し出して、北のスパイと接触していないかどうかチェックすることだ。

「そう。間違いないね。宗田の母親と妹、北にいる」

美希の目が光った。

「これまで外事課で、その男の名前が出たことはないわ」

「それ当然ね。わたし、報告していないから。それ知るの、あなたが初めてというわけ」

美希がわずかに身じろぎした。

「話を続けて。その宗田がどうしたの」

李春元はまた左手を動かした。見たときはさほどではないと思ったが、触れてみると美希の乳房は意外に大きく、弾力があった。李春元は生つばを飲み、ブラウスの襟《えり》からのぞく白い肌を見下ろした。

「それは」

言いかけたが、もうがまんができず、いきなり椅子ごと美希を抱き締めた。唇を押しつける。美希は反射的にのけぞったが、それ以上抵抗しようとせず、李春元に唇を与えた。

李春元は息をはずませ、美希の唇に吸いついた。指先でブラウスのボタンをはずし、胸をまさぐる。舌を入れようとしたが、美希の歯はしっかりと結ばれ、てこでも開かなかった。李春元は唸《うな》り、なおも舌をこじ入れようとした。

そのときドアが開く音がした。あわてて体を離す。

ボーイがデザートを運んで来たのだった。李春元は怒りを抑えつけた。こんな肝心なときにはいってくるとは、まったく気の利かないボーイだ。

ボーイはまるで何も見なかったように、平然と円卓を片付け始めた。李春元はしかたなく席へもどった。くすぶっていたたばこをもみ消し、ちらりと美希を見る。

美希は落ち着いた様子でブラウスのボタンを留め、ナプキンで入念に口のまわりをふいた。それをぽいとテーブルの上に投げ出す。李春元は唇を歪めた。くそ、かわいげのない女だ。あとで見ていろ。

ボーイが出て行くと、李春元は腹立ちまぎれにメロンにスプーンを突き立てた。

「それで」

美希が先を促す。

李春元はスプーンを乱暴に置いた。いいだろう。あとでゆっくり元を取ってやる。

「宗田の動きが、最近おかしい。どこへ行くにも、デパートへ寄ったりパチンコ屋を通り抜けたり、あとつけられること、ひどく警戒している。この間潜《もぐ》り込んで来たスパイと、コンタクトしている可能性ある」

「そのスパイがどこに潜《ひそ》んでいるのか、見当はついているの」

「だいたいね」

「教えて」

李春元はにやりと笑った。美希の唇の味がよみがえる。

「それあとね。夜は長いよ」

美希がハンドバッグを取り上げた。椅子を鳴らして立ち上がる。

「南友商事の社長に報告するわ。あなたがわたしに極秘《ごくひ》の情報を漏らして、その見返りにみだらなことを要求したと」

李春元はぎくりとした。急に何を言い出すのだろう。

すぐに気を取り直して言う。

「証拠ないよ。合意の上だったね」

美希がハンドバッグに手を入れた。小さなカセットコーダを取り出す。

「ここにあなたの鼻息まではいっているわ」

李春元はあっけにとられた。口金のあいたハンドバッグ。あれが何かを意味するとは思わなかった。こんな初歩的な罠《わな》にはまるとは。

ようやく声を絞り出す。

「汚い手使うね」

美希は薄笑いを浮かべた。

「潜入スパイはどこに隠れているの。教えなさい」

両手で膝を握り締める。どうやら相手を甘く見過ぎたようだ。この女はやはり、ただの内勤の事務員ではない。

「西武新宿線の田無駅の近くだ。どこかはまだ分からない。これほんとうね」

美希はしばらく李春元を見つめていたが、カセットをしまうとコート掛けに手を伸ばした。

それを見て、李春元は急いで立ち上がった。

「あんたがそのつもりなら、こっちにも考えある。そのスパイ先につかまえて、こっちで処分する。そっちには渡さないね」

美希はそれに答えず、コートを取ってドアに向かった。李春元は円卓を回り、腕をつかんだ。

「そのテープ、置いていくね」

ドアが開き、ボーイがお茶を運んで来た。

美希が笑いながら言う。

「ごちそうさま。ペキン・ダック、最高だったわ」

そのままボーイのわきをすり抜け、部屋を出て行った。

李春元はしばらくドアを見つめていたが、やがて我に返り、ボーイをにらみつけた。

嚙みつくように言った。

「勘定」

まったく気分が悪い。

もう二度と来るものかと思った。

3

大杉良太が席を立とうとしたとき、電話が鳴った。

腕時計に目をやる。あまり時間がない。急いで受話器を取った。

妻の梅子だった。

「どうした、何か用か」

「用があるからかけたのよ」

「出かけるとこなんだ。手短に言ってくれ」

溜《た》め息《いき》をつくのが聞こえる。

「またぐみがいなくなったの」

「なんだ、またか」

大杉は受話器を顎《あご》ではさんで、たばこに火をつけた。

「あなたの方に、何か連絡はないかしら」

「ないね。いついなくなったんだ」

「おとといの朝、学校へ行ったきり。昨日も今日も登校してないの」

「先生はなんて言ってるんだ」

「困りましたねって」

「そんなことは言われなくても分かってる。ほかには」

「それだけよ。そのうち帰るでしょうって」

「よくそれで教師が務まるな。友だちはどうなんだ、当たってみたのか。なんとかいう
スケ番の娘っ子がいただろう」

「ええ、電話したけど知らないって。嘘《うそ》じゃないようだわ」

それきり黙っている。大杉はいらいらした。

「おまえが面倒みなきゃ、どうしようもないじゃないか。勝手に家を出て行ったんだから。こっちは月づき生活費を送ってるんだ」

「生活費さえ出せば、父親の責任を果たさなくてもいいっていうの」

「今さらそんな議論はしたくない」

思わず大きな声を出してしまった。課長が驚いたように大杉を見るのが、目の隅にちらりと映る。

大杉は椅子の向きを変え、声を低めた。

「こういう電話を署にするのはやめてくれ」

「じゃ、どういう電話ならいいのよ。めぐみが試験で一〇〇点取った話ならいいの」

「今仕事中だぞ。家にかければいいだろう」

「だって夜家にいたためしがないじゃない」

大杉はたばこをもみつぶした。むかっ腹が立つのをなんとか抑える。

「しばらく様子をみるんだ。金がなくなれば、そのうち帰って来るさ。いつもそうなんだから」

「でも今度は違うと思うの。わたしが銀行から下ろしたお金を持って出たのよ」

「いくら」

「十五万」

「そんな金をどうして下ろしたりするんだ」

「だって生活費だもの、あなたが送ってくれた」

大杉は受話器を投げつけたくなった。

「とにかく様子をみよう。めぐみももう子供じゃないんだ」

「でもまだ大人じゃないわ」

「分かった、分かった。二、三日したらまた電話してくれ」

そう言って強引に切った。

課長が物問いたげに見るのを無視して、そそくさと席を立つ。言い訳などしていたら、約束の時間に遅れてしまう。

署を出て大久保駅の方へ歩きながら、大杉はあれこれと考えを巡《めぐ》らした。

娘のめぐみがいなくなったのは、これで三回めだっただろうか。梅子が実家へもどってからのことだから、頻繁《ひんぱん》とはいえぬまでも気になる回数ではある。

めぐみは中学生のころ、手に負えぬ不良少女だった。学校はさぼる。好ましからざる場所には出入りする。シンナーは吸う。万引きはする。いっぱしのスケ番気取りだった。

しかしちょっとしたことがきっかけで、親子の情がもどった時期があった。それからしばらくは平穏な生活が続いた。もっとも悪い友だちの誘いを断りきれず、たまに無断で一晩外泊するくらいのことはあったが、学校にはきちんと通っていた。

それが半年前父親と離れてから、どうやら精神的に不安定な状態がぶり返したらしい。これまで二度ほど、家出に近い振舞いをした。しかしだいたい四、五日でもどって来た。今度もたぶんそれだろう。十五万という金が少し気がかりだが、いずれは使い切るときがくる。そうなれば母親のところへ帰るか、父親に連絡してくるしかないはずだ。親子の情だけはなくしていないと思いたい。出来の悪い娘だが、大杉はめぐみを信じていた。

駅前通りの喫茶店にはいる。

一番奥の席にいた男が手を上げた。大杉はまっすぐそこへ行った。

警察庁警務部の特別監察官・津城俊輔は、わざわざ立ち上がって大杉を迎えた。きちんと両手を脇に揃え、がっちりした上半身を軽く折り曲げる。

「ご多用中すいません」

大杉はあわてて頭を下げ返した。もう少しで最敬礼をするところだった。警視正にこんな挨拶《あいさつ》をされたのでは、対応に苦慮してしまう。しかしそれがいつもの津城のやり方なのだった。

二人は腰を下ろし、コーヒーを注文した。

津城の髪にはだいぶ白いものがふえていた。しかし量的にはさほど減っていない。進行が一時停止したようだ。

「どうですか、最近署の雰囲気は」

「まずまずです。先日穂波刑事課長代理が配転になったとき、署長からだいぶいやみを言われましたがね」

「どんなふうに」

「わたしは同僚の間で疫病神《やくびょうがみ》と呼ばれているとか、わたしが人事権を握っているようだとか。まあ、気持ちは分かりますがね」

津城はそれが癖の、とがった鼻を指先でつるりと撫でる仕種をした。低い声で言う。

「それは災難でしたね。しかし大久保署にはそれだけの荒療治《あらりょうじ》が必要だった。あれだけ風紀が乱れていてはね」

大杉は運ばれてきたコーヒーを、ブラックで飲んだ。

「確かにひどい状態だった。署長の池沢警視は、はっきり言って管理能力がありません。部下たちの不祥事を薄うす知りながら、自分では何も手を打てないんだから」

「いずれ彼も配転になるでしょう。大久保署がきれいになったときにね」

大杉はたばこをくわえた。

「しかしわたしを密告屋に仕立てるなんて、警視正——津城さんもようやりますよ」

大杉は津城に、二人で話すときは肩書きではなく、名前で呼ぶようにと言われている。それをいつもうっかりした。

「あなたは断ることもできたんですよ」

たばこに火をつける。

「稜徳会事件があんなかたちで処理されたあとだったし、何かしないではいられなかった。津城さんに説得されたときには、この仕事がひどく重要で、やりがいのあるものに思えたんです」

「確かにこの仕事は汚い。だから身辺のきれいな人間でないと務まらんのですよ」

「しかしそれがわたしである必要はなかった。もっとも向いてない男ですからね」

「だからこそお願いしてるんです。この種の仕事には、見るからにそれ向きの人物を使うわけにはいかない」

大杉は自嘲《じちょう》めいた笑いを浮かべた。

「しかしこうして無難に務め上げているところをみると、わたしはこの仕事に向いているのかもしれませんよ」

津城はそれに答えず、コーヒーを飲んだ。

「ところで、奥さんが実家にもどられたそうですな。もう何か月にもなると聞いたが」

舌の先に苦いものを感じた。

「あのおしゃべりな巡査部長が報告したんですか」

「明星君はおしゃべりじゃありませんよ、必要以上にはね」

「しかしわたしの家庭の事情は、この際関係ないはずです」

「いや。あなたにお願いしている裏の仕事は、周囲の人に有形無形の影響を与えます。まさに疫病神ですよ。あなた自身もストレスが溜まるでしょう。溜まらないような人なら、わたしは最初から声をかけなかった」

「多かれ少なかれ、警察官の仕事にはストレスがつきものです。家内はそれを承知でわたしと結婚したんですから、こうなったのはだれの責任でもありませんよ」

津城は少しの間大杉を見つめ、それから情のこもった声で言った。

「何かお手伝いできることがあったら、遠慮なく言ってください。金銭的なことも含めて、たいていのことでしたら力になれますよ」

大杉はたばこを消した。

「ありがたいお言葉ですが、今のところご心配いただく必要はありません。そろそろ署へもどってよろしいですか。あまり長く席をはずしているわけにもいかないので」

津城は瞬《まばた》きして、腕時計に目をくれた。

「そうでした。じゃ、一つだけ。その後何か、公論春秋社方面に動きはありませんか」

大杉はぎくりとした。

公論春秋社。日下の顔が思い浮かぶ。動揺を押し隠すために、新しいたばこをくわえた。

「公論春秋社といいますと」

津城は愛想のいい笑いを浮かべた。

「倉木君が明星君を経由して、あなたに預けた原稿のことですよ。公論春秋社から返却されてきましたね」

大杉は一口吸ったたばこを、灰皿に押しつぶした。頭に血がのぼる。

「津城警視正はその件を知らないはずだ、と明星巡査部長は言っていましたがね」

「彼女はそう思っているでしょうね。しかし率直にいうと、あの原稿を倉木君に書かせたのはわたしなんです。わたしが明星君やあなたを通じて、公論春秋にアプローチするよう倉木君に指示したのです」

大杉はそっと唾《つば》を飲んだ。この男にはいつも驚かされる。まったく意表をつくのが好きな男だ。

「どうしてまた、そんな手の込んだことを。津城さんからわたしに直接持ち込めば、話はずっと早かったでしょうに」

「間に何人か介在した方が、人目につきやすいですからね」

大杉は頭が混乱した。

「つまりその、人目につくことが目的だったとおっしゃるんですか」

「そう。いわば陽動作戦ですな」

「陽動作戦」

「ええ。それよりどうなんですか、公論春秋社に何か動きはありませんか」

大杉はまたたばこに火をつけた。何がどうなっているのか分からない。

「今のところは。もし変化があれば、『サタデー』の日下という編集長から、なんらかの報告か相談があるはずです」

「そうですか」

津城は表情を変えず、コーヒーを飲んだ。

「実は例の原稿が『サタデー』の日下からもどってきたとき、ホッチキスの綴《と》じがずれていました。『公論春秋』の編集長がコピーを取ったんだと思います。だからいずれあの雑誌で、突然発表される可能性もないではない。内部で検討しているのかもしれません」

「コピーを取った形跡があることは、倉木君も指摘していました。ただコピーしたのは、日下さんじゃないでしょうね」

大杉は腕組みをした。

「彼はわたしの三十年来の友人です。かりにコピーを取ったのなら、どんな事情があるにせよかならずそう言いますよ」

「いや、気を悪くしないでいただきたい。念のためうかがっただけです。そうするとコピーを取ったのは、間違いなく『公論春秋』の編集長ということになりますね」

「日下が間にだれかを立てたのでない限りは。しかしどうしてそんなことにこだわるんですか」

津城はテーブルに肘《ひじ》をついて乗り出した。

「編集長の宮寺貢《みつぐ》は、森原の陰のブレーンの一人です。彼は何年かのうちに公論春秋の社長になるし、いずれはマスコミ界で隠然たる勢力を振るう存在になるでしょう。あの男にはそれだけの器量がある」

大杉は背筋がぞくりとした。

「森原のブレーンですって。あの宮寺が」

「そうです」

大杉は水を飲んだ。急に喉が渇いた。

宮寺が公論春秋の社内だけでなく、マスコミの世界でかなり名を売った男であることは、よく承知している。しかし森原のブレーンという話は初耳だった。

「だとすれば、やばいことになりませんか。例の原稿は活字になるどころか、宮寺から森原の手に渡る恐れがある」

津城はほとんど唇を動かさずに言った。

「かならず渡りますよ。そしてそれがわたしの狙《ねら》いなのです」

大杉は溜め息をついた。とてもついて行けそうにない。

「津城さんが何を狙っておられるにせよ、わたしはそれ以上聞きたくありませんね。今の仕事だけで手一杯なんです。よけいなことは耳に入れないでいただけませんか」

津城はさらに上体を乗り出した。ささやくように言う。

「北の武装工作船の乗組員が、死ぬ間際にシンガイ、シンガイとうわごとを言ったという話を聞いたでしょう」

「ええ。だから新谷和彦は生きている、という説には同調しませんがね。あまりにばかげている」

「わたしも最初はそう思いましたよ。でも今は違います。新谷が生きている可能性は非常に高い」

大杉は声もなく津城を見つめた。

津城は体を引き、うなずいた。

「近いうちにはっきりするでしょう」

4

倉木尚武はグラスをテーブルにもどした。

「そこにカセットを持っているのかね」

「ええ」

明星美希はうなずいてから、すぐにしまったと思った。いいえ、と答えるべきだったのだ。

案の定倉木は続けた。

「そのテープを聞かせてくれ」

すっと体が冷たくなる。

祈るように倉木を見たが、その顔はまるでガードレールのように固く、無表情だった。

美希はできるだけ穏やかに言った。

「李春元がくれた情報は、今わたしがお話ししたとおりです。それ以上でもそれ以下でもありません」

「しかし報告し忘れたことがあるかもしれない」

「ありません」

きっぱりと否定したが、倉木は引き下がらなかった。

「それはわたしが判断することだ。ついでにその男の声やしゃべり方が聞きたい。言葉のニュアンスで、嘘を言ったかどうか分かることもあるから」

美希は拳《こぶし》を握った。しだいに顔が赤くなる。

「また酔ってらっしゃるんですか」

「それはどういう意味だ。今夜もほかの夜も、酔ったことなんかない。知っているだろう。どうしてそんなことを聞くんだ」

「悪趣味です。隠しどりしたテープを聞きたいなんて」

倉木はかすかに笑った。

「そういう内容なのかね」

「いいえ」

反射的に答えたものの、美希は目を伏せてしまった。今ではすっかり顔が紅潮したのが、自分でも分かる。仕事だと割り切ったつもりだが、今はなぜか屈辱感にさいなまれた。李春元に与えた唇が、急に不潔なものに思えてくる。

倉木が続けた。

「必要だから聞きたいと言ってるんだ。趣味の問題じゃない。恥ずかしくていたたまれないというのなら、カセットとテープを置いて先に帰ってもいい」

容赦ない口調だった。

美希は半分残った水割りを、一息に飲み干した。テープには不自然な沈黙や物音があって、想像を巡らせればいくらでも興味深く聞くことができるだろう。それだけに、倉木にだけは聞かれたくなかった。

口髭《くちひげ》を生やした目の大きいボーイが、二人のボックス席に水割りのお代わりを運んで来た。カウンターにすわった女の二人連れが、エイズにかかったどこかの男の話をしている。

美希はハンドバッグからカセットを取り出し、倉木の前に置いた。

自分ながら落ち着いた声で言う。

「帰るつもりはありません。どうぞお聞きになってください。でもわたしなら、イヤホンで聞くだけの配慮をします」

倉木はにこりともせずに、イヤホンをつけてカセットをスタートさせた。

美希は倉木がそれを聞いている間、水割りを二杯飲んだ。いつもよりピッチが早く、量も多いが、飲まずにはいられなかった。

倉木はテープを聞きながら、同じように水割りを急ピッチであけた。それでいて終始表情を変えず、グラスをみつめながらじっと聞き入っていた。いくら美希が盗み見しても、今どのあたりを聞いているのかまったく見当がつかない。

やがて倉木はイヤホンをはずし、カセットをオフにして美希に返した。

「きみが報告したとおりだ。確かにそれ以上でも以下でもない」

美希はほっと肩の力を抜いた。

「ですからそう申し上げたでしょう」

「李春元がこんな初歩的な手に引っかかったとすれば、よほどきみとペキン・ダックのことで頭が一杯だったに違いないな」

美希はそれを無視して、カセットをバッグにしまった。低い声で言う。

「宗田吉国の詳しいデータは、外事課にはありません。もう何年も前に日本国籍を取得していますし、これまで政治的な面でもほかの面でも、問題を起こしたことは一度もありません。したがって監視対象外になっています。北に母親と妹がいると李春元は言っていますが、それが事実なら今後は土台人として相応の監視態勢が必要ですね」

「宗田の件は当面公《おおやけ》にしない方がいい。まず李春元のよこした情報が、どの程度正しいか確認する必要がある。それを含めて、宗田の動静を探るのはこっちで引き受けよう」

「わたしにやらせてください。本来外事二課の仕事ですから」

倉木は首を振った。

「李春元もきみに情報を渡した以上、これまでより厳しく宗田をチェックするはずだ。きみが接近を図れば、おそらく邪魔をしてくるだろう。顔を知られていないわたしの方が適任だと思うよ」

五分後二人はそのバーを出た。すでに午前零時を回っている。

倉木は先に立って、四谷駅の方へ歩き出した。人けのない坂を上り始める。

美希はつと手を伸ばして、倉木の左腕につかまった。倉木は何も言わなかった。そのことがかえって美希の心臓を締めつけた。美希は両腕に力を込め、今度はしっかりとすがりついた。

倉木の歩調は少しも変わらず、まるでコートの袖《そで》に蝿《はえ》がとまった程度にしか考えていないようだった。うらめしいほどしっかりした足取りだった。

美希はパンプスのかかとを歩道に立てて、無理やり倉木を引き止めた。

思い切って言う。

「李春元はわたしにキスしました」

倉木は無感動な目で美希を見た。

「なるほど」

美希は唇を噛み締めた。何がなるほどだ。

「仕事上必要なことでした」

「彼にとってか、それともきみにとってか」

よくもこう意地悪な質問を思いつくものだ。

「もちろんわたしにとってです。帰ってすぐに歯を磨きました」

「わたしも寝る前には歯を磨くようにしているがね」

「まじめに聞いてください」

「まじめに聞いているさ。きみが李春元にキスさせようと何をさせようと、それは仕事のためであって、やつに惚《ほ》れたわけでないことはよく承知している」

美希は顔が一度に赤くなり、それから血の気が引くのを覚えた。

「そんなふうに言ってほしくありません。わたしはだれに何をされようと、どんな場合も冷静でいられる自信があります」

倉木は美希を見つめ、それからぐいと腕をつかんだ。街灯の光の届かない、建物の陰の暗がりに引きずり込む。美希は無意識に抵抗したが、所詮《しょせん》力でかなう相手ではなかった。

倉木は美希を引き寄せ、顔を上向かせた。

「おれに対して弁解する必要はない」

美希は衝撃を受けた。倉木が自分のことをおれと呼んだのは、あとにも先にもそれが初めてだった。

倉木の唇は驚くほど熱かった。まるでドラキュラが血を吸うようなキスだった。舌を噛みちぎられるのではないかと思う。何が倉木をそれほどまでに駆り立てたのか分からないが、美希ははっきりと男の印を下腹部に感じ、感動のあまりうめき声を漏らした。倉木の熱い息が耳をおおう。

美希は体を震わせた。好きだと言ってほしい。その短い、そっけない言葉を、どれだけ待っていることか。ただそれを聞くだけのために、これまで倉木の手伝いをしてきたのではなかったか。

しかし倉木は何も言わなかった。

美希はじれて、倉木の首に腕を回した。耳元に唇を寄せ、震えながらささやく。

「冷静でいられないのは、あなたに抱かれたときだけ」

倉木の腕にかすかに力がこもった。

美希はしっかり目を閉じた。とうとう倉木のことをあなたと呼んでしまった。階級のことがちらりと頭をよぎる。警視と巡査部長。しかし倉木が自分のことをおれと呼び、同時に美希にあなたと呼ばれるのを黙認したことで、美希は二人の関係がこれまでとは別のものになったと確信した。

やがて倉木は美希を押し離した。少しの間互いに顔を見つめる。美希はもう気後《きおく》れを感じなかった。

倉木は照れくさそうな笑いを浮かべ、からかうように言った。

「きみは聖母マリアかね。それともマノン・レスコーかね」

「どちらがいいの」

「おれが聞いているんだ」

美希は倉木の胸に額を押し当てた。

「聖母マノンよ」

倉木は黙って美希の肩を支えていた。それからつと体を乗り出し、通りかかったタクシーを停めた。

美希をせかして乗り込むと、運転手に西荻《にしおぎ》へ行くように命じた。それは倉木の住むマンションがある街だった。

いつもの倉木なら、まず調布のマンションへ美希を送り、それから西荻の自宅へもどるはずだ。しかし今倉木は、西荻へ直行しようとしている。それが何を意味するか、美希は酔った頭で考えた。考えるまでもなかった。結論は一つしかなく、しかもそれは心臓が跳《と》びはねるような結論だった。

爆死した倉木の妻、珠枝のことが脳裡《のうり》をよぎる。西荻のマンションには、まだ彼女の思い出がこびりついているに違いない。かまうものか。わたしは生きているのだ。死人になんか負けやしない。美希は頭を倉木の肩に預け、目をつぶった。今夜は絶対に倉木のマンションに泊まってみせる。どんなことがあっても帰らないと決心した。

酔いを覚ますために、少し歩きたかった。美希は倉木にそう言い、二人は国電西荻窪の駅前で車を捨てた。

肩を寄せ合い、線路沿いの道を歩く。そろそろ四月だというのに、空気はまだ冷たい。

夜風とともにアルコールが飛んで行くのが分かる。好きな男と肩を並べて歩くのは、何年ぶりのことだろう。長い間なかったような気がする。

行く手に白壁の瀟洒《しようしや》なマンションが見えた。

「今夜は帰りたくないわ」

わざと言ってみる。

「だったら帰らなければいいさ」

ぶっきらぼうな返事だったが、声に暖か味があった。

「三階級も上の警視に向かって、あなたなんて呼んでごめんなさい」

倉木はそれには答えず、ただ肩を抱くことで応じた。美希はもう少しで泣きそうになった。

マンションの近くまで来たとき、暗がりに白いワゴン車が停まっているのが見えた。まず美希が気がつき、次に倉木も気づいた。二人はどちらからともなく歩調を緩めた。

車のドアが三つ同時に開き、男が三人下り立った。

美希は理由のない不安にとらわれ、喉元に手を当てた。

―――――5―――――

出てきた男たちはいずれも体格がよく、床屋か歯医者のような白い上っ張りを着込んでいた。

最後に後部座席の奥から、四人めの男が出て来た。縁《ふち》なしの眼鏡をかけた小柄な男だった。紺のスーツに身を包み、年齢は五十代半ばに見える。

美希は胃のあたりが重苦しくなり、倉木の腕をつかんだ。白衣の男たちが、二人を取り囲むように行く手をふさぐ。

スーツの男が、眼鏡の位置を直しながら倉木の前に立った。

緊張した声で言う。

「倉木尚武さんですね」

倉木はさりげなく美希を後ろにかばった。

「そうだ。警察庁警務部の倉木警視だ」

美希は倉木のコートの袖を握り締めた。倉木が正式に身分を名乗ったことに、ただならぬ気配を感じる。倉木は相手に警告する必要があると考えたのだろうか。そもそもこの男たちは何者なのだ。

スーツの男は咳払いをした。

「承知しています。わたしは稜徳会病院の院長をしている梶村といいます」

美希はぎくりとして倉木に寄り添った。

稜徳会病院。あの事件以後、院長が交代したと聞いたが、これがその後任院長か。それにしても稜徳会の院長が、倉木になんの用があるというのだ。じりじりと間隔をせばめてくる白衣の男たちは、いったい何をたくらんでいるのだ。

「わたしに何か用かね」

倉木の口調にはまったく動揺したところがない。驚くべき冷静さだった。

梶村と名乗った男は、また咳払いをした。

「わたしたちはあなたに、稜徳会に入院していただくよう、説得に来たのです」

美希は息を吸い込んだ。頭が混乱する。入院とはどういうことだ。倉木が精神に変調をきたしたとでもいうのか。

倉木の体がかすかに揺れた。

「面白いことを言うじゃないか。わたしはどこも悪くないつもりだが」

「だからかえってよくないのです。病気が進行している証拠ですな」

「どういう病気かね」

梶村は体の前で手を握り合わせた。

「あなたはアルコール依存症なのです。過度のアルコール摂取のため、自傷他害のおそれがあります。専門病院で徹底的に治療しなければなりません」

倉木はひからびた笑いを漏らした。

「それはご親切なことだが、あいにくわたしはどこにも入院するつもりはない。お引き取り願おう」

梶村が首をかしげた。

「倉木さん。今夜もどうやら酒を飲んでおられるようですね」

「飲んでいるとも、自分の金で飲むのに、何か不都合があるかね」

「このままではますます症状が悪化するばかりです。どうしても同行していただかなければなりませんな」

美希はそれ以上黙っていられなかった。

「あなたたちはなんですか。本人の承諾もなしに、そんなことができると思っているんですか」

梶村の眼鏡が街灯の明かりに光った。

「あなたはどなたですか」

切り口上で聞かれ、ぐっと詰まる。しかし今さら引っ込みがつかなかった。

美希は胸を張って名乗った。

「警視庁公安部の明星巡査部長です。あなたたちのしようとしていることには、法的根拠がありません。精神衛生法をよく読んでごらんなさい。これ以上つきまとうのなら、それ相応の処置を取りますよ」

美希の身分を聞いても、梶村は表情を変えなかった。

「お二人がどういうご関係か知りませんが」

そう言って言葉を切る。美希がたじろぐのを見ると、満足そうに続けた。

「わたしたちは都知事の指示に基づいて、倉木さんに精神衛生法第二十九条の二を適用するつもりです」

美希は愕然《がくぜん》とした。

「精神衛生法。措置入院させるというの」

精神衛生法第二十九条の二は、都道府県知事による緊急措置入院の手続きを定めている。これが適用されれば、都職員の立ち会いや本人、家族の同意もなしに、対象者を強制的に入院させることができるのだ。

「そうです。ご存じのように、正規の措置入院には専門の鑑定医二名の一致した診断が必要です。明朝その鑑定をします。そこで入院していただくかどうか、最終的に決まるでしょう。いかがですか、同行していただけますか」

倉木は美希の手をもぎ放した。

「あんたが自分の判断で来たとは思えないな。後ろで糸を引いているのはだれだ」

「そんな者はいませんよ。いるとしても申し上げる必要はありません。わたしはただ都知事の指示に従うだけです」

「都知事や警視庁を丸め込んでも、警察庁は黙っていないぞ」

梶村は薄笑いを浮かべた。

「この処置は、警察庁も承知しています」

美希は足元に穴があいたようによろめいた。警察庁も承知しているとはどういうことだ。とっさに津城のことが思い浮かぶ。津城警視正なら、この理不尽な処分を撤回させることができるはずだ。

倉木が何も言い返さないのを見て、美希は急いで口を開いた。

「明日の朝まで待ってください。それまでに関係先に当たって、この処分が間違いであることを証明します」

梶村は美希をちらりと見た。

「あなたも酔っているようだ。最近の警察官にはアル中が多いと聞いたが、どうやら事実のようですな」

それから一歩下がり、白衣の男たちに顎で合図した。

「待って」

美希が叫んだときはすでに遅かった。

一番体格のいい男が腕を広げ、正面から倉木の肩を押さえつけようとした。倉木は両腕をはね上げ、右手で相手の脇腹《わきばら》を殴りつけた。少しのためらいも見せぬ反撃だった。

男は息を詰まらせ、体を折った。

そのすきにもう一人の男が倉木の左腕をとらえた。同時に三人めが背後から襲いかかる。

倉木は二人めの男を肩で押しのけ、三人めの男のみぞおちに肘打ちをくらわせた。体を起こした最初の男が、倉木の顎を手の平で押し上げる。強い力の持ち主らしく、倉木の上体が一瞬浮いた。それを待っていたように、残りの二人が両脇から倉木をはさみつけた。持ち上げるようにして車の方へ引きずる。

美希は我を忘れ、男たちにむしゃぶりつこうとした。それを最初の男が抱き止めた。喉に太い指が食い込み、一瞬呼吸が止まりかける。美希は目を見開き、梶村がポケットに手を入れるのを見た。何かが街灯にきらめいた。注射器のようだった。

二人の男が全身を使って、倉木を車のボンネットに押さえつけた。梶村がその上にかがみ込む。美希は夢中で叫ぼうとしたが、声が出なかった。呼吸するのがやっとだった。くやしさのあまり、涙がこぼれ落ちる。これは陰謀だ、森原の陰謀だ。倉木の動きに危険を感じた森原が、緊急手段に訴えたに決まっている。

美希は足を上げ、自分をつかまえている男の膝を蹴《け》りつけた。男は汚い言葉を吐いたが、美希を放そうとはしなかった。喉をさらに強く絞め上げてくる。美希はかろうじて息をしながら、絶望的に倉木を見た。

かがみ込んでいた梶村が、すばやく後ろへ下がる。三十秒とたたぬうちに、抵抗していた倉木の体から、力が抜けていくのが分かった。ずるずるとボンネットの下に崩れ落ちる。麻酔薬か何かを打たれたに違いない。

美希は喉を鳴らした。助けて、と叫びたい。だれかが出て来て、騒ぎ立ててくれればと思う。しかしその気配はまったくなかった。警察官であることが、これほど無力に感じられたことはない。

車のエンジンのかかる音がした。

体が宙に浮き、美希は路上に投げ出された。一瞬意識を失いかける。冷たいアスファルトの感触が、かろうじてそれを引き止めた。

ドアのしまる音がした。

美希は肘をつき、膝を立て、体を起こそうとした。焦点の定まらない目で、車を探す。それは今エンジンをふかし、走り出そうとしていた。美希は胸一杯に空気を吸い込み、よろめきながら立ち上がった。いつの間にか靴が脱げ、足の裏に小石が突き刺さる。

車が走り出した。美希は死に物狂いで、ドアの取っ手にしがみつこうとした。しかし指がかかるより早く、車はスピードを上げてそばを走り抜けた。そのあおりで美希は一回転し、もう一度路上に倒れ伏した。

車はすでに走りさろうとしていた。追いかけてもむだだった。アスファルトに四《よ》つん這《ば》いになったまま、美希は空しく遠ざかるテールランプを睨みつけた。たちまちそれが涙ににじむ。

突然自分を抱き締めた、倉木の強い腕の感触が蘇《よみがえ》った。美希は唇を嚙み、アスファルトに爪《つめ》を立てた。

このままでは絶対にすまさない。きっとやつらに思い知らせてやる。この手できっと倉木を取りもどしてみせる。

そう固く心に誓った。

## 6

大杉良太は髪を掻きむしった。

「いったい何時だと思ってるんだ」

「だってこんな時間しかいないじゃないの」

妻の梅子のきんきん声が耳に響く。寝入りばなを起こされて、最高に気分が悪い。壁の時計は午前一時を過ぎている。

「分かったよ。用件を言え、用件を」

「めぐみがまだ帰らないのよ。もう五日になるわ。わたしもう心配で心配で」

大杉は受話器を持ち直した。眠気が覚める。

「ほんとか。いったいどこをほっつき歩いてやがるんだ」

「それが分かれば苦労しないわよ。お願い、あの子を探して。人買いにでもさらわれて、遠いとこへ連れて行かれたらもう二度と会えないのよ」

「言うことが古いんだよ、おまえは。そんなことが今どきあるわけないだろう」

「それじゃあの子が、モロッコだかアルジェリアへ連れて行かれてもいいっていうの」

大杉は突然脈絡もなく、北朝鮮の工作船に乗せられるめぐみの幻を見た。

妄想を振り捨てて言う。

「ばかなことを言うな。もう一度よく考えてみるんだ。めぐみがいなくなる前に、何か変わったことはなかったのか」

ちょっと間があく。

「そう言えばいなくなる前の夜、いくらかふさいでたみたいだったけど」

「どんなふうに」

「あまりしゃべりたがらなくて、溜め息ばかりついて。友だちと会ったとか言ってたから、そのときけんかでもしたんじゃないかと思ったの」

「友だちって、例のスケ番か。さゆりとかいう名前の」

「ええ、辻本《つじもと》さゆり。父親が弁護士だって」

「どうして弁護士の娘が、スケ番になったりするんだ」

「警察官の娘がぐれるのとそう変わりはないわ。そんなことよりその子ね、電話じゃ心当たりがないって言ってたけど、今考えると何か隠してるような感じがしないでもなかったの。のらりくらりしてさ。当たってみる価値はあると思うわ」

「だったらもう一度電話して聞いてみろよ」

「あたしじゃだめよ、なめられてるから。あなたがびしっと言ってくれたら、何か教えてくれそうな気がするの。ね、お願い」

「おれは忙しいんだ。けつの青い高校生の相手なんかしている暇はない」

「だって自分の娘のことでしょ」

結局大杉は梅子に説得され、辻本さゆりに話を聞く役を引き受けさせられた。電話を切る前に、念のためほかの友だちの名前も何人か聞いた。

目が冴《さ》えてしまった。戸棚からウィスキーのボトルを出す。

グラスを探しに台所へ行こうとすると、また電話が鳴った。大杉は舌打ちをして、乱暴に受話器を取りあげた。

嚙みつくように言う。

「今度はなんだ」

「あの、大杉警部補のお宅でしょうか」

女の声だが、梅子ではなかった。大杉はあわてて口調を改めた。

「失礼。大杉です」

「夜分申し訳ありません。明星です」

すぐにはぴんと来ず、返事に窮する。

「あの、外事二課の明星巡査部長ですが」

そう言われて、やっと気がついた。

「ああ、きみか。やけにしおらしい声を出すから、だれかと思ったよ」

それは嘘ではなかった。美希の声の調子には、どこかふだんと違うものがあった。

「今お一人ですか」

大杉は手近の湯飲みを取り、ウィスキーを半分ほど注いだ。

「こんな時間に電話して来たと思ったら、ずいぶん意味しんな質問をするじゃないか」

「いえ、そういう意味じゃないんです」

「それは残念だな。この間女房に逃げられた話はしただろう。どうやらきみのおかげで、警察中の人間が知っているらしいが」

美希はそれをさえぎるように言った。

「警部補、申し訳ありませんが、時間がないんです。相談に乗ってください。これからおじゃましたいんです」

立ったままウィスキーを飲む。

「おいおい、正気なのか。おれは今一人で、しかもパジャマしか着てないんだぞ」

「まじめに聞いてください。とても大事なことなんです。警部補以外に相談する人がいないんです。お願いです」

大杉はそろそろと椅子に腰を下ろした。急に動悸《どうき》が早まる。

声が震えていた。信じられないことだが、美希の声が震えていた。めったに感情を表に出さぬあの小生意気な女が、声を震わせて懇願している。

「どうしたんだ。まさか泣いてるんじゃないだろうな」

大杉が聞くと、電話の向こうが一瞬静かになった。それからせきを切ったような泣き声が聞こえてきた。

大杉は立ち上がった。これはただ事ではない。ほかの女ならともかく、美希が泣くとすれば、実際泣くだけの理由があるはずだ。

「今どこにいるんだ」

美希はとぎれとぎれに、中央線の西荻窪駅前にいることを告げた。

壁の時計を見る。一時半を回っていた。どちらにせよもう電車は終わっている。

「車を拾って東上線の成増《なります》駅まで来るんだ。この時間なら二十分で来れるだろう。北口の方へ回ってくれ。改札口で待ってるよ」

電話を切り、急いでセーターとズボンに着替えた。戸締まりをして家を出る。

美希の泣き声が耳にこびりついていた。よほどショックなことがあったに違いない。

しかしいかに緊急の用件であろうと、独身の女を夜の夜中に家へ入れるわけにはいかない。だいいちあまりにも家の中が汚すぎる。大杉にもまだ見栄《みえ》が残っていた。

まず駅前の馴染《なじ》みの飲み屋に寄った。おやじを拝み倒して、奥の小部屋をあけておくように頼む。

駅に着いてから七分後、美希の乗ったタクシーがやって来た。

車から下りる美希を見て、大杉は愕然とした。まるで別の女を見るようだった。げっそりと頰《ほお》がこけ、髪はくしゃくしゃに乱れている。白いコートは泥だらけだった。

大杉は言葉もなく、美希が近づいて来るのを見つめた。

美希は弱よわしく笑った。

「すみません、こんな時間に」

大杉は息を吐いた。

「どうしたんだ。怪我《けが》をしているのか」

美希は黙って首を振った。魂が抜けている。

大杉は無意識に拳を握り締めた。この女がこれほど打ちひしがれ、しかもそれを隠さずにいるのを見るのは、初めてのことだった。

「とにかく話を聞こう」

美希の腕を取り、飲み屋に向かう。美希は大杉に引っ張られるまま、おぼつかない足取りで歩いた。どう考えてもこれはただ事ではない。いったい何が起こったというのだ。この鼻っ柱の強い女を、何がここまで打ちのめしたというのだ。

店にはいると、おやじが包丁の手をとめ、びっくりしたように二人を見た。

大杉はわざと陽気に言った。

「どうしたんだ、おやじ。おれが女を連れて来るのが、そんなに珍しいか」

おやじは訳知り顔に、金歯をむき出して愛想笑いをした。大杉はさっさと美希を奥の小部屋へ押し込んだ。

そこは三畳しかないが、一応障子《しょうじ》もあって個室になっている。直前まで客がいたのを急いで追い出したらしく、まだ酒とたばこの臭いが残っていた。

大杉は酒と煮込みなどを適当に注文した。

美希がおしぼりを使うと、それは泥と土ですぐに汚れた。よく見ると、手首に擦《す》り傷《きず》ができている。

「さっきは取り乱してすみませんでした。落ち着こうとしたんですが、警部補の声を聞いたら、どうしようもなく悲しくなって」

「きみには涙腺《るいせん》がないんじゃないかと思っていた。安心したよ」

美希は下を向いた。

おやじが気を利かしたらしく、すぐに注文したものが運ばれて来た。

お銚子《ちょうし》を取り上げ、さりげなく聞く。

「だれにやられたんだ。石にけつまずいたわけじゃないだろう」

「稜徳会の看護士たちです」

大杉は酒を注ぐ手をとめた。

「稜徳会。あの稜徳会か」

「ええ。今夜彼らは、倉木警視を病院へ強制収容しました」

「なんだと」

思わず声が大きくなり、自分でもはっとした。お銚子を置き、美希を見る。

「それはどういうことだ」

「彼らは警視をアル中に仕立て上げるつもりなんです。どうしようもありませんでした。すぐに手を打たないと、彼らの思いどおりになってしまいます」

大杉は美希の話を一通り聞いた。信じがたい話だった。

「すると連中はマンションのそばで、やっこさんの帰りを待ってたというわけか」

「そうです。警視やわたしが身分を明らかにしても、躊躇《ちゅうちょ》する様子はありませんでした。あれは背後に、強力な後ろ盾《うしだて》がついているからに違いありません」

「後ろ盾」

「森原です。お分かりでしょう」

大杉は改めて自分の猪口《ちょこ》に酒を注いだ。美希にも勧める。美希はあわてて猪口を取り上げた。

「すみません。気が利かなくて」

「いいんだ。それより、なぜ森原だと思うのかね」

「ほかに考えられますか。森原は自分の陰謀が、警視に公表されるのを恐れています。だから口封じをしようとしてるんです」

「それだったら、もっと早く手を打ってたんじゃないのかね。例の事件の直後にでも」

美希はかたりと猪口を置いた。

「あの原稿です。あの原稿のことが、森原に知れたんです」

大杉は黙って酒を飲んだ。

美希はすわり直した。

「警部補。まさかあの原稿を、どこかへ横流しされたんじゃないでしょうね」

「おいおい、やめてくれよ。酒がまずくなるじゃないか。おれがそんなことをする男に見えるか」

美希はじっと大杉を見つめ、それから力なく肩を落とした。

「すみません。とにかく今夜のことは、森原が背後で糸を引いているとしか思えないんです。わたしには分かるんです」

「ここの煮込みはうまいぞ。少し食べたらどうだ」

大杉にうながされて、美希は形ばかり箸をつけた。

大杉は慰めるように言った。

「人を一人、それも現職の警察官を、そう簡単に強制入院させられるもんじゃない。法的な根拠があるならともかく」

「彼らは都知事の許可を取るとか、警察庁も承知しているとか言っていました」

大杉は美希を睨《にら》んだ。

「警察庁が。そんなことがあるわけない」

「でも確かにそう言いました」

ふと思いついて聞く。

「そう言えば、津城警視正には相談してみたのか」

美希は箸を置いた。

「わたしもすぐにそれを考えました。実は警部補にする前に、ご自宅にお電話してみたんです。そうしたら留守番電話がセットされていて、あさってまで地方出張だというんです」

「そうか」

この間会ったとき津城は、例の原稿売り込みは陽動作戦だと言った。津城の狙いがどこにあるのか分からないが、倉木に対して彼らがこうも早く直接行動に出るとは、さすがに予想しなかったのではないか。これはぜひ意見を聞いてみなければならない。とはいえ、津城が帰京するまで待っているわけにもいかない。稜徳会へ強制入院と聞いただけで、いやな予感がしてくる。

「よし、明日おれが稜徳会へ行って、連中がなんと弁解するか聞いて来よう」

「わたしも行きます」

「いや、おれ一人で行く。倉木のだんなだけでも手間がかかるのに、その上きみの面倒をみる余裕はない」

「自分の面倒くらい、自分でみます。逮捕術ではいつもいい成績でしたし」

大杉はあきれて首を振った。

「そんなものは屁《へ》のつっかい棒にもならんね。洋裁学校でも行った方がまだましだ」

美希は唇を嚙んで大杉を睨みつけた。

大杉は内心ほくそ笑んだ。いい傾向だと思う。だいぶ気力がもどっている。

少しからかってみたくなり、大杉は薄笑いを浮かべて言った。

「それにしても、そんなにやっこさんのことが気になるとは、どうやら本気で惚れちまったようだな」

みるみる美希の顔が赤くなった。

大杉は自分の言葉の効果に驚き、思わず酒をこぼしてしまった。

「冗談だよ、冗談」

美希の目が涙でうるんだ。

「冗談ですって。いいえ、わたしは本気です。あの人が好きなんです。いけませんか」

大杉は下を向き、ひたすら手酌《てじゃく》をした。どうにも照れくさくてしかたがなかった。美希が素直にそれを認めるとは、予想もしていなかった。倉木に対して、軽い嫉妬《しっと》を感じる。

まったく女というやつは。

7

小山富男は背伸びをした。

首のあたりがこちこちにこっている。久しぶりに集中して本を読んだので、すっかり疲れてしまった。

首筋をもみながらデスクを離れ、サイドボードからウィスキーを取り出す。グラスに三分の一ほど注いで、ソファにすわり直した。一口飲んで、むせそうになった。もともとあまり強い方ではない。

ゆっくりとアルコールが体に回り始め、疲れがほぐれていくのを感じる。

小山は琥珀《こはく》の液体を見つめた。ロボトミーか。

前頭葉白質切截術《はくしつせつせつじゅつ》。最後にこの精神外科手術を手がけてから、もう何年になるだろうか。

精神外科。人間の脳に不可逆的な侵襲を加え、精神機能を変化させる行為。かつてこの手術が、画期的な精神病の治療法として、脚光を浴びた時代もあった。その手法を開発した医者は、ノーベル賞を受けさえした。しかし今では、人権に対する配慮や治療効果への疑問から、この種の手術はほとんど行なわれなくなったといわれる。ただしまったく姿を消したというわけではない。

少なくとも稜徳会病院では、小山が院長を務めていた十年間だけでも、十人の患者にロボトミーが施された。十人とも小山自身が患者の頭に穴をあけ、前頭葉にメスを入れたのだ。主に精神分裂病の患者だが、一〇〇パーセント成功したというケースは一件もない。凶暴性が収まった者もいるにはいるが、そうした患者は無気力、無感動になり、半分廃人化してしまった。

問題はそれだけではなかった。小山が手術をした中には、明らかにロボトミーの必要がないと思われる患者もいた。恐ろしいことだが、その手術は病理学的な理由で行なわれたものではない。

小山は胸苦しくなって、グラスを一息であけた。かっと喉が焼け、激しく咳き込む。ようやく咳が治まると、ソファの背に体を預けて目を閉じた。

外部からの指示に唯々諾々《いいだくだく》と従い、理由も聞かずにロボトミーを施した人間の顔が、まざまざと脳裡によみがえる。自分の判断で手術したのではないだけに、かえって罪悪感が強い。自分が必要と信じて手を下したのなら、たとえ成功しなかったとしてもまだ救いがある。しかしあの二、三のケースは、そうではない。あれは治療ではなかった。人間の魂を抜く、精神の殺人だった。

どちらにしても、後味の悪いことに変わりはない。ロボトミーはもう二度とやりたくなかったし、やるつもりもなかった。ところがつい二、三日前、小山は院長の梶村から立ち話で、近いうちにドリルを使ってもらうかもしれない、と言われた。副院長という立場から、はっきりいやとは言えず、曖昧《あいまい》な返事でその場をつくろったが、あとで胃のあたりがきりきりと痛んだ。

あのいまわしい大量殺人事件のあと、小山は稜徳会病院の理事長桐生正隆《きりゅうまさたか》によって、院長の職を解かれた。その後新しい院長として、梶村文雄が任命された。梶村はそれまで、旭興産という稜徳会のトンネル会社の社長をしていた男にすぎない。適当な院長が見つかるまでのつなぎと思われたが、就任してみると梶村は病院経営に意外な手腕を発揮《はっき》し、そのまま居すわってしまった。桐生の眼鏡に適《かな》ったようだった。今では旭興産の社長と稜徳会の院長を兼任している。

梶村は一応医師の免状を持っているが、精神医学の知識は猿《さる》がバナナの皮をむく程度のものでしかない。梶村が桐生理事長に進言して、小山を稜徳会から追い出さずに副院長として残留させたのも、その医学的な知識と技術を必要としたからだ。

小山が院長の時代から、病院を事実上切り回したのは理事長の桐生だった。たとえ院長が代わっても、それは同じだろう。梶村もまた桐生の意のままに動く、操り人形にすぎないのだ。桐生のバックには、陰の権力者がついている。さらにその向こう側に、もっと黒い霧の世界が広がっていることは、小山もおぼろげながら承知していた。

つい一時間ほど前のことだ。

すでに病院は寝静まっていたが、小山はある男が車で運ばれて来て、強制入院させられるのを見た。その夜看護士を引き連れて外出した梶村院長が、自ら指揮をとって拉致して来たのだった。

連れて来られた男が倉木尚武だと分かったとき、小山は死ぬほど肝《きも》をつぶした。いやな記憶がよみがえり、立っているのが苦痛なほどだった。はいつくばって、胃の中身を吐き出したくなった。思い出したくもないが、倉木は例の事件の渦中にいた男だ。その事実だけでも、倉木は小山や病院ばかりでなく、もっと上の方にいる人間の存在をも脅《おびや》かす、きわめて危険な人物だった。

意識を失ったまま、担送車に横たわっている倉木を見たとき、小山ははっと気がついた。梶村が立ち話で言ったドリル云々《うんぬん》は、もしかしてこの男のことを指していたのではないか。どこかからの命令を受けて、この男にロボトミーを施すつもりなのではないか。

もしそうだとすれば、これはたいへんなことになる。何があったのか分からないが、彼らはいよいよ倉木を廃人にする決心をしたのだ。

小山はもう一度弱よわしく咳をして、両手で顔をこすった。アルコールが毛細血管の先まで染みわたり、皮膚が熱くほてる。久しぶりにロボトミーの技術解説書を読んだが、昔のように腕がむずむずすることはなかった。ロボトミーが治療にさほど効果がないことは分かったし、人をただ廃人にするために頭にドリルを突っ込むのは、今さら気が進まない。もうそういうことから足を洗いたかった。ましてその対象が倉木となれば、あまりにも責任が大きすぎる。

小山の自宅は町田市にあるが、今から帰る気力はない。院長室と副院長室には仮眠ベッドつきの小部屋がある。小山はソファを立ち、少しふらふらしながら小部屋のドアに向かった。

梶村がどうしてもやれと言うなら、やはりやらなければなるまい。もし小山が断れば、梶村は自分でやると言い出すだろう。過去に何度か、小山のロボトミー手術に立ち会った経験があるので、梶村も手順だけは覚えているはずだ。いや、あの男のことだから、きっと自分でやる気になるに違いない。それは避けなければならなかった。梶村に手術を任せることは、いわば殺人行為に等しい。それくらいなら、小山が直接手術した方がまだしもだった。

小山は頭を振り、小部屋のドアを押した。内側の明かりをつけ、副院長室の明かりを消す。ドアをしめてベッドに向かったとき、突然小山は後ろから強い力で突かれた。声を上げてベッドに倒れ伏す。その背中へだれかが飛び乗った。とがった膝がぐいと背骨に食い込む。

もう少しで息がとまりそうになり、小山はうめき声を漏らした。頭を枕《まくら》で押さえつけられ、手足をばたばたさせる。パニックに襲われた小山は、叫び声を上げようとしたが、それは枕の中に吸い込まれてしまった。

「静かにしろ。暴れたいと言うなら、このまま息の根を止める。どちらがいい」

押し殺した男の声が、枕越しに降ってきた。小山はほとんど反射的に抵抗するのをやめた。その声にはどこかぞっとさせられるものがこもっていた。言葉が意味する以上の恐怖が、小山の背筋を貫いた。体の力を抜き、大きく息をつく。どちらにせよ自分の体力では、抵抗しても無駄だと分かっていた。もしこれが泥棒か強盗なら、金のために命を落とすのはばかばかしいことだ。

「わ、分かった。静かにする」

小山はベッドのシーツを口にくわえたまま、おとなしく答えた。できるだけぐったりしてみせ、抵抗する気がないことを伝える。

「よし、それでいい」

相手は同じ口調で言った。どこかで聞いたことのある声かどうか考えたが、思い当たらなかった。

「あんたはだれだ。わたしになんの用だ」

「質問するのはおれだ。おまえはそれに答えるだけでいい。ただしあくまでも正直にな。とぼけたり、おれを騙《だま》そうとしたりしないように忠告しておく。死に急ぐことになるぞ」

小山は体が震え出すのを感じた。アルコールで上昇した体温が、急激に下がり始める。状況を把握しようと、必死で考えを巡らせた。まだ若い男のようだが、少なくともこれは泥棒強盗の類いではない。声の調子に断固たる信念のようなものが感じられる。いったい何者だろうか。顔を見てみたいが、それは命と引き換えになる危険がある。とにかくあまり刺激しない方がよさそうだ。

小山は少し落ち着きを取りもどし、静かな口調で話しかけた。

「分かった。何が聞きたいんだ。答えられることには、なんでも正直に答えようじゃないか」

「それがいい。おまえは例の事件のときに、ここの院長をしていたな」

小山は無意識に生つばを飲んだ。いちばん思い出したくないことを聞かれ、一瞬ひやりとする。

「例の事件というと」

男に腕をねじり上げられ、小山は枕の下で悲鳴を放った。

「とぼけるなと言っただろう。それともここでは、ああいう事件がのべつ起こっているとでもいうのか」

「わ、悪かった。確かにあのとき院長をしていた」

「おまえがここで、あの事件の真相を知っている唯一の人間であることは、ちゃんと調べがついているんだ。この次からは注意して答える方がいい。もし嘘をついたら、そのたびに指を一本ずつ折ってやるからそう思え」

小山は恐怖に駆られ、急いでうなずいた。

男はなおも腕をねじり続けていたが、ようやく少し力を緩め、口を開いた。

「当時の新聞報道を見ると、あの事件の関係者の名前は大半伏せられている。AとかBとか、頭文字でしか書かれていない。おれはその名前が知りたいんだ。まず警視庁の室井公安部長や、豊明興業の野本たちを殺した殺人請負業者Aというのは、だれのことだ」

小山はわざと咳をして時間を稼いだ。この男はどうしてそんなことに興味を持つのだろう。しかしもう危ない橋を渡るのはやめだ。そんなことで怪我をしたら元も子もない。

「確か新谷《しんがい》という名前だった。新谷和彦だったと思う」

「新谷、和彦だと」

男の声に驚きがあった。

「そうだ。本名かどうか知らないが、少なくともそう呼ばれていた」

「だれがそう呼んでいたんだ」

「豊明興業の野本専務や、その子分たちだ。野本が記憶喪失になった新谷をここへ連れて来て、わたしに治療させようとしたのだ」

「記憶喪失」

「そうだ。どこかで頭に大怪我をして、記憶を失ってしまったのだ。豊明興業がやっているパブ・チェーンで働いていたらしいが」

不安になるほど頭の上が静かになった。小山はわずかに体を動かし、相手の反応をうかがった。男の膝にすぐ力がこもる。

「新谷は子分たちも殺したのか。木谷とか宮内とかいう連中だ」

「そうだ。恐ろしい男だった」

「赤井も新谷にやられたのか」

「赤井。聞いたことがない。あのときそういう名前の男はいなかった。ほんとうだ」

また沈黙。嘘ではないことを示すために、小山はわざと指を開いた。拳を握り締めると、かえって疑われる。

男が続けた。

「若松という公安課長を撃った、B警部というのはだれだ」

心臓が締めつけられる。担送車に横たわる倉木の顔がちらりと浮かんだ。

「倉木だ。倉木尚武」

「まだ公安特務一課にいるのか」

「知らない。調べれば分かるだろう」

それは嘘ではないが、多少後ろめたさを感じた。しかし倉木が今夜、ここへ強制入院させられたことまで、しゃべる必要があるとは思えなかった。聞かれもしないことに答えるほどお人好しではない。

それにしてもなんのために、あの事件のことを根掘り葉掘り聞きたがるのだろう。もしかしてこの男は、あの殺し屋と何か関係のある人間ではないか。そう考えると、体に脂汗《あぶらあせ》がにじんできた。

「よし。次に監察官のC、捜査一課のD警部補、公安三課のE部長刑事というのは、それぞれだれのことだ」

「Cはツキと呼ばれていた。どういう字を書くのか知らない。Dは確か大杉、大杉良太と聞いた。それからEは女で、明星美希という名前だった。明るい星に美しい希望と書くのだ。それは警察手帳を見たから間違いない」

また部屋に沈黙が流れた。小山は不安にさいなまれ、急いで言った。

「もういいんじゃないかね。わたしはしばらくこのままの格好でいるから、その間に出て行ってくれないか。顔を見られたくないだろうし、わたしも見たくない。金がほしいのなら、デスクの上に財布がある。好きなだけ持って行っていい」

「黙っていろ。考えごとをしてるんだ。まだ引き上げるつもりはない」

「ほかに何を聞きたいというんだ」

男は小山の腕を握り直した。

「あの夜に起こったことすべてだ。あんたが知っていることを全部聞かせてもらう。たとえ朝までかかっても、おれは聞くつもりだ」

8

灰色の建物が朝日に輝いている。

どんないかがわしい建物でも、朝日を受けると輝いて見える。不思議なものだ。

大杉良太は腕時計を確かめた。少し寝坊したうえ、予想外に電車の時間がかかったこともあって、もう午前十時に近い。

稜徳会の建物を見るのは、あの事件以来ほぼ一年四か月ぶりのことだった。その後院長が交代したり、スタッフの入れ替えがあったりしたと聞いたが、実情は当時と変わっていないだろう。この種の病院はいつもそうだ。

タクシーを捨て、門の中にはいったとき、何か尋常でないものを感じた。空気が乱れている。騒がしいというのではないが、雰囲気がざわついているのが分かる。

大杉は急ぎ足で正面玄関へ向かった。木立を抜け、車寄せに近づくと、そこにパトカーが二台停まっているのが見えた。体が引き締まる。刑事としての職業的本能が、むらむらと頭をもたげてきた。

次の瞬間、倉木のことが脳裡をかすめた。まさか倉木に何か起こったのではないか。

大杉はポーチに駆け上がり、ロビーに飛び込んだ。青いつなぎの作業着を着た髭面の男が、床にモップをかけている。大杉はそばへ行って声をかけた。

「何があったんだ」

男はびっくりして眼鏡をずり上げた。

「え。ええ、あの、ちょっとした事件がありましてね」

「そんなことは分かってる。どんな事件だと聞いてるんだ」

「それは、その」

男が言いよどんでいると、大杉の背後で声がした。

「古江、何もしゃべらなくていいぞ」

振り向くと、白い上っ張りを着た大柄な男が、無遠慮に大杉を見下ろしていた。

「仕事にもどれ、おれが相手をする」

古江と呼ばれた男は、軽く左足を引きずりながら、急いでそばを離れて行った。

大男は横柄な態度で続けた。

「あたしはここの主任看護士の千木良だが、あんたはどこのだれかね」

大杉は相手を品定めした。岩のようにごつい体格の男だった。顎がとがり、頬骨が張っている。目はぞっとするほど冷たい。いかにもこの仕事のために生まれてきた、そういう種類の男に見えた。

「大杉だ」

短く答え、警察手帳をちらりとのぞかせる。

千木良は顎を引いた。少し態度が変わる。

「南多摩署の刑事さんですか」

「違う。新宿の大久保署だ」

千木良の態度がまた微妙に変化した。

「どうしてまた、管轄外の事件に」

「捜査に来たわけじゃない。たまたま来合わせただけだ。どんな事件かぐらい聞いても、ばちは当たらんだろう」

千木良はもみあげを指で掻き、ちょっと考えていたが、やがて口を開いた。

「副院長の小山が自殺したんですよ」

大杉はじっと千木良を見た。

「小山というと、以前院長をしていたあの小山かね」

「ええ、知ってるんですか」

「昔ね。いつ死んだんだ」

「ゆうべ遅く。今朝顔を見せないので、副院長室を探したら、首を吊《つ》ってました。壁の上の鉄パイプに、麻のロープを通してね」

「理由は」

「さあ、分かりませんね。遺書もないし、発作的なもんでしょう。だいぶ酒を飲んでいたらしいから」

「ほんとに自殺かね」

千木良は瞬きして、まじまじと大杉を見た。

「それはどういう意味ですか。まさか殺されたとでも」

「気にしなくていい。デカの悪い癖なんだ、裏に何かあるんじゃないかと疑うのはね」

千木良は目に不安の色を浮かべたが、それを振り捨てるように言った。

「ところで刑事さん、なんの用で見えたんですか」

「院長に会いたいんだ。確か梶村という名前だと聞いたが」

千木良の顎がぐいとしゃくれた。

「梶村院長はこの事件の処理で、今日一杯手があかないと思いますよ」

「そんなに時間は取らせない。十五分かそこらでいいんだ」

「用件は。公務ですか」

「それは会ってから話す。公務じゃないが、きわめて重大な問題だと言ってくれ」

千木良は薄笑いを浮かべた。

「公務じゃないとすれば、お会いにならないと思いますよ。出直してもらった方がよさそうだ」

「きっと会いたくなるさ。倉木警視の件だと言えばね」

それを聞いたとたんに、千木良の顔がさっと緊張した。大杉は反射的に拳を握った。

ぴんとはじけるものがあった。思い切り千木良を睨みつける。この大男は昨夜、倉木を拉致する現場にいたのだ。そうでなければ、これほど顔色を変えるわけがない。

大杉は続けた。

「あんたたちがゆうべ、彼をここへ連れ込んだことは百も承知だ。会う方がお互いのためだと思うがね」

千木良は一歩下がった。硬い声で言う。

「ここで待っててください。院長の都合を聞いてみる」

千木良がロビーの隅の院内電話でしゃべっている間、大杉は冷たい木のベンチにすわって待っていた。しだいに怒りが込み上げてくる。千木良は倉木を拉致するとき、美希にも暴力を振るったに違いない。ゆうべの美希の様子を思い出すと、血が沸き立ちそうになる。あの男のどてっ腹に、いやというほどパンチを食らわせてやったら、どれだけすっきりするだろう。

大杉はふと、美希のことを考えている自分に気づき、狼狽《ろうばい》した。美希を女として意識したことは、これまで一度もなかったと思う。

それが昨夜を境にして、がらりと状況が変わった。倉木に対する気持ちを明らかにしたことで、美希はすっかり女になってしまった。それは大杉にとって、当惑の種でしかなかった。

「十分間だけ会うと言ってます」

いつの間にか千木良がもどっていた。

大杉はあわててベンチを立ち、千木良のあとについて階段へ向かった。

院長室は以前と同じく三階にあった。あのときの思い出がよみがえり、大杉は少し吐き気を催した。

千木良に案内されて、院長室にはいった。窓を背にしたデスクから、初老の男が立ち上がる。白衣を着た小柄な男で、縁なしの眼鏡をかけている。

「お取り込み中すいません」

大杉は形ばかりわびを言った。

「いや。その件もありまして、あまり時間がないものですから」

声が硬い。見た目は平静を装っているが、内心は緊張しているに違いない。

二人は名刺を交換した。向かい合って応接セットに腰を下ろす。千木良も当然のように院長の隣にすわり、尊大に腕を組んだ。

院長室の様子は記憶とだいぶ違っている。カーテンから何から、調度品はすべて取り替えられたようだ。

大杉は一呼吸入れて切り出した。

「手っ取り早くすませましょう。わたしは倉木警視の強制入院について、納得のいく説明をうかがいに来たんです」

梶村は眼鏡をはずし、レンズをふいた。

「公務ではないということでしたね」

「今のところはね。警視の一友人として、穏やかに話をしに来たと考えてください」

梶村は眼鏡をかけ直した。

「最初に申し上げておきますが、わたしどもは都知事の指示に基づいて、倉木さんを保護したんですよ。不法監禁しているわけではないんです」

「保護ね。まあ言葉はどうでもいい。ただ警視を強制入院させる理由は何か、それを聞かせてもらいたいんです。もし理由を説明できるならね」

「もちろんできます。倉木さんはアルコール依存症なのです。入院して徹底的に治療しなければ、いずれ廃人になってしまいます」

「警視がアル中だなどという話は、聞いたことがない。調べれば分かることじゃないですか」

「だから今調べているのです。鑑定医が二人で倉木さんを診断しています。もし二人の診断が、加療を要するという点で一致すれば、正式の措置入院の手続きを取らねばなりません。ご存じのように、措置入院にはご友人はもちろん、ご家族の同意もいらないのです」

「実に便利な制度ですな、それは。ともかくわたしは友人として、どこかここ以外の病院で、彼がアル中かどうか調べることにしたい。たった今引き取りますから連れて来てもらいましょう」

千木良は腕組みを解き、大杉を睨んだ。大杉はそれを無視して、梶村を見つめた。

梶村はまた眼鏡のレンズをふき始めた。

「それはできませんね。検査はわたしどもでやります。これは警察庁でも承知していることですから」

「警察庁のだれですか」

「遠野長官です」

警察庁長官遠野英一郎。遠野が倉木の強制入院を認めたというのか。

「そこにお墨付きでも持ってるんですか」

「いや、この処置はそういう性質のものではありませんから。もしお疑いなら、その筋にお問い合わせいただいてかまいませんよ」

大杉は口をつぐんだ。

この院長がそう言うからには、それだけの裏付けがあるのだろう。はったりをかませるタイプには見えないからだ。

黙ってたばこに火をつける。

津城をつかまえられなかったことが、返すがえすも残念だった。あの男なら、こういう場合どうするだろうか。

梶村が眼鏡をかけ直した。

「まあそういうわけですから、あとはわたしどもにお任せいただいて、お引き取り願いましょうか」

「倉木警視に会わせてくれませんか」

大杉が突然切り込むと、梶村は驚いたようにまた眼鏡に手をやった。どうやらそれは、梶村の緊張したときの癖らしい。

「それはできませんね。今検査中ですから」

「会うだけですよ。無事な姿を一目見るだけでいい」

梶村はひどく狼狽して、また眼鏡をはずした。白衣の袖でごしごしふく。

「冗談はやめてください。それではまるでわたしたちが、倉木さんをどうにかしようとしているみたいだ。まったく人聞きの悪い」

「そうでないことを、この目で確かめればそれでいいんです」

「お断りします」

「それなら自分で院内を探させてもらうだけです」

ずっと黙っていた千木良が、肩をいからせて立ち上がった。

「いくら刑事さんでも、捜索令状もなしに院内を歩き回ることはできないはずだ。不法侵入で訴えますよ」

大杉もたばこを消して立ち上がった。

「試しにやってみたらどうかね。正式に裁判で争うのも、面白いかもしれない」

「あたしは本気ですよ。そちらがどうでも探し回るというなら、こっちもそれなりに対応させてもらいます」

「止められると思ったら、やってみることだな」

そう言い捨てて、大杉はドアに向かった。

そのドアが開いて、グレイの背広姿の男がはいって来た。大杉は足を止め、相手を見た。四十代後半の、黒い髪をオールバックにした、唇の薄い男だった。背は大杉と同じくらいだが、もっと体が引き締まっていて、肩幅が広い。

男はドアの前に立ち塞《ふさ》がった。

「どいてもらおう」

大杉は言い、男を押しのけようとした。

男は動こうとせず、大杉の体を押しとどめた。

唇の端に笑みを浮かべて言う。

「初めまして。南多摩署長の栗山《くりやま》です」

9

南多摩署長・警視・栗山専一《せんいち》。

渡された名刺にはそうあった。予期せぬ人物の登場に面食らう。

しかしすぐに事情が分かった。管内で起きた変死事件に、所轄の署長が乗り出すのは当然のことだった。栗山は小山副院長の自殺の件で、ここへ来ているに違いなかった。

栗山署長に促されて、大杉はまたソファにもどった。千木良が栗山に席を譲り、黙って院長室を出て行く。

栗山は大杉が渡した名刺を、不必要なほど丁寧に調べた。

やおら顔を上げて言う。

「大久保署か。池沢君はわたしの大学の後輩でね。元気でやってますか」

池沢は大久保署の署長だった。

「だと思います」

ついそっけない答えになった。

栗山は池沢よりはるかに年長で、大杉と比べても何年か先輩だろう。五十前で警視庁管内の署長だとすれば、キャリア組ではないがまずまずの昇進ぶりといえる。

栗山は大杉の返事に、話のつぎ穂を失ったようだった。すぐに話題を変える。

「今日は非番ですか」

「そうです」

それは嘘ではなかった。

栗山は親指でドアを示した。

「さっきちょっと聞こえたんだが、だれかを探すとか息巻いてましたね」

「わたしの友人がここにいるんです。その安否を確かめようとしただけです」

「友人というと、署の同僚か何か」

「いや。警察庁警務局の監察官です。階級は警視で、倉木尚武といいます」

栗山は眉を上げた。

「監察官。警視。あなたの友人ねえ」

それは倉木と大杉の階級の違いを指摘する、わざとらしい皮肉だった。

大杉はそれを無視した。

「署長は倉木警視をご存じありませんか」

栗山は目をそらした。

「噂《うわさ》だけは聞いてますよ」

「警視は昨夜自分の意志に反して、不法に当病院に強制入院させられたのです」

梶村がきっとなって口をはさんだ。

「不法とはなんですか。わたしたちは法を破った覚えはありませんよ」

大杉も言い返した。

「正常な人間を勝手にアル中に仕立てて、無理やり収容するのを不法というんです。少なくとも娑婆《しゃば》ではね」

「アル中に仕立てたなんて、とんでもない。署長、なんとか言ってください。この人はひどい思い違いをしているようだ」

栗山は指を組み合わせ、大杉を見た。

「警部補。あなたが倉木警視の収容を不法と考える根拠は、要するに警視がアル中ではないと信じているからだね」

「信じているだけじゃありません。事実警視はアル中なんかじゃないんです」

栗山は組んだ指を、広げたり閉じたりした。天気の話でもするような口調で言う。

「彼は一昨年の秋、調布署管内で酒に酔って喧嘩《けんか》をした。やくざか地回りか知らないが、とにかく殴り合って重傷を負わされた。あの怪我の様子では、たぶん相手も無事ではすまなかっただろう。結局名乗り出なかったがね。この事件のことは、もちろん覚えているだろうね」

「あれは——」

言いかけて大杉は口を閉じた。

あの事件は、豊明興業が雇ったボクサー崩れの男に、倉木がやられただけのことだ。しかし倉木はそのことを隠し、酔って喧嘩をしたかのように装ったのだった。当時の新聞報道もそうなっている。それを今さら否定してみても、どうしようもないという気がした。

大杉はぶっきらぼうに言った。

「覚えてます。しかしあの程度の喧嘩は、アル中でなくてもやりますよ」

「それは穏やかじゃないね。診断書を見ると、よく生きていたと感心するくらい、ひどい怪我だった。殺し合いをしたんじゃないかとさえ思えるほどだ」

もぞもぞとすわり直す。

「それにしても、たった一回きりじゃないですか」

栗山は頬を緩め、ポケットから手帳を出した。いそいそとページを繰る。

「つい何日か前、倉木は池袋署の管内で酒に酔って、地元のちんぴらをさんざん痛めつけた。女と一緒にいるところをひやかされた、というただそれだけの理由で、彼は無抵抗のちんぴらを半殺しの目にあわせたのだ。コンクリートの塊に何度も叩きつけられて、ちんぴらの頭はつぶれた西瓜《すいか》のようになったそうだよ」

手帳から目を上げて大杉の様子をうかがう。

大杉は膝を強くつかんだ。

「だれか目撃者がいるんですか」

「その場にいたのは連れの女だけだが、倉木によれば街で拾った女で、どこのだれだか知らないと言っている。池袋署でもだいぶ探したようだが、まだ見つかっていない」

「警視は今の話を認めたんですか」

「ちんぴらにからまれて、二、三発殴ったことは認めた。しかしコンクリートに頭を打ちつけたことは否定した。それはちんぴらが自分でやったことだと言うのだ。そんなことが信じられるかね」

大杉はそっと手の汗をふいた。

「倉木警視がそう言うんでしたら、そのとおりだと思いますね」

栗山は軽蔑《けいべつ》したように唇をゆがめた。

大杉は言葉を継いだ。

「そのちんぴらは、どうして相手が倉木警視だと分かったんですかね」

「殴ったあとで名乗ったらしい。文句があるなら、警察庁の倉木を訪ねて来いとね。もっとも倉木自身はそれを否定しているが」

「それはそうでしょう。彼はそんなところで名乗ったりするような男ではない」

栗山は首を振った。

「名乗ろうと名乗るまいと、大怪我をさせたのは事実だ。池袋署長は、このままでは暴行傷害罪で立件せざるをえない、と言っている。現職の警視が酔っ払って暴力を振るい、あげくのはてに逮捕されるなんてあまりにもひどい話だ。警察官の面汚しだよ」

大杉はじっと怒りを抑えた。

「それでアル中に仕立てて、ここへ隔離したわけですか」

栗山は押しかぶせるように言った。

「現に彼はアル中なんだ。同じマンションの住人も、倉木がよく酔って帰って来るのを見かけたと言っている」

大杉は鼻を鳴らした。

「署長は管轄外の事件に、ずいぶんお詳しいですな」

栗山の顔が赤くなった。

「倉木がここに収容されると聞いて、法的根拠を確認するために、所轄署から捜査書類を取り寄せたのだ。きみがどう思おうと勝手だが、今回の措置入院に違法性はないと断言できるよ」

「人身保護法や、行政不服審査法に訴えることもできますよ」

「それはできるだろう。しかし効果があるかどうか疑問だね。考えた方がいい。ここで治療に専念するのと、法廷に引き出されて恥をさらすのと、倉木にとってどちらがいいことか」

大杉は膝の上で拳を握り締めた。そうしなければ、体がわなわなと震え出しそうだった。

何がアル中だ。何が暴行傷害罪だ。すべて倉木をここに収容するための罠ではないか。そのちんぴらは、相手が倉木であることを承知の上で喧嘩を売り、わざと自分を傷つけたに違いない。

よもやとは思ったが、これはやはり森原の陰謀と考えるのが妥当かもしれなかった。あの原稿は津城の狙いどおり、『公論春秋』の編集長宮寺貢から森原の手に渡ったのだ。だとすれば、梶村院長も栗山署長も同じ穴のむじなで、二人に森原の息がかかっていることは、もはや火を見るよりも明らかだった。

しかしこの連中も、所詮は森原の使い走りにすぎない。例の事件の全貌《ぜんぼう》など、知る由《よし》もないだろう。それにしても、こんな悪辣《あくらつ》な手段に出るとは、なんというやつらだ。早急に手を打たないと、とんでもないことになる。

大杉はゆっくりと立ち上がった。梶村の顔をじっと睨みつける。

「今日はおとなしく引き上げることにしますよ、院長。しかしこれからちょくちょく寄せてもらうことにする。倉木警視に万一のことがあったら、ただではすまないからな。それをよく覚えておくことだ」

梶村の目に脅《おび》えが走るのを見て、大杉はようやく満足した。

今度は栗山に目を向ける。

「署長。ゆうべ小山副院長が自殺したそうですが、彼は例の稜徳会事件の貴重な生き証人です。かくいうわたしもその一人ですがね。自殺か他殺か知らないが、彼の死は今度の倉木警視の収容と無関係ではないかもしれない。よく調べられた方がいいですよ」

そのままドアに向かいながら、まんざら見当はずれの意見でもないと大杉は思った。

外へ出ると、廊下で千木良が待っていた。

薄笑いを浮かべて言う。

「ロビーまで送りますよ。迷子《まいご》になるといけないから」

大杉は鼻で笑った。

「見失わないように、おれの上着の裾《すそ》につかまったらどうだ」

## 10

明星美希は、東上線東武練馬駅前のゲームセンターで、辻本さゆりをつかまえた。

すでに学校は春休みにはいっている。

さゆりは赤いジャンパーに洗いざらしのジーンズ、リーボックの運動靴というでたちだった。長い髪に黄色のカチューシャをつけている。体は小さいが、いかにも気の強そうな目鼻立ちで、美希が刑事だと知っても顔色一つ変えなかった。

美希は近くのフルーツパーラーへさゆりを連れていった。さゆりは物怖《ものお》じもせず、特大のチョコレートパフェを注文した。

それを半分ほど平らげたとき、美希は切り出した。

「実はあなたに聞きたいのはね、お友だちの大杉めぐみさんのことなの」

それを聞いたとたん、さゆりは急に落ち着きをなくした。パフェを食べるのをやめ、やたらに中身を掻き回す。

「めぐみさん、この数日家に帰ってないの。彼女のお母さんから聞いてるでしょ」

しぶしぶうなずく。

美希はできるだけ静かな口調で続けた。

「わたしね、めぐみさんのご両親に頼まれて、彼女を探してるのよ。お父さんが警察に勤めていること、知ってるわね」

こくんとうなずいてから、怒ったように言う。

「でもあたし、めぐみがどこにいるか知らないよ」

「彼女がいなくなる前の夜、一緒だったんでしょ」

「それはそうだけどさ」

「そのとき喧嘩でもしたんじゃないの。帰ったあとで様子がおかしかったって、そう聞いたわ」

「喧嘩なんかしないさ」

「じゃ、何があったの」

下を向いてパフェを掻き回す。

美希は諭《さと》すように続けた。

「何もしゃべらないって、めぐみさんと約束したんでしょう」

返事をせず、口をとがらせる。

「彼女が困った立場にあるとしたら、それを助けるのが友だちというものだわ。黙っていれば彼女が助かるとでもいうの」

さゆりは顔を上げた。

「ほっといてくれない。そういうおためごかしは、もう聞きあきてんのよね」

「あら、そう。ずいぶん義理堅いのね。あなたが口をつぐんでいたために、彼女が取り返しのつかないことになったら、どうやって責任をとるつもり。弁護士のお父さんに泣きつくのかしら」

「やめてよ、あんなやつの話は」

さゆりは吐き出すように言った。驚くほど憎しみのこもった口調だった。美希は死んだ父親のことを思い出し、薄ら寒くなった。自分もかつて、父親のことを今のように罵《ののし》った覚えがある。

「わたしはあなたの父親でもないし、めぐみさんの父親でもないわ。あなたに迷惑はかけないから、教えてちょうだい。めぐみさんがどこにいるか、あなた知ってるんでしょう」

突然さゆりの顔つきが変わった。

「うるせえんだよ、このばばあは」

そう罵ると、いきなりパフェのはいったグラスを美希に投げつけた。とっさに肘を上げて身を守る。グラスは奇跡的に、広げた美希の両手の中に飛び込んで来た。白と茶のクリームが飛び散り、どろどろとブラウスの上にこぼれ落ちる。

美希は何も言わず、静かにグラスをテーブルにもどした。紙ナプキンを取って手とブラウスの染みをふく。

そのすきに、さゆりがボックスから滑り出ようとした。

美希はテーブルの下に手を伸ばし、さゆりの手首をむずとつかんだ。渾身《こんしん》の力を込めて引きもどす。さゆりは小さく悲鳴を漏らし、手を振り放そうとした。美希は力を緩めず、さらに強く手首を締めつけた。さゆりの顔が苦痛にゆがむ。

「何すんだよう、放せよう」

泣き声を上げるのを、なおも容赦なく締め続ける。やがてさゆりは席を立つのをあきらめ、シートにぺたりと尻《しり》を落とした。

店内の視線が二人に集まる。

それにかまわず、美希はさゆりに言葉を吐きつけた。

「なめるんじゃないよ、このくそがきは。ろくに毛も生え揃ってないくせに、でかい口を叩くのは十年早いんだ」

さゆりはあっけにとられ、シートの背にへばりついた。体ががたがた震え始める。

マネージャーらしい男が、奥から飛んで来た。

「あの、お客さま」

美希はあいた方の手で警察手帳を出し、マネージャーの鼻先に突きつけた。

「公務よ。すぐにすむわ」

マネージャーがこそこそと引き下がるのを待って、美希は続けた。

「さあ、しゃべるんだよ。これ以上手間をかけると、手首の骨をばらばらにしてやるから。あたしはそこらの甘っちょろい少年係とわけが違うんだ。分かったかい」

毒気を抜かれたさゆりが口を割るのに、さほど時間はかからなかった。

さゆりの話によればこうだ。

問題の夜、二人はさゆりの兄の車を持ち出し、都内をドライブする計画を立てた。それまでにも何度か、無免許で運転したことがあるという。

最初にめぐみが運転して、板橋区赤塚にあるさゆりの家を出発した。抜け道から目白通りにはいり、環状七号とぶつかる豊玉陸橋《とよたま》で左折しようとした。そのとき、右隣を走っていた白いベンツが、急に進路を変えて幅寄せしてきた。めぐみはあわててブレーキを踏んだが、間に合わずにベンツの横腹へ頭をこすりつけてしまった。

ベンツから下りて来た若い男が、めぐみの学生証を取り上げ、修理代として百万円出せと威《おど》した。そんな金はないと答えると、とりあえずあるだけ用意して、自宅まで届けろと言う。

無免許運転で事故を起こした弱みもあり、親のことや学校のことを考えると、だれにも相談できなかった。二人でなんとかしようということになった。

翌日めぐみとさゆりは、学校の終わったあと男の自宅へ向かった。めぐみはどこで工面したのか、十五万円ほど用意していた。

男の名は佐々木敏昭《ささきとしあき》といい、西武池袋線椎名町《しいなまち》駅の近くの、つばめマンションという小さなマンションに住んでいた。佐々木は十五万円を受け取ったあと、足りない分はめぐみに働いて返してもらうと言った。さっそく今から働き口を探しに行こうとせかす。

めぐみはさゆりに、このことは絶対親に言わないで、と口止めした。これ以上さゆりに迷惑をかけたくないと言い、そのまま佐々木と一緒にどこかへ行ってしまった。さゆりは佐々木のマンションから、一人で帰るはめになった。

それ以来めぐみに会っていないし、連絡もない。心配でしようがないけれど、だれにも相談できずに悩んでいる。そう言ってさゆりは、初めて泣きじゃくった。話しているうちに、すっかり子供にもどってしまった。

美希はハンカチを出して、さゆりの涙をふいてやった。

「さあ、もう泣かなくていいのよ。わたしがちゃんとめぐみさんを探してあげるからね」

さゆりは素直にうなずき、ハンカチの端から目をのぞかせて言った。

「ごめんなさい、おねえさんのブラウス汚しちゃって」

ばばあからおねえさんか。

美希は苦笑して、きつく握りすぎたさゆりの手首をさすってやった。


つばめマンションは椎名町駅から、歩いて七分ほどのところにあった。

郵便受けで名前を調べる。佐々木敏昭は三〇四号に住んでいた。

チャイムを鳴らすと、紺と白のトレーニングウェアを着た若い男が出て来た。寝臭いにおいがぷんと鼻をついた。

ドアを肩で押さえ、素早くたたきの履物《はきもの》に目を光らせる。女物の靴は見当たらない。

無精髭の顔をまっすぐに見る。

「佐々木敏昭さん」

「ええ」

「ちょっと聞きたいことがあるんですけど」

美希は警察手帳を見せた。

とたんに佐々木はそわそわし始めた。

「一週間ほど前の夜、あなたは豊玉陸橋の近くで、車の接触事故を起こしましたね」

視線があちこちする。

「豊玉陸橋」

「環状七号線と目白通りの交差点のあたりです。あなたはベンツを運転していて、相手の車は日産マーチでした。マーチには、女子高校生が二人乗っていた。大杉めぐみと辻本さゆり。違いますか」

「ああ、あの事故ね。あれはええと、そうだ、ぼくが左折のウィンカーを出して左に寄ったとき、後ろから来たマーチが強引にスピードを上げて、左側をすり抜けようとしたんです。それでこっちの横腹にぶち当たった。悪いのは向こうですよ。無免許だったしね」

「確かに相手は無免許だったけれど、目撃者の証言によると、事故の原因はあなたにあるように思えますね」

「ぼくに。冗談じゃない」

怒ったように言う。

「道路の左端を走っていたマーチに、突然白のベンツが幅寄せした。マーチは急ブレーキをかけたが、間に合わずにベンツの横腹にぶつけてしまった。事故を目撃した人はそう証言していますよ」

「違う、違いますよ、刑事さん。幅寄せだなんて、とんでもない。だれですか、そんなでたらめな証言をしたやつは」

唇から細かい泡を飛ばしながら、早口にまくしたてる。

「会いたければ法廷で会えるでしょう。いずれ近いうちにね」

佐々木は口をつぐんだ。喉仏《のどぼとけ》が動く。

美希はさらに畳みかけた。

「修理代に百万かかると言って威したのも、でたらめだというんですか」

佐々木は上がりがまちに突っ立ったまま、口をもぐもぐさせた。

「つまりそれは、例の車が、ベンツのことだけど、会社の上司の車だったもんだから、それくらい取らないとぶっとばされると思って。なんといってもベンツだから」

小鼻に汗をかいている。

「ふうん、あなたの車じゃなかったの。勤め先はどこですか」

「会社といっても、パブなんですよ。リビエラっていうんだけど」

美希はぎくりとして佐々木を見直した。

「リビエラ。それはパブ・チェーンのリビエラのこと」

「ええ、そうですよ。ぼくは新宿店のバーテンをしてるんです」

にわかに動悸が高まる。

リビエラといえば、例の新谷和彦が池袋店の店長をしていた、パブのチェーンだ。ここでその名を聞こうとは思わなかった。これは偶然だろうか。

「あなたの上司ってだれなの」

佐々木は拝むような仕種をした。

「勘弁してくださいよ。あれはもう話がついたことなんだから」

「ついてなんかいないわ。大杉めぐみはここ数日家に帰っていないのよ。もしどこかに監禁でもされているようなら、ただの恐喝じゃすまないわね」

佐々木は口元をぬぐった。

「分かりましたよ。豊明興業の、つまりリビエラ・チェーンの親会社なんだけど、そこの玉木《たまき》っていう人です」

豊明興業。リビエラの親会社で、えせ右翼の組織暴力団だ。稜徳会事件のおり、幹部の大半を新谷に殺されたはずだが、さすがにしぶとく生き残っている。

リビエラと豊明興業。実際これは偶然だろうか。

「大杉めぐみは今どこにいるの」

「知りません。あの日玉木専務のとこへ連れて行って、それきりなんです。専務がどこかで働かしてるんじゃないかな」

美希は黙って佐々木を見つめた。佐々木は耐えきれずに、下を向いてしまった。

美希は言った。

「正直に答えなさい。あとで後悔しないようにね。あなたはその玉木という専務に頼まれて、わざと大杉めぐみを取り込む機会を狙っていたんでしょう」

佐々木の肩がかすかに震えた。どだい小心な若者なのだ。

佐々木はぺこりと頭を下げた。

「すいません、断り切れなかったんです。とにかく連れて来いと言われて。なんっても会社の偉い人だし、怪我をさせるわけじゃないからと思ったんです」

「なんでそんな必要があったの」

「分かりません。ぼくはただ、言われたとおりにしただけで」

美希は大きく息をついた。

「もう一度聞くわ。大杉めぐみは今どこにいるの」

佐々木は顔を上げた。

「ほんとに知らないんですよ。ただ専務はそのとき、塾でもぶち込んだるか、とか言ってました」

「塾って」

「よく分からないけど、どこかになんかの塾があるんです。ときどき新宿店へ変な作業衣を着た坊主頭の男が来て、専務と酒を飲むんだけど、その男のことを専務は塾長って呼んでました」

## 11

明星美希は十五分遅れてやって来た。大杉良太は手を上げて合図した。美希は席へ来ると、ぺこりと頭を下げた。

「遅れてすみません。服を汚しちゃって、デパートで着替えを買っていたものですから」

「いいんだ。おれも今来たところだ」

大杉はウェイトレスにコーヒーを片づけさせ、カレーライスを二つ注文した。このパーラーは、新宿駅の東口でいちばんカレーがうまい店だといわれている。

美希がコートを脱ぐと、下はラベンダーのセーター姿だった。小さいなりに形のよい胸が、生なましく目に飛び込んで来る。

大杉は視線をそらし、飲みたくもない水を飲んだ。どうも最近女を意識してしまう。

たばこに火をつけた。

「それで」

「それで」

二人は同時に口を開き、相手を見て笑い出した。

「おれから話すよ」

「いいえ、今日はわたしから」

少しの間押し問答をしたあげく、結局美希が折れて大杉に先を譲った。

大杉は運ばれてきたカレーを、全部ライスの上にぶちまけた。

「今朝稜徳会へ行ったんだが、結論から言うとやっこさんには会えなかった」

美希は下を向き、唇をぎゅっと結んだ。落胆を隠すように、カレーライスに手をつける。

「会えなかった事情があるんですね」

「そうだ。やつらもそれなりに知恵を絞っている。今回は引き下がらざるをえなかった。途中で邪魔がはいったもんでね」

「邪魔と言いますと」

「院長の梶村と話してるところへ、所轄の南多摩署の栗山という署長がしゃしゃり出て来たんだ。こいつがまた食えない野郎でな」

美希はけげんな顔をした。

「どうして南多摩署長が稜徳会病院にいるんですか」

「ただの偶然じゃないような気もするんだが、栗山はゆうべ病院で起きた自殺事件の捜査で、病院に来ていたんだ」

美希はスプーンを止めた。

「自殺事件」

「そうだ。例の事件のとき、院長をしていた副院長の小山が、首吊り自殺をしたらしいんだ」

　目を丸くする。

「あの小山院長がですか」

「そうだ。どうも偶然にしてはすっきりしない。倉木のだんなが拉致されたのと同じ夜だからな。一応署長にはよく調べるように言っておいたがね」

　美希はじっと考えていたが、やがてスプーンを動かし始めた。

「確かにすっきりしませんね」

　大杉はくすぶっていたたばこを消した。

「すっきりしないと言えば、きみは最近池袋界隈《かいわい》で、やっこさんと酒を飲まなかったか。二人でいるところを、ちんぴらにひやかされたりした覚えはないか」

　またスプーンの手が止まる。心なしか頰が染まった。

　少し間をおいて答える。

「あります」

　大杉は息をついた。

　倉木が連れていた女というのは、やはり美希だったのだ。倉木は美希を巻き込むまいとして、街で拾った女だなどと言い逃れをしたに相違ない。思ったとおりだ。

「そのときやっこさんはどうした。ちんぴらをぶん殴ったのか」

「ええ、まあ。ほんの二つ三つですけど。あとはその、相手が自分でやったんです。コンクリートに頭を打ちつけたりして。信じていただけないかもしれませんが」

大杉はあきれて首を振った。

「そうか。そこまでやったのか」

「それがどうかしたんですか」

大杉はカレーライスを掻き込んだ。

「そのちんぴらは、あとで恐れながらと池袋署へ訴え出て、酒に酔った倉木が無抵抗の自分を半殺しの目にあわせたと、そう申し立てた。署では倉木から事情を聴取したが、どうやらやっこさんよりちんぴらの言い分を信じているらしい」

美希はきっと大杉を睨んだ。

「そんなばかな。あんまりだわ。わたしはこの目ではっきり見たんです。あの男がどれだけ大怪我をしたとしても、それは自分でやったことなんです。わたしがいつでも証人に立ちます」

大杉は首を振った。

「やっこさんは事情聴取されたとき、きみの名前を一言も出していない。巻き込みたくなかったんだろう。今さら名乗り出たところで、かえって勘ぐられるのがおちだよ」

美希は唇を嚙み締めた。自分に言い聞かせるようにうなずく。

「そうですか。おかしいと思ったら、やはりそういうことだったんですね。初めから仕組まれていたんだわ。すべては彼をアル中に仕立てて、稜徳会へ強制収容するための罠だったわけね」

　大杉もうなずいた。

「そういうことだな。実はおれは今の話を、栗山署長から聞かされたんだ。栗山は倉木がアル中で強制入院させられると聞いて、その合法性を確認するために、池袋署の調書をチェックしたと言っている。話ができすぎてると思わないか。やつは稜徳会が倉木の措置入院を正当化するのを、側面から援助しようとしてるんだ」

　美希はスプーンを強く握った。

「どうしてそんなことを」

「院長の梶村も署長の栗山も、みんなぐるなんだ。きみの言うとおり、森原の手があそこまで伸びてるんだよ」

「森原の」

　途中で言葉を切り、肩で息をする。握った拳の関節が、白く浮き上がった。

　断固とした口調で言う。

「わたしは彼を助け出します」

　大杉は人差し指を立てた。

「まあ、あわてなさんな。とにかく津城警視正の考えを聞いてからにしようじゃないか。明日には出張からもどるはずだ。早まったことをして、取り返しがつかなくなったら元も子もないぞ」

美希は不服そうに口をつぐんだ。スプーンを持ち直し、機械的にカレーライスを食べ始める。

二人はしばらく黙々と食べ続けた。

やがて先に食べ終わった大杉が言う。

「ところで、おれが頼んだ件はどうなった」

美希は目を上げた。

「すみません、つい頭が熱くなってしまって。めぐみさんの件ですけど、どうやらこれも今度のことと無関係ではないように思えるんです」

「というと」

「さっき辻本さゆりをつかまえて、話を聞いてきたんですが——」

美希の報告は、大杉を興奮させるのに十分だった。

大杉はだんだん腹が立ってきて、しまいにはテーブルを叩き割りたくなった。どうにか自分を抑え、歯の間から言う。

「するとめぐみは、豊明興業に目をつけられて、その玉木とかいう野郎にどこかへ連れて行かれたというわけか」

「そういうことになりますね。佐々木は玉木のことを専務と呼んでましたから、死んだ野本の後釜《あとがま》だろうと思います」

大杉は手の平に拳を叩きつけた。

「玉木、玉木。よし、その名前は忘れないでおくぞ」

「佐々木の話からすると、めぐみさんはどこかの塾に入れられているのかもしれません。逮捕監禁罪にならないように、うまく車の事故を仕組んで、自発的に家を出るように仕向けています。かなり計画的ですね」

「しかし相手は未成年だぞ。汚い手を使いやがる」

「でもこれで少し、見えてきたような気がしませんか。倉木警視を隔離すると同時に、彼らは警部補にも揺さぶりをかけてきたんです。警部補の目をめぐみさんの方に引きつけて、倉木警視の一件に首を突っ込む余裕を与えない。それが狙いじゃないでしょうか」

大杉は顎をなでた。少し冷静になる。

「おれもそれを考えたところだ。稜徳会に豊明興業とくれば、そう結論せざるをえないだろう。連中もかなり焦《あせ》っているようだな」

美希は大杉の顔をのぞき込むように見た。

「どうされますか。これから豊明興業に乗り込んで、玉木を締め上げますか」

大杉は腕を組んだ。美希に言われるまでもなく、そうしたいのは山やまだった。

「いや、それはあまりいい考えじゃない」

自分でも驚いたことに、慎重な意見が口から飛び出した。

美希は拍子抜けしたように顎を引いた。

「でもお嬢さんのこと、ご心配でしょう」

大杉は首筋をこすった。

「それはそうだが、ここでおれがばたばたしたら、連中の思う壺《つぼ》になる。きみには悪いが、おれの代わりにめぐみの居場所を探ってくれないか。それも直接玉木に当たらずに、こっそりとだ」

「でも」

「何も言わずに、頼まれてくれ。おれは津城警視正とコンタクトして、善後策を考える。倉木のだんなのことは、おれに任せてもらいたいんだ」

美希はうつむき、唇を噛んだ。

大杉は続けた。

「きみの気持ちは分かるよ。しかしおれがめぐみのこととなると、めったに冷静でいられないのと同じように、きみもやっこさんのこととなると頭に血が上るだろう。そんな状態じゃ、二人ともいい仕事はできない。ここは一つ、お互いに相手のために働くことにしようじゃないか」

美希はしばらく考え、それから顔を上げてきっぱりと言った。

「分かりました。おっしゃるとおりにします。でも電話連絡だけは、まめに取り合うと約束してください」

「それはお互いさまだ」

美希は声をひそめた。

「もう一つ、ゆうべお話ししませんでしたが、例の新谷和彦にからんで、新しい情報があります。わたしとコンタクトのある、韓国中央情報部の李春元という男から入手した情報ですが」

宗田吉国の話だった。

宗田は最近潜入したとみられる、北朝鮮のスパイと接触しているらしい。もしそのスパイが新谷なら、宗田を監視することで足取りをつかむことができるかもしれない、という。

「なんとか李春元より先に、その男を押さえたいんですが、こういう状況になってしまって。倉木警視は自分で当たるとおっしゃっていたのに」

目を伏せる。大杉はすぐに結論を出した。

「それならその件は、おれが引き継ごう。李春元はおれを知らんだろうし、なんとかしてみる。宗田に関するデータを教えてくれ」

大杉は美希から宗田食品の所在地などを聞き、手帳に書き写した。

「もしその潜入スパイが本当に新谷なら、話はますます面白くなるぞ」

「どうしてですか」

大杉はにやりと笑った。

「小山副院長の自殺は偽装かもしれん。新谷がやったと考えることもできるだろう」

# 第三章

## 1

千木良亘は倉木の肩口を軽く蹴《け》った。

倉木尚武は肘《ひじ》を使い、長い時間をかけてごろりと仰向けになった。半分ふさがった目で千木良を見上げる。汚れたシャツとズボンは、死んだ別の患者のものだった。

「まったくタフな野郎だなあ。ふつうはこれぐらい痛めつけると、だいたいのびちまうもんですがねえ」

看護士の篠崎が、竹刀《しない》を素振りしながら、ほとほと感心したように言う。

千木良はウィスキーの瓶《びん》の蓋《ふた》を取った。

「近ごろのおまわりにしちゃあ、根性のある方だ。アル中でさえなけりゃな」

そう言って、倉木の唇の間に瓶の口を突っ込む。ウィスキーが流れ込み、口の脇から溢《あふ》れ出した。倉木は激しくむせ返り、体を苦しげに震わせた。布団《ふとん》に顔を押しつけ、ウィスキーを吐き出す。

保護室はほぼ三畳の広さで、床も壁もコンクリートでできている。北側の壁に鉄格子のはまった小窓があり、外光はそこからしかはいってこない。保護室とは名ばかりで、刑務所の懲罰房と変わりはなかった。

茶色に変色した畳が二枚。どちらもすり切れて、藁床《わらどこ》がのぞいている。その上に汚れたせんべい布団が敷いてあり、そこに倉木が横たわっているのだった。

床の隅に大小便用の穴があいていて、耐えがたい臭気が吹き上げてくる。ここでは用便後合図をすると、看護士が外でレバーを操作して、水を流す決まりになっている。しかし看護士は無精をして、三度に一度しかレバーを操作しない。操作しても、水量が少なく水勢も弱いので、十分に流れないことが多い。臭気はそこからくるものだった。

千木良は立ち上がった。

「これだけ酔っ払えば、臭いも気にならねえだろうよ」

篠崎がげらげらと笑う。

篠崎はずんぐりしたパンチパーマの男で、ここへ勤める以前は建造物の解体作業員をしていた。看護士ということになっているが、もちろん正式の資格を持っているわけではない。単に解体する対象が、建物から人間に変わっただけのようにみえる。暴力を振るうことをなんとも思わず、そのためにだれを怪我《けが》させようと気に病むことがない。千木良でさえ、ときどき篠崎のことを看護士ではなく、患者として扱った方がいいのではないかと思うことがある。篠崎が分裂病の凶暴な患者とやり合う姿を見ると、どちらが患者か分からなくなるからだ。

篠崎は芋虫《いもむし》でもつつくように、竹刀の先で倉木の腹をつついた。倉木はまたゆっくりと仰向けになり、篠崎を見た。弱よわしく、しかし侮蔑《ぶべつ》を込めて唾《つば》を吐く。

「この野郎」

かっとした篠崎が竹刀を構えたとき、廊下に足音が響いた。片足を引きずるような足音だった。千木良は篠崎を押しとどめ、鉄扉ののぞき窓に顔をつけた。

外に雑用係の古江五郎が立っていた。眼鏡に手をやり、申し訳なさそうに言う。

「お取り込み中すいません。主任に呼ばれたと言って、宗田食品の社長さんが見えたんですが」

千木良は腕時計を見た。

「そうか。すぐに行くから、待つように言ってくれ」

古江が去って行く足音を聞きながら、千木良は苦笑した。お取り込み中か。あの新米《しんまい》はなかなかうまいことを言う。篠崎などと違って言葉の使い方を知っているし、頭も悪くない。うまく仕込めば、片腕として使えるかもしれない。もう少し修羅場《しゅらば》を経験させる必要はあるが。

千木良は向き直った。

「今はこれくらいにしておこう。あとは二時間おきにこいつを飲ませて、アルコール漬けにするんだ。この野郎はアル中で入院したんだから、アル中らしくしてもらわんとな」

そう言って篠崎に、ウィスキーの瓶を投げ渡した。

宗田吉国は茶を一口飲んだ。

うまい。葉は安物だが、古江は茶の入れ方を知っている。

「すぐ来ると言ってますから」

古江はそう言って、またボイラーの方の仕事へもどってしまった。

事務所のソファにすわって千木良を待ちながら、いったい何の用だろうかと考える。

先日もらい受けしそこなった、金井某の後釜《あとがま》でも見つかったのだろうか。しかしそう短期間に次つぎと、まったく身寄りのない人間が出て来るとも思えない。

茶を飲み終えたところへ、千木良がもどって来た。かすかにウィスキーの匂いがする。昼間から飲んでいるのだろうか。

「待たせたな」

そう言いながら向かいにすわり、例によって大きな足をテーブルに載せる。サンダルをはいたままだった。裏が水に濡《ぬ》れている。

宗田は中腰になって、千木良に封筒を差し出した。

「これ、ほんのご挨拶《あいさつ》がわりに」

新宿にある大きなデパートの商品券だった。五万円分はいっている。千木良は中をのぞきもせずに、すぐにそれを白衣のポケットにしまった。宗田はすわり直し、こほんと咳《せき》をした。千木良の様子で、あまり機嫌のよくないことが分かる。もっとも機嫌のいいときなどめったにないが。

千木良はソファの背にだらしなくもたれた。サンダルの裏がぬっと宗田の鼻先に迫る。

「あんた、李という男を知ってるか」

なんの前置きもなく、切り込んできた。

宗田はどきりとして、思わず目を伏せた。空《から》になった湯飲みに手を伸ばしかけ、途中でやめる。

「あの、李といいますと」

「李春元だよ。知ってるんだろ」

そう決めつけられて、宗田は迷った。なぜ千木良は李春元の名を知っているのだろう。とにかく何か言わなければならなかった。

「ええ、知ってます。国が同じなものですから、ときどき店に食べに来るんです。どうして彼をご存じなんですか」

「昨日ここへ来たんだ」

宗田は手を握り合わせた。心臓が痛くなる。李春元がここへ来たというのか。

新谷が言った言葉が、急に耳の中によみがえる。《千木良の様子に目を配れ。もし李春元がＫＣＩＡなら、あんたと日ごろ接触のある人間に近づく可能性がある》

そう言えば前回ここへ来たとき、だれかにつけられたような気がしたのを思い出した。そうか、やはりあれは気のせいではなかったのだ。李春元につけられていたのだ。

「あの、彼はなんの用事で専務に」

千木良はじろじろと宗田をねめ回した。

「あの男は何者だ。ＫＣＩＡか」

宗田は反射的に顎《あご》を引いた。

「ＫＣＩＡ。あの男がですか」

「そうさ。最初はあんたの紹介で、身内を入院させようかと思って下見に来た、とか言っていたがな。そのうちに話題がそれて、あんたのことを根掘り葉掘り聞き始めた。ここにいつから出入りしているのかとか、どんな仕事をしているのかとかな」

宗田はハンカチを探った。狼狽《ろうばい》していることを悟られたくなかったが、どちらにしても千木良の目をあざむくことは不可能なように思われた。

ハンカチを握り締め、肚《はら》を決めて言う。

「はっきりとは分かりませんが、おっしゃるとおりあの男は、ＫＣＩＡかもしれませんね。今年の初めに知り合ったんですが、わたしも実はそんな気がしていたんです。なにしろ得体の知れぬ男ですから」

千木良は腹の上で手を組んだ。

「あんたは何か、ＫＣＩＡに目をつけられるようなことをしてるのか」

宗田はおおげさに驚いてみせた。

「とんでもない。わたしがそんな人間に見えますか。専務とも昨日今日のお付き合いじゃないし、よくお分かりのはずです」

千木良はサンダルをぶらぶらさせた。しばらく考えていたが、意地悪そうに口をゆがめて言う。

「あんたに頼まれてる例の一件だがな。つまり、身寄りのない人間を払い下げるという、あれさ」

宗田はひやりとして、またハンカチを握り締めた。かろうじて平静を装い、軽い口調で問い返す。

「それがどうかしましたか」

「おれは今まで、何も聞かずに何人か世話してやったよなあ。しかし李春元があんたのことをあれこれ聞くんで、ちっとばかし心配になったんだ。もしかしておれは知らないうちに、あんたの秘密の活動の手助けをさせられてるんじゃないかとな」

「めっそうもない。考えすぎもいいとこですよ、専務。わたしはただ罪滅ぼしというか、恩返しというか、わたし自身身寄りがなくてつらい思いをしたことがあるので――」

「そんなお涙頂戴《ちようだい》なんぞ聞きたくもないよ。おれが知りたいのは、下げ渡した連中が今どこでどうしてるかってことだ」

宗田は作り笑いをした。

「みんな幸せに暮らしてますよ。わたしが保証します。でもそのことは聞かない約束だったじゃありませんか。だから、手数料もその分はずんでますし」

千木良は耳の穴に指を突っ込んだ。

「しかしおれもKCIAに目をつけられたとなると、そんなはした金で危ない橋を渡るわけにいかないんだ」

「李春元がKCIAかどうか、まだ決まったわけじゃないでしょう。かりにそうだとしても、わたしが悪いことをしている証拠にはなりませんよ。彼らは手当たりしだいに、在日同胞を調査するのが仕事なんですから。調べられているのは、わたしだけじゃないはずです」

千木良は耳の穴をほじくるのをやめ、指先をふっと吹いた。

「そうかね。おれにはあいつが、特にあんたに興味を持っているように思えたがなあ。そうでなけりゃ、五十万などという大金をちらつかせたりしないだろうが」

「五十万」

宗田はぽかんとして千木良を見返した。

「そうよ。あんたに関して役に立つ情報を提供してくれたら、最高五十万まで出すと言ったんだ、やつは」

「そんなばかな」

笑い飛ばそうとしたが、頰《ほお》がこわばって泣き笑いのようになった。

千木良は頭の後ろで手を組んだ。

「そうか、そうか。じゃあおれがやつに言ってもいいんだな。あんたがいつも身寄りのない人間を引き取りたがっていることをさ」

宗田は顔色を変えた。李春元がそれを聞いたら、そして彼が事実ＫＣＩＡの一員だとしたら、たちまちからくりを見破ってしまうだろう。蛇《じや》の道は蛇《へび》というやつだ。連中は宗田が北のスパイの一味と分かれば、おそらく日本の警察とは無関係に、独自に彼を処分しようとするに違いない。そうなったら自分も家族も身の破滅だ。

宗田は覚悟を決めた。

「専務。遠回しな話はやめようじゃありませんか。口止め料が必要なら、そう言ってください。はっきり金額を提示してください」

千木良は足を下ろし、すわり直した。

「いいだろう。これはビジネスだからな。おれとあんたの仲だし、あこぎなことを言うつもりはない。李春元が持ち出した五十万という金額を、そっくり保証してくれればそれでいいよ」

宗田は内心苦笑した。

実際李春元が千木良に取引を申し出たとしても、せいぜい五万か十万がいいところだと思う。それを五十万とは、まったく吹っかけてくれたものだ。

「それだけですか」

皮肉を込めて念を押すと、千木良はまたすわり直した。

「あとは例の、患者下げ渡し一件ごとに、今後は五十万もらうことにする。三十万じゃとても引き合わないからな」

宗田はハンカチをしまった。千木良の本音を聞いてしまうと、かえって気が楽になった。要するにこの男は金がほしいのだ。それを確認できただけでも収穫があった。

「分かりました。最初の五十万は一両日中に持って来ます。あとの方もご希望どおりにしましょう。だからぜひつぎの候補を見つけておいてください」

千木良は初めて機嫌よさそうに笑った。

「念には及ばないってことよ。あんたは物分かりがいいから、おれも仕事がやりやすい。安心しなって。おれも仁義は心得てるつもりだ。相手がＫＣＩＡだろうがなんだろうが、友だちを裏切るようなことはしないよ。今度野郎がつらを見せたら、保護室へ連れて行って糞溜《くそだ》めに顔を突っ込んでやるさ」

宗田は立ち上がった。とにかくこのことを早く新谷に報告しなければならない。

「それじゃ、これで失礼します」

千木良をそこに残して、事務所を出た。

急ぎ足で正門へ向かおうとしたとき、建物の横手から古江が出てくるのが見えた。

その顔をみて、ふと思い出した。足を止めて声をかける。

「小山副院長が亡くなられて、いろいろと大変だったでしょう」

古江はぺこりと頭を下げた。

「いや、わたしなんか下っ端ですから、たいしたことないです」

宗田は内ポケットから香典袋を取り出し、古江に差し出した。

「機会をみて、ご遺族に渡していただけませんか。わたしは小山さんとはほとんど面識がないんですが、せめて気持ちだけでもと思いましてね」

古江は袋を見下ろしたが、手は出さなかった。

「でもこれは、千木良主任から渡していただいた方がいいんじゃないですか」

「いや、あなたからお願いします」

まさか千木良に渡すと、遺族の手に渡らないおそれがあるから、とは言えなかった。

古江はしぶしぶ受け取った。

「じゃ、一応お預かりします」

宗田は腕を組んだ。

「それにしても、自殺とは驚いたなあ。そんなふうには見えなかったし」

古江は香典袋をポケットにしまい、軽く咳払いをした。

「新聞にはそう出ましたけど、実際は自殺ではないという説もあったらしいですよ」

宗田は驚いて腕をほどいた。

「ほんとですか。じゃあ他殺という線も」

「さあ、そこまではね。でも南多摩署の刑事さんたちの間で、だいぶもめていたらしいですよ。結局署長の鶴の一声で、自殺と決まったんだそうです」

そのとき背後で声がした。

「おい、そんなとこでしゃべくってる時間があるのかよ」

宗田が振り向くと、千木良が事務所の入り口に立って、怖い顔で二人を睨《にら》んでいた。

2

津城俊輔は珍しく渋い顔をした。

「どうやら手際よく、ことを運ばれてしまったようですな」

大杉良太はたばこの空箱を握りつぶした。

「連中はきっと、津城さんが東京を留守にするのを見計らって、この計画を実行したんだと思います」

「まあ、その可能性もないではないが」

「遠野長官とはお話しになりましたか」

倉木の措置入院について、遠野警察庁長官も承知のうえだと稜徳会の梶村院長が言ったことは、すでに電話で伝えてある。

津城は陰鬱《いんうつ》にうなずいた。

「高桑警視総監から直接相談があって、やむなく了承したということでした。倉木君が過去二回、酒を飲んで暴力沙汰《ざた》を起こしたことは、真相がどうあれ記録として残っている。特に二回めは相手にひどい怪我をさせてますからね」

「だからそれは、相手が自分でやったことだと申し上げたはずです。彼を陥れるための罠《わな》だったんです」

「しかしそれを証明するものは何もない。長官も調書を突きつけられたら、抗弁のしようがなかったでしょう。警察の威信を守るためには、とりあえず措置入院もやむをえないと判断したのだと思います」

大杉は不満をあらわにした。

「そんな紙切れ一枚で長官が押し切られたとは、わたしは信じたくありませんね。少なくとも措置入院までは必要ないと、突っぱねてしかるべきだった。ほかにいくらでも方法があったはずです。いくらなんでもやりすぎだと思わなかったんですかね、長官は」

津城は首筋を搔《か》いた。

「まあ、倉木君はかりにも監察官という、警察官の不祥事を取り締まる立場にある男ですからね。長官としては直属の部下ということもあるし、かえってかばいにくい面があったんでしょう」

大杉は腹立ちまぎれに言った。

「それじゃまったく森原の思う壺《つぼ》だ。こんなむちゃくちゃな話はないですよ。もっとも最初から、遠野長官に森原の息がかかっていたというなら、話は別ですがね」

津城は唇を結び、目で大杉をたしなめた。

大杉はボーイに合図して、ジントニックのお代わりとたばこを注文した。

二人は津城が指定した、芝白金《しばしろかね》の新しいホテルのバーにいた。外国人が多く、周囲が外国語ばかりなので、大杉はつい油断してしまった。

声をひそめて続ける。

「しかし津城さんも、これが森原の陰謀だということは認めるでしょう」

津城は肩をすくめる仕種をした。

「否定するつもりはありません」

「津城さんの読みどおり、あの原稿は『公論春秋』の宮寺から森原の手に渡ったに違いない。それで連中はさっそく、倉木警視に対して行動を起こした。正直に言ってください。やつらが何かの挙に出るとしても、こんなあくどい手を打つと予想しておられたんですか」

「わたしはどんな予想もしなかった。へたに予想などすると、意表をつかれたときに対処できませんからね。ドラスティックな手段に出れば出るほど、彼らが必死になっていることが分かるし、致命的なぼろを出す可能性も大きくなる、それだけは言えます」

「それはそうでしょうが、つかまった倉木警視はどうなるんですか。あの病院はよそと比べて、患者の扱いが特にひどいと聞きました。例の事件当時すでにそうだったし、その後改善されたという話も聞かない。まさか彼を、なぶり殺しにするようなことはないでしょうね」

「それはありませんよ。あとの処理に困るだけですから」

「しかし電話でお話ししたように、南多摩署の栗山署長が森原とつながっているとしたらどうしますか。梶村院長とつるんで、何をたくらむか知れたもんじゃない。現に昨日の、小山副院長の自殺事件にしても、何かふに落ちないところがある」

津城は思慮深い目をした。

「小山は例の事件のとき現場にいた、唯一の病院側の人間だった。それがこの時期になって自殺というのは、確かにおかしい気がする。しかし首吊《くびつ》り自殺は、偽装するのがむずかしいですからね。南多摩署が自殺と判断したなら、たぶん自殺なんでしょう」

「かりに他殺ということになれば、またマスコミの目を引くおそれが出てくる。自殺ということで処理すれば、他殺よりは後始末が楽です。そのために偽装の事実を隠して、自殺で押し通すということもありうるでしょう」

「かりに他殺だとすれば、だれがやったと思いますか」

大杉はたばこに火をつけた。

「まず考えられるのは、森原一派の仕業《しわざ》という線です。証人の口を封じるためにね。しかしこれはだれでも思いつくことだ。わたしは別の人間がやった可能性もあると思います」

「例えば」

「例えば、新谷和彦です」

津城は眉《まゆ》を動かした。

「どうしてですか」

「やつが事件の真相を知ったら、弟の復讐《ふくしゅう》のために関係者を全部始末しようと考えても、不思議はないからです。そのときには、津城さんやわたしも対象になるでしょうがね」

津城は控えめな微笑を浮かべた。

「あなたは新谷生存説に反対だったんじゃありませんか」

「逆に津城さんは、生存の可能性が高いと言いませんでしたか。だったら真っ先に、新谷犯人説を唱《とな》えてもおかしくないのに」

「わたしはなるべく、目に見えるものしか信じないようにしているんです」

大杉は酒を飲んだ。

津城という男が分からなくなる。昔からつかみどころのない人間だったが、ここへ来てますます茫洋《ぼうよう》としてきた。

津城は倉木、大杉、美希の三人とそれぞれ接触を保ちながら、互いの話をめったにしない。相手によって話の内容を変えている形跡があり、しかもそれを知られることをなんとも思っていない。大杉たちの側からすれば、三人とも津城のごく一部しか見ておらず、だれも全体像、つまり真の津城の姿を知らないのだった。少なくとも大杉にはそう思えた。

そうであればこちらも、持《も》ち駒《ごま》をすべてさらけ出す必要はない。美希にも釘《くぎ》を刺しておくべきだろう。あの女は相手が津城となると、なんでもしゃべってしまう傾向がある。場合によっては、津城を相手に共同戦線を張る必要があることも、分からせた方がいい。

大杉はたばこを消した。

「話をもどしますが、倉木警視のことをどうするおつもりですか。このまま閉じ込められたままにしておくんですか」

津城は表情を引き締めた。

「あなたは不本意かもしれませんが、今の段階では静観する以外に手がありませんね」

大杉は背筋を伸ばした。

「それじゃ、何の手も打たないと」

「目につくような手はね」

「目につかない手は」

「はっきりとは言えないが、彼が今現在どういう状況におかれているか、常に監視できるような態勢をとるつもりです。そのやり方については、任せていただくしかない。わたしとしては、静観してほしいとお願いするだけです」

「じゃあわたしが稜徳会に暴れ込んで、倉木警視を釈放しろと騒ぎ立てたりしてはいかんというわけですね」

津城はちょっと考え、大杉を見た。

「いや、かならずしもそうではない。静かにしていると、かえって怪しまれる。あなたが派手に騒いでみせるのも、相手の目を引きつける効果があるかもしれません」

大杉は溜《た》め息《いき》をつき、首を振った。

「何を考えておられるのか、さっぱり分かりませんよ。わたしみたいな単細胞の人間にはね」

津城は低い声で笑った。

「わたしだって自分が何を考えているのか分からないときがある。しかしそれでいいんです。水は黙っていても低きに流れる。結局なるようにしかならないということですよ」

大杉は酒を飲み干した。

津城は、かりに嘘《うそ》をついていないにしても、すべての真実を大杉に告げているわけではない。それは分かっている。しかし自分が津城に、意のままに動く操り人形のように扱われているのではないか、万が一にもそんなことがあるかもしれないと思うと、無性に腹が立つのだ。

それにしても、倉木の状況を常に把握する態勢とは、どういうことだろう。だれかをひそかに、稜徳会の内部へ送り込むとでもいうのだろうか。考えれば考えるほど、頭が混乱するばかりだった。

大杉は言った。

「倉木警視の措置入院も、実は津城さんの読みのうちにはいっていたのかもしれませんね。しかしかりにそうだとしても、わたしは今さら驚きませんよ。任せろとおっしゃるなら、もう何も言わないことにします」

津城は鼻をつるりと撫《な》でた。

「それはありがたいですな」

その表情からは、何も読み取ることができなかった。

大杉は続けた。

「ただ念のためにお願いしておきますが、栗山署長から目を離さないでください。あれは油断のならない男です。できれば彼に会って、直接プレッシャーをかけてほしいんです。そうでないと、梶村と気脈を通じて、何をしでかすか分かりませんから」

津城はにっと笑った。

「ご心配なく。このあと彼に会いにいくつもりです。あなたのおっしゃるとおり、彼が森原一派の線上にいることは、十中八九間違いないでしょう」

「それを聞いて安心しました。ついでにもう一つ、申し上げたいことがあります」

「なんですか」

「もし静観したがために、倉木警視に万一のことがあったら、わたしも明星君も黙ってはいないということです。特に彼女は決して津城さんを許さんでしょう。それだけは覚えておいてください」

津城は戸惑ったように瞬《まばた》きした。

「明星君が」

「そうです。彼女は倉木警視にぞっこん参っている。やっこさんがどうかなったら、彼女は津城さんを絞め殺すかもしれませんよ」

津城は頭を掻き、照れたように笑った。

「いや、これは参った。参りました。彼女が彼に参っているとは、これは参りましたね」

「わたしも彼女が好きになりましたよ。いや、変な意味じゃなくてね。あの突っ張り女が、男に惚《ほ》れたという。なんともかわいいじゃないですか。わたしはそれを大事にしてやりたいんです」

津城は真顔にもどった。

「世の中でいちばん気をつけなければいけないのは、男に惚れた女ですよ、大杉さん。彼女のことをよく見てやってください。彼女のためにも、ひいては倉木君のためにもね」

大杉はくすくすと笑った。

「女房一人もてあましてるような男に、ほかの女の面倒がみられると思いますか」

## 3

広い店内は喧噪《けんそう》の渦だった。

入り口のすぐ左側に、半円形のカウンターがある。その端に空いた席を見つけ、明星美希はストゥールに腰を載せた。奥のステージでは、ネクタイを緩めた若い男がカラオケに合わせて、加山雄三の歌を歌っている。

バーテンがそばに来た。

美希は低い声で言った。

「電話をありがとう。どこにいるの」

佐々木敏昭は緊張した面持ちで、蝶《ちょう》ネクタイに指をやった。早口でささやく。

「ステージのすぐ下の、右側の席です。変な着物を着てるのが、塾長って呼ばれてる男です」

「名前は調べたの」

「店のボーイに聞いたら、ヒキドシンスケって名前だって」

「ヒキド、シンスケ」

「引く戸って書くそうです。シンスケは分かりません。昔ボクシングか何かやってたらしいけど」

「コーラをもらうわ」

佐々木が離れるのを待って、それとなくステージに目を向け直す。

教えられた場所に、その男がいた。作務衣《さむえ》というのだろうか、甚兵衛《じんべえ》とすててこを組み合わせたような服を着ている。頭を五分刈りにした、血色の悪い男だった。年は三十半ばで、鼻が少し曲がっているのが分かる。ボクサー上がりかもしれないし、ただ馬に蹴られただけかもしれない。

そのボックスには、作務衣の男を含めて四人の人間がすわっていた。

作務衣の隣に、象牙色《ぞうげいろ》のスーツと焦げ茶のシャツを着た、恰幅《かっぷく》のいい男。どす黒い顔に濡れた唇をしている。動くと首筋がこぶのように盛り上がるのが見える。まだ四十を出たところか。

反対側に、琥珀色《こはくいろ》のジョーゼットのブラウスを着た、小太りの中年女。厚い唇に真っ赤な口紅を塗りたくっている。金鎖のついた派手な眼鏡に、ヨーヨーのようなイヤリング。アップにした髪に、ごてごてと珍妙なアクセサリー。まるでお酉《とり》さまの熊手《くまで》だ。

その向こう側に、もう一人紺のスーツを着た男がいる。熊手女の肩に腕を回しているが、頭に隠れて顔がよく見えない。

佐々木がグラスを持って来た。

「あの悪党づらの男が玉木ね」

「ええ」

佐々木は鼻の脇に汗をかいていた。

「あの女はだれ」

「豊川虹子《とよかわにじこ》。豊明興業の社長です」

「社長。あの女が」

もう一度ボックスを見る。ちょうど女が土管のような口をあけて笑ったところだった。

「前の社長のお嬢さんなんです。一年ほど前父親が亡くなって、そのあとを継いだってわけです」

そのときほかの客から酒の注文がかかった。佐々木はそばを離れた。

なるほど、そういうことか。前の社長はかなり高齢で、例の事件当時は専務の野本辰雄が実質的に組織を切り回していた。たぶん老社長は野本ら大幹部を失ったことで、命を縮めたのだろう。そのあとを娘が引き継ぎ、玉木が野本の後釜にすわったものとみえる。

佐々木がもどって来た。

「豊川虹子の向こうに、もう一人いるわね。よく見えないけど、だれなの」

「ときどき来るけど、名前は知りません。先生って呼ばれてます。弁護士か何かじゃないですか」

弁護士か。ありうることだ。暴力団も会社の形態をとる以上、法律顧問を抱えていて不思議はない。

「肩なんか抱いてるけど、あの二人はそういう仲なのかしらね」

「この店ではそう見えますね」

佐々木は上体をかがめ、美希のコーラに氷を継ぎ足した。声をひそめて言う。

「これくらいで勘弁してくださいよ。専務にばれたら殺されちゃいますよ」

「いいわ、今のところはね。でも大杉めぐみにもしものことがあったら、かならず責任をとらせるから」

「だからあれは専務の命令で」

「そのことを証言してもらうわ。警察と、場合によっては法廷でね」

佐々木は溜め息をつき、すごすごと別の客の酒を作りに行った。

カラオケの曲が変わり、『北国の春』の前奏が始まった。すると豊川虹子のボックスで派手な拍手がわいた。虹子の向こうにすわっていた男が立って、ステージに上がろうとする。だいぶ酔っているらしく、足元が怪しい。作務衣の男が手を貸した。

やっとステージに上がる。男はスタンドからマイクを取り、ふらふらと向き直った。

その顔を見たとたん、美希は背中に千枚通しを突き立てられたような衝撃を受けた。頭に血が上り、体中の筋肉がこわばる。

それは先夜、西荻のマンションのそばで、倉木の帰りを待ち伏せした男だった。看護士たちを指揮して倉木の自由を奪い、薬を注射して無理やり連れ去った男だった。

稜徳会の院長梶村。

美希はそろそろとグラスをカウンターにもどした。手を放さなければ握りつぶしてしまいそうだった。新たな怒りが頭をもたげ、胃の腑《ふ》を突き刺す。我知らず呼吸が深く、重くなる。路上に打ちつけた体の痛みを思い出し、吐き気を催す。

梶村は、壊れたこけしのように首をぐらぐらさせながら、調子はずれな声で歌い始めた。

ふと梶村を睨みつけている自分に気づき、美希は急いで目をそらした。さりげなく隣にすわった客の陰に体を隠す。梶村は今酔っているし、美希のことなど覚えていないかもしれないが、万一ということもある。

リビエラ、豊明興業、稜徳会。

梶村院長と豊川虹子が親しい間柄にあるとすれば、三つの輪がつながっても不思議はない。ここで二人を見かけることは、決して偶然ではない。

そして作務衣の男、引戸《ひきど》某。昔ボクシングをやっていたらしいと佐々木は言った。倉木の傷だらけの顔が思い浮かぶ。倉木はあの事件のさなか、ボクサー崩れの男と殴り合って重傷を負ったのだった。もしかするとその相手というのは、今そこで酒を飲んでいる、あの作務衣の男ではなかったか。

美希はグラスをつかみ、コーラを飲んだ。わけもなく体が震え始める。

怒りだった。

自分でももてあますほどの怒りだった。倉木に傷を負わせた男たち、そして倉木を暗い場所へ閉じ込めた男たちを、わたしは決して許しはしない。津城や大杉がなんと言おうと、かならず彼らに償《つぐな》いをさせてやる。

氷を一つ口に含む。舌がしびれる。

その冷たさで、少し落ち着きを取りもどした。ここで怒りをぶつけても、どうにもならないことに気づく。倉木のことを考えると、てきめんに冷静さを失ってしまう自分が、なんとも哀れだった。

いつの間にか歌が終わり、梶村がボックスにもどった。虹子が抱きつくようにして迎える。

美希は伝票をつかみ、レジに急いだ。金を払って外へ出る。その店は新宿の新田裏《しんでんうら》の近くにあり、明治通りに面していた。少し歩いて、停めておいた車に乗り込む。

振り向くと、ちょうど玉木と引戸が出て来たところだった。玉木が手を振り、引戸が頭を下げる。二人はそのまま別れた。

引戸は作務衣の襟《えり》を直し、車道に下りてタクシーを停めた。美希はエンジンを始動させ、バックミラーで車に乗り込む引戸を見た。ハンドルを握った手が汗ばむ。

タクシーが脇をすり抜けるのを待って、美希も車を発進させた。

三十五分後、引戸の乗った車は甲州街道から鶴川街道へはいった。美希は一瞬引戸が、稜徳会病院へ行くつもりではないかと思った。

しかし車は、京王相模原線稲城駅の近くで右に折れ、まばらに住宅の建つ畑道にはいった。ほかに車は走っていない。美希は早めにヘッドライトを消し、タクシーの明かりを頼りに尾行を続けた。

五分ほど走ったあと、タクシーが急にスピードを落とした。美希は車を左に寄せ、三十メートルほど手前で停めた。タクシーが停まる。金を払う引戸のシルエット。前方にライトを浴びた鉄格子の門が見える。

タクシーが方向転換し、引き返して行った。美希はシートに体を沈めてそれをやり過ごした。窓を少し下げると、鉄格子の鳴る音がかすかに聞こえた。

静かになるのを待って、車を下りる。

門柱に裸電球がついている。鉄格子には鎖つきの錠《じょう》。引戸が中へはいってしめたのだ。門の両側に有刺鉄線を植え込んだ高いレンガ塀《べい》が続く。

看板が二つ。明かりをすかして見ると、一つは《立入禁止・地所管理・稜徳会病院》、そしてもう一つは大きな字で《大円塾》と書いてある。またまた稜徳会だ。今度は驚かない。

めぐみの顔を思い浮かべた。大杉から写真を預かっている。ごつい父親からは想像もできない、かわいい女の子だった。この敷地の中に、めぐみが囚《とら》われているのだろうか。

美希は少しの間呼吸を整え、車にもどった。塾の場所を突きとめたことで、よしとしなければならない。くれぐれも血気にはやるなと、大杉にもきつく言われている。

気持ちを振り切り、車を出した。

調布市染地のマンションにもどったのは、それから十五分後だった。

リビングにはいると、急に寒気がした。

美希はじっとその場に立ち尽くした。室内に尋常でない雰囲気が漂っている。うなじの毛がちりちりと立った。本能的に異変を感じる。

そっとあたりの様子をうかがう。

サイドボードの上を見て、ぎくりとした。今朝きちんと揃《そろ》えておいた料理の本が、斜めにずれていることに気づく。電話帳の位置が違う。レターボックスが動かされている。何もかも朝の記憶と異なる。

気のせいではなかった。玄関の鍵《かぎ》がかかっていたのは確かだが、だれかがここに忍び込んだことも間違いない。

美希はキチンの引き出しをあけた。万能はさみを取り出し、右手に握り締める。寝室に向かい、躊躇《ちゆうちよ》なくドアを開け放った。冷たい空気が肌を刺す。明かりをつけたが、だれもいない。

ベランダに面した窓のカーテンがかすかに揺れていた。裾《すそ》の方をのぞいて見る。人が隠れている様子はなかった。思い切ってカーテンを引きあける。

窓ガラスの一部が円く切り取られ、そこから冷たい夜風が吹き込んでいた。

美希は急いで寝室を出た。リビングを走り抜け、反対側の書斎に駆け込む。ワープロが置いてある作業デスクの、いちばん下の引き出しをあけた。

倉木のために打った例の原稿が、みごとに消えてなくなっていた。

4

大杉良太は窓を下げ、たばこの煙を追い出した。

「とにかく津城警視正の意向は、当面静観するということなんだ」

明星美希は思い切りアクセルを踏み込み、前の車を勢いよく抜き去った。大杉が床に足を踏ん張るのが目の片隅に映る。

「どうしてですか。倉木警視の身にどんな危険が及ぶか分からないのに、静観するとはどういうことですか」

「何か狙《ねら》いがあるんだろうが、おれにも分からん。ただ彼が病院でどういう状態におかれているか、常にチェックできるような態勢をとると言っていた」

「だれか監視役を送り込むとでもいうんですか」

「もう送り込んであるのかもしれんね」

また美希は追い越しをかけた。

「たとえそうだとしても、わたしには納得できませんね」

「おいおい、あまりスピードを出さんでくれよ。こんなところをパトカーに押さえられたら、いったいどう言い訳するつもりだ」

大杉がそわそわとすわり直すのを横目で見ながら、美希は意地悪な口調で言った。

「いいじゃないですか、ドライブを楽しんでいるだけだと言えば。ご迷惑ですか」

大杉は肩を揺すっただけで、その質問には答えなかった。

少したって言う。

「まあきみの気持ちも分かるが、しばらく様子をみようじゃないか。津城警視正には彼なりの思惑があるんだろうから」

「それはあくまで津城警視正の思惑です。警部補がそんなに簡単に丸め込まれるとは思いませんでした。正直言って、失望しました」

美希は大杉を怒らせるつもりだったが、当てがはずれた。大杉は鼻をこすり、珍しく弱気な調子で言った。

「あの人に任せろと言われると、それ以上何も言えなくなっちまうんだ。つかみどころのない男だが、なんとなく任せても大丈夫という気がしてね」

「お二人とも倉木警視のことを、まじめに心配していないんです。少なくともわたしほどには」

「それはきみがやっこさんに惚れてるから、そう思うだけさ」

頰が熱くなる。

「でも警部補が、めぐみさんを本当に救い出したいと思ってらっしゃるなら、わたしの気持ちも分かっていただけるはずです」

大杉は口をつぐんだ。車内に気まずい空気が流れる。

美希は黙ってハンドルを切り、甲州街道から鶴川街道へはいった。

自分に言い聞かせるように言う。

「とにかくわたしは納得しません」

大杉の溜め息が聞こえた。

大杉に突っかかっても仕方がないと思いつつ、美希は不満をぶつけずにはいられなかった。倉木の強制入院は、明らかに森原一派の陰謀と分かっている。それなのになんの手も打たないという法があるだろうか。

大杉に説得できなかったとすれば、美希がいくら津城に嚙《か》みついても同じことだろう。いわば糠《ぬか》に釘を打つようなものだ。となれば、何か別の手を考えなければなるまい。

「それにしても、梶村院長と豊明興業の女親分がそういう仲だったとは、実に面白いじゃないか」

大杉がわざとらしく話題を変えた。

「森原、稜徳会、豊明興業。つまりあの事件当時の腐ったつながりが、いまだに続いていることがはっきりしたわけでしょう。森原を叩《たた》くとしたら、これ以上は望めないタイミングだと思いませんか」

「それをするためには、何度も言うように確たる証拠が必要だ。津城警視正が当面静観しようといったのは、そのことと関係あるような気がするよ」

美希は反論したくなるのをぐっとこらえた。しばらく黙って運転する。

「これが終わったら、例の宗田の線を当たってみる。道が開けるかもしれん」

大杉が取ってつけたように言った。

それを聞いて、美希はふと思い出した。

「そう言えば、一つご報告しておくことがあります。実はゆうべ遅くマンションへもどると、窓ガラスが破られていたんです。ガラス切りで」

大杉が顔を振り向けた。

「泥棒か」

「ただの泥棒じゃありません。部屋中を掻き回して、そのあげく何を持って行ったと思いますか」

大杉は顔をしかめた。

「おれは考えるのが苦手なんだ、分かってるだろう。さっさと言ってくれ」

美希はハンドルを右へ切り、畑道へ車を乗り入れた。

「例の倉木警視の原稿です。だれかがあれを探して、盗んで行ったんです」

大杉の目が、じっと自分に注がれるのを感じる。

「あの原稿をか」

「ええ。もっともフロッピーは無事でしたから、いつでもコピーはできますが」

大杉は腕を組んで、少しの間考えた。考えるのが苦手と言ったわりには、真剣に考え込んでいるように見えた。

やがて大杉は、フロントグラスを睨んだまま言った。

「その犯人は、少なくとも森原の一味じゃないな」

「どうして分かるんですか」

「連中はすでにあの原稿のコピーを手に入れているからさ」

美希は驚いて大杉を見た。

「いつ、どうやって」

「『公論春秋』の宮寺編集長だ。やつはおれが日下を通じて回した原稿を、形の上ではボツにして突き返しながら、陰ではコピーを取っていたんだ」

「それが巡り巡って、森原の手に渡ったと」

「いや、巡り巡らずにそのまま、森原の手元に届いたらしい。というのは、実は宮寺というやつは、森原の陰のブレーンの一人なんだそうだ」

美希は車のスピードを落とした。

「陰のブレーン。警部補はそれを承知で、宮寺に原稿を読ませたんですか」

大杉はちょっと言いよどんだ。

「いや、そのことはおれも知らなかった。津城警視正に指摘されるまでね」

美希は唇を嚙んだ。何かよく分からないが、自分の知らないところで物事が進行しているような、漠然とした不安に襲われる。

「どこまでが真実でどこまでが嘘なのか、分からなくなってきました。だれを信用したらいいのかも」

大杉は黙り込んだ。

美希が続ける。

「原稿を盗み出したのが森原一派でないとしたら、だれの仕業だとお思いですか」

「分からん。ただ一つだけ言えることがある。新谷和彦ならあの原稿に興味を示すだろうということだ。あれを読めば、自分たち兄弟に向けられた陰謀のすべてが明らかになるわけだからな」

「新谷の仕業だとおっしゃるんですか」

「そう考えたっておかしくはないだろう」

「でも、どうしてわたしのことを知ったのかしら」

「やつが稜徳会の小山副院長をやったとすれば、殺す前に小山の口から聞き出すことができただろう」

「住所までは分からないはずです。公安の刑事は、電話帳にも名前を出していませんし」

大杉は肩をすくめた。

「やつに聞いてみるさ。聞くチャンスがあればだが」

「警部補は本当に、新谷が小山を殺したとお思いですか」

「ああ。新谷の生存説には、おれも最初は懐疑的だったが、今はほとんど信じかけているといってもいい。新谷が生きていると仮定した方が、物事が理解しやすいからだ」

美希は大円塾の門の前で車を停め、サイドブレーキを引いた。車を下りる。

鍵はかかってなかった。二人は鉄柵《てっさく》を押しあけて中へはいった。雑木林と背の高い草むらに囲まれた道を奥へ進む。時間はまだ昼前。

やがて開けた場所に出た。周囲を畑に囲まれた空き地に、新しい軽量鉄骨の二階建のプレハブ住宅が建っている。だいぶ離れたところから、何かがぶつかるような重い音や、かけ声が耳に届いてきた。

二人は建物に近づき、鉄格子のはまった窓の隙間《すきま》から中をのぞいた。そこはスポーツジムのように見えた。色とりどりのトレーナーを着た、まだ十代と思われる少年たちが十数人、サンドバッグを叩いたりバーベルを持ち上げたりしている。

「どうやらボクシングのジムみたいだな」

大杉の指す方に目を向けると、ロープを張ったボクシングのリングが見えた。

大杉は人差し指を美希の鼻先に突きつけた。

「ここはおれに任せてもらう。あんたはおれがいいというまで、口を閉じてるんだ」

断固とした口調だった。しかたなく美希は言った。

「ときどき酸素を補給してもいいですか」

それから二人は横手の入り口に向かった。

たどり着く前にドアが開いて、男が一人出て来た。

昨夜尾行した、引戸と呼ばれる作務衣の男だった。

「引戸さんですか、塾長の」

大杉が声をかけると、引戸はドアをしめて無表情に二人を見た。不意をつかれたという様子はない。

「そうですが」

建物の裏手から、水音のようなものが聞こえた。

「わたしは大杉という者ですが、実は家出をした娘がここでやっかいになってないかと思いましてね」

引戸は作務衣の襟に指を添えた。

「それはお門違《かどちが》いでしょう。わたしの塾では女子は取らないんです」

大杉はそれが聞こえなかったように言った。

「大杉めぐみというんですがね。身長百五十二センチ、体重四十一キロぐらい。髪は短くしています。おかっぱっていうんですかね。家を出たときの服装は、ピンクのセーターにチェックのスカートをはいて」

引戸は大杉の言葉をさえぎった。

「聞こえなかったんですか、女子の塾生は取らないんです。ここはボクシングを通じて問題児を更生させる塾でしてね。女子は体力的についてこれないから、取らないんです」

美希は大杉の様子をうかがった。

大杉はめったにないほど神妙な顔をしていた。静かな口調で続ける。

「娘がここでやっかいになってるとしても、それはちょっとした行き違いが原因でしてね。だれの責任でもないんです。わたしは娘を引き取り、何も言わずに帰ることにする。お互いに問題はないと思いますが」

美希は内心いらいらした。こういうときこそ身分を明かして、高飛車に出れば話が早くつくだろうに。何をくどくど説明する必要があるものか。

「当塾ではご両親の承諾と許可を得て、本人の意志で入塾させることにしています。強制的に入れられた塾生は、一人もおりません。ですから建物にも門にも鍵がかかっていません。ここは塾であって、収容所ではありませんからね」

また建物の裏手で水音がした。

「塾の方針はよく分かりました。さて娘のことですが、こちらでやっかいになっていると教えてくれたのは、豊明興業の玉木専務なんです。知ってるでしょう、玉木さんは」

引戸の目が初めて揺れた。

「そんな質問に答える義務はないと思いますがね」

「それから稜徳会病院の梶村院長も知ってるでしょうね」

「知りませんね」

「だってここは、稜徳会が管理している土地だと、看板が出てましたよ」

引戸はわざとらしく咳をした。

「桐生理事長なら知ってますよ。当塾の出資者の一人ですから」

美希はそっとハンドバッグを握り締めた。稜徳会の理事長が、この塾に金を出しているというのか。桐生という名前にはなんとなく記憶がある。あの事件のあと、責任をとってやめたという話を聞かないと思ったら、いまだに理事長の席にしがみついていたのだ。

大杉が一歩前に出た。

「一つ塾の中を見せてもらえませんか。もしかすると娘がいるかもしれない」

「男子の塾生に化けているとでもいうんですか」

「いや、娘は小さいころからかくれんぼが得意でね。どこかに隠れている可能性もあるし、それで見せてほしいと言ったんです」

「お断りします。無理にとおっしゃるなら、警察を呼ばなければなりませんよ」

警察ならここにいると、もう少しで美希は叫びそうになった。

そのとき建物の裏から、大きな洗濯かごが現われた。ゆらゆら揺れながら、干し場の方へ向かって進む。

かごの陰から、少女の顔がのぞいた。

それは写真で見た大杉めぐみだった。

「めぐみさん」

思わず美希は声を出した。それを聞いた少女が、視線をこちらへ向けた。とたんにかごを地面に取り落とし、その場に立ちすくむ。こぼれ落ちたトレーナーやTシャツが、あたりに散乱した。

「めぐみ」

大杉も名を呼ぶ。

美希はめぐみが驚きから回復しないうちに、引戸のわきをすり抜けて素早くそばへ行った。やさしく肩に手を回し、耳元でささやく。

「もう心配ないわよ。お父さんと一緒にあなたを迎えに来たの」

めぐみは何もいわず、棒のように立ったままだった。エプロンをしているが、汚れの目立つピンクのセーターに、チェックのスカートといういでたちは、大杉が説明したとおり家を出たときのままの服装だ。

大杉が引戸に言う。

「やはりここにいた。あれが娘ですよ」

信じられぬほど穏やかな口調だった。

引戸は五分刈りの頭を撫でた。

「あれは塾生じゃない。家事手伝いだ」

「家事手伝い。娘はまだ高校生ですよ。そんなことをさせていいんですか」

引戸は二、三度足踏みをした。

「あの子は事故を起こしたので、働いて金を返す必要があるらしいんです。それで豊明興業の紹介で、ここへ働きに来てるわけですよ。それも自主的にね。つまりあの子は自分の意志で、ここにいるってわけです」

「事故の弁済金額はどれくらいですか」

「なんでも百万近い金額らしいですよ」

「どれくらい働けば返せるかな」

引戸はそっぽを向いた。

「家事手伝いだけだと、ざっと一年かな。まあ塾生たちの遊びの相手を務めてくれてるから、もっと早いだろうけど」

「遊びの相手というと」

引戸が肩を揺するのが見えた。急にげびた口調で言う。

「言わなくても分かるでしょう。塾生たちはとかくエネルギーがたまりがちでね。だれか発散する相手がいるわけですよ」

美希は唖然《あぜん》として引戸の背中を見つめた。思わず肩を抱いた腕に力がこもる。

「嘘」

めぐみがつぶやくように言った。

大杉が拳《こぶし》を握り締めるのが見えた。引戸を殴るに違いないと美希は思った。

しかし大杉は動かなかった。

「うちの娘に慰安婦をやらせたというのかね、塾長さん」

「そういうわけですよ。わたしもちょっと試してみましたがね、なかなかのものでした」

こちらを向いている大杉の顔が、わずかに赤くなった。しかしそれだけだった。大杉は引戸に対して、指一本上げようとしなかった。これほどがまん強い大杉を見るのは、初めてだった。

美希は無意識に、めぐみの肩をしっかりと抱いた。かすかに体の震えが伝わってくる。唇から嘘、嘘と小さなつぶやきが漏《も》れ続ける。

大杉が言った。

「これ以上話しても無駄なようだ。とにかく本日限りで、娘を引き取ることにする」

それを聞いた引戸が、突然ステップバックして顎の下に両の拳を構えた。ファイティング・ポーズを取ると、たちまち体中に殺気がみなぎる。しゅっしゅっと口から息を漏らしながら、左右に軽快なフットワークを披露《ひろう》した。作務衣の袖《そで》をなびかせ、立て続けに数回、目にも留まらぬジャブを繰り出す。そのたびに引戸の拳が大杉の顔を鋭くかすめた。

美希は今にも殴り合いが始まると思った。

しかし引戸の動きと対照的に、大杉はぴくりとも動かなかった。それどころか、拳が鼻先へ突き出されても、顔色一つ変えない。

いつの間にか、ジムの窓に塾生たちがへばりついて、ことのなりゆきを見守っていた。

美希は背後から引戸に声をかけた。

「塾長さん。あなたはおととしの秋、調布市内で倉木尚武という警察官を殴って、半死半生の目にあわせたでしょう」

それを聞いたとたん、引戸の背中がこわばるのが分かった。急にフットワークが悪くなる。

美希は追い討ちをかけた。

「今あなたのお相手をしている、大杉警部補もれっきとした警察官よ。そしてたぶん、倍くらい手ごわい相手だわ。今度は逃げられないわよ。勝っても負けても、かならず刑務所にぶち込んでやるから、覚悟なさい」

引戸はファイティング・ポーズをやめ、くるりと向き直った。美希を憎にくしげに睨みつける。それから足早に建物にもどって行った。美希はその後ろ姿をじっと見送った。

やはりこの男があの夜、倉木をさんざんに痛めつけたボクサー崩れだったのか。それを思うともう少しであとを追いかけ、顔中を引きむしってやりたくなった。

引戸がドアの向こうに姿を消すと同時に、塾生を怒鳴りつける声が響き始めた。

美希はめぐみの背を押し、大杉のところへ連れて行った。

大杉は、まるでざるそばでも食べたあとのような、くつろいだ口調で言った。

「さあ、帰ろうか」

めぐみは下を向いたまま言った。

「働いて、お金を返さなくちゃいけないの」

「それはもういいんだ。あの事故はおまえの責任じゃない。まあ無免許運転はまずかったがね」

蚊《か》の鳴くような声で言う。

「お母さんのお金、黙って持って出たし」

大杉はめぐみを促し、歩き始めた。美希もそれに続く。

「謝ればいいさ。それより、何かあったときは、正直に母さんに言わなきゃ。母さんに言いにくけりゃ、おれに言えばいいんだ」

美希も口添えした。

「そうよ。自分一人でくよくよ考えても、どうにもならないことってあるんだから」

めぐみはなおも下を向いたまま歩き続けたが、大円塾の門を出ると突然顔を上げて怒ったように言った。

「わたしあそこで何も変なことしてないし、されてもいないよ。あの塾長、でたらめ言ったのよ」

大杉が笑った。

「分かってるよ。もしほんとだと思ったら、おれはあの塾長を叩き殺していたさ。この人は本庁でいちばん美人の刑事といわれてる、明星美希巡査部長だ」

唐突に紹介され、美希はあわててめぐみと挨拶を交わした。

美希が運転席にすわり、大杉親子は後ろに乗った。

美希は車をUターンさせ、肩越しに大杉に言った。

「どうしてあんな嘘を言ったんでしょう」

「やつはおれを怒らせたかったんだ。そう指示されていたんだろう。怒らせておれが手を出せば、南多摩署に電話して騒ぎを大きくすることもできる。めぐみは厳密にはあそこに監禁されてたわけじゃないし、暴行を受けたわけでもない。かりにおれが誘いに乗って暴力を振るえば、おれの立場が悪くなるだけだ。そうやっておれを今の一件から遠ざけるのが、やつらの狙いだったのさ」

なるほど、と納得がいく。

引戸は大杉を挑発《ちょうはつ》するために、めぐみをおとしめる下劣な嘘をつき、さらに空《から》のジャブまで繰り出してみせたのだ。

しかし大杉はその誘いに乗らず、いっさい手を出さなかった。それは大杉ががまん強いからでもなく、相手の計算を読み切っていたからでもないように、美希には思われた。

もしかすると、短気な大杉があれだけ娘を侮辱《ぶじょく》されて耐えたのは、事態を静観せよと指示した津城警視正の言葉と無関係ではないのではないか。津城との約束を守るために、忍びがたきを忍んだのではないか。

しかし美希は美希であって大杉ではない。いくら大杉が津城に忠誠を誓おうと、自分は自分だ。わたしは自分の信じたとおりにやる。やってみせる。

めぐみが言った。

「ねえ、今の、なんの話。お父さんのお仕事のことで、だれかがわたしを利用しようとしたの」

「まあそういうことだな」

「じゃ、またわたしに、何か起こるかもしれないってわけね。誘拐《ゆうかい》されたりとか」

大杉は溜め息をついて言った。

「無免許運転さえしなけりゃ大丈夫さ」

めぐみは笑い、あっけらかんと言った。

「わたし、いつかはきっとお父さんが来てくれるって思ってたんだ。でもどうしてあそこにいるって分かったの、教えてよ」

5

李春元はかすかな疑惑を感じた。

いつもの宗田吉国なら、もう少し尾行を警戒してデパートの店内を上下するか、タクシーを何度か乗り換えるはずだ。ところが今日に限って宗田は、まるで近所へたばこでも買いに行くように、まったく警戒心を見せずに行動している。おかしい。

山手線《やまのて》の高田馬場駅で、西武新宿線に乗り換えた。そのときも宗田はまったく振り返らなかった。せかせかした足取りから察すると、気がせいているようにも見える。尾行に注意を払わないのは、ただ急いでいるからにすぎないのかもしれない。李春元がつい先日、稜徳会の千木良亘に会いに行ったことが宗田の耳にはいって、それでばたばた動き出したということも考えられる。

いずれにせよ李春元の頭の中では、警戒信号が鳴っていた。これといった根拠があるわけではないが、長年の経験と勘が危険の兆候を告げているのだ。気をつけなければならない。

車内でも宗田は、わき目もふらずに週刊誌を読みふけっていた。ふだんならそれとなく周囲に目を配り、つけられていないかどうかチェックするところだ。少なくとも年季のはいったスパイならそうする。

李春元は腕時計を確かめた。すでに午後十一時を回っている。宗田が店を閉めてから遠出をするのは、最近では珍しいことだった。この分だと行く先はおそらく田無だろう。前にまかれたことがあるが、二度と失敗はしない。気づかれたときは逆に脅《おど》しをかけ、どこへ行くつもりか白状させてやるつもりだった。十中八九は先ごろ潜入した、北のスパイのところに違いないだろうが。

同じ車両に乗っている客に目を向ける。

大半が酒のはいったサラリーマンだった。吊り革につかまってフラダンスを踊っている者もいる。中には女もいたが、明星美希の姿はない。

うっかり色仕掛けに乗って、宗田のことをしゃべってしまったが、あの女に先を越されでもしたら面目丸つぶれになる。それだけは阻止しなければならなかった。あれ以来注意しているが、今のところ美希が宗田の周辺に出没した形跡はない。いったいあの女は、なんのために情報をほしがったのだろう。

美希の乳房の感触がよみがえり、李春元は思わず生唾を飲んだ。外からはそう見えないが、想像したよりずっと豊かな乳房だった。あのときは邪魔がはいったが、いずれたっぷりとかわいがってやる。それまでだいじにしまっておくことだ。

電車が田無に着いた。

かなりの乗客が降りる。李春元は宗田の五メートルほど後ろから改札口を出た。人が多いときはなるべく離れないのが尾行の鉄則だ。手提《てさ》げ鞄《かばん》の中には、簡易着脱式のネクタイや眼鏡、マフラーなど外見を変えるのに必要な小道具がいくつかはいっている。人間の印象はちょっとしたことで、ひどく違って見えるものなのだ。サングラスや付《つ》け髭《ひげ》などを使うと、かえって周囲の注意を引いてしまう。

商店街のはずれまできたとき、宗田が急に歩調を緩めた。少し先にとまっていた、おでん屋の屋台から男が一人出て来て、宗田に合図したのだった。李春元はすばやく電柱の陰にはいった。人目をごまかすために、さも小用をするような格好を取《と》り繕《つくろ》う。

横目で男の様子をうかがった。髪を長く伸ばした、痩《や》せ型《がた》の男だった。黒いコートに黒いズボン、黒のとっくりセーターを着ている。そのせいかやけに顔色が白く、目鼻だちがくっきりと浮き出して見える。まるで舞台俳優のようだった。

男と宗田はちょっと立ち話をしたあと、また歩き出した。李春元もあとを追う。我知らず息が弾んだ。ようやく現場をつかまえた、という思いがわく。宗田が先日来接触していたのは、この男に違いない。この男こそ日本へ送り込まれた、もっとも新しい北のスパイなのだ。

李春元は道筋を逐一《ちくいち》頭に入れながら、二人のあとを尾行した。しだいに人通りが少なくなり、道路も暗さを増していく。あまり接近するわけにもいかず、李春元は細心の注意を払って尾行を続けた。万が一見咎《みとが》められたとき、酔っ払いを装うためにわざと足元をふらつかせて歩く。目の前で顔を突き合わせないかぎり、宗田に正体がばれることはないだろう。その点自分の変装には自信があった。

二人はしかし振り返りもせず、何か熱心に話しながら歩いている。宗田がときどき男の耳に口を寄せるのが見える。男はしきりに首を振っている。

行く手にこんもりした木立と、小さな鳥居が姿を現わした。二人は鳥居をくぐり、神社の境内《けいだい》にはいった。二人の押さえつけたような声が、断片的に聞こえる。何か口論しているようだった。李春元は木の陰を伝いながら、なおもあとを追った。境内に立つ水銀灯が、二人の影を長く引き伸ばす。

社殿に沿って横に回り、広い回廊の下で男と宗田は足をとめた。光の届かない場所だった。李春元は石灯籠《いしどうろう》の後ろの暗がりにひそみ、二人のシルエットに目を凝《こ》らした。どうにかしてあの男のすみかを突きとめなければならない。宗田の方はなんとでもなるが、男の方はこれが最初で最後のチャンスかもしれない。警視庁の公安部に知られずに、ひそかにあの男を南へ拉致《らち》することができれば、これは計り知れない点数になる。

男は回廊の支柱にもたれていた。宗田はその前に立ち、忙しく手を動かしながら何か訴えている。とぎれとぎれの日本語が聞こえてくるが、何を言っているのか分からない。

長い時間に思えたが、ほんの五分くらいのものだろう。突然男が宗田を押しのけ、境内の奥へ向かって歩き出した。李春元ははっとして石灯籠に爪《つめ》を立てた。

待ってくれ、と宗田が言うのが聞こえた。あとを追って男の肩に手をかける。男はそれを振り払った。宗田がもう一度肩をとらえる。男は向き直り、宗田を突き飛ばした。宗田は尻餅《しりもち》をついた。すぐに立ち上がり、また男のあとを追う。

李春元は石灯籠の陰から抜け出し、それまで二人が立ち話をしていた支柱の陰まで移動した。水銀灯の光は、宗田と男が争っているあたりまで届いていない。黒い影がもみ合っているのがぼんやりとうかがわれるだけだった。

「頼む、もう一度チャンスをくれ」

宗田が押し殺した声で哀願している。何か答える男の声がかぶさる。激しい息遣いと言葉のやり取り。

唐突にひっと喉《のど》が鳴る音がした。

一瞬静寂が訪れる。それから、だれかが倒れるような重い音。李春元は息をとめ、支柱の陰からのぞいて見た。汗が目尻《めじり》に流れ込む。はっきりとは見えないが、どちらかが地面に崩れ落ちたようだ。

駆け出す足音が響いた。あわてふためいた足音だった。

李春元は思わず支柱の陰から出た。境内をだれかが走り去って行く。地上にうずくまるもう一つの人影が見える。

足音を忍ばせ、そばへ行った。三メートルほど距離をおいて見る。倒れているのは、黒ずくめの服装をした男だった。してみると、逃げたのは宗田ということになる。何がどうなっているのか見当もつかないが、とにかく宗田が男に手を出したあと、あわてて逃げ出したことだけは確かなようだ。

かすかなうめき声が耳を打った。男がうめいている。体が芋虫《いもむし》のように伸び縮みする。李春元はさらに近づいた。男はうつぶせに倒れており、四《よ》つん這《ば》いになろうともがいていた。殴り倒されただけにしては、動きが鈍い。もしかすると、腹を刃物で刺されたのかもしれない。

李春元は手提げ鞄の中から手錠を出した。たとえ怪我をしているにせよ、この男を病院に連れて行くわけにはいかない。逃げられないように回廊の下につないでおき、電話をかけに行くつもりだった。応援の車を呼び、アジトへ連れて行くのだ。

李春元は男の頭の方に回り、コートの襟首をつかんだ。そのまま地面を回廊の方へ引きずって行く。男は喉を鳴らしたが、無抵抗のままだった。思ったより軽い。

男を回廊の下へ引きずり込む。支柱を抱かせて、両の手首を手錠でつなげば、まず逃げられる心配はない。

李春元は男の腕をつかんで引き寄せた。

大杉良太は石灯籠の陰から、李春元が黒いコートの男を回廊の下に引っ張り込むのを見ていた。

何をしようとしているのか、だいたい察しはついていた。李春元が救急車を呼んだり、近くの交番に走るということは万に一つも考えられない。おそらく仲間に連絡を取り、あの男をひそかに連れ去る手配をするだろう。ただそのためには、李春元は一時この場を離れなければならない。黒いコートの男を横取りするとすれば、そのときをおいて機会はない。

さっき商店街のはずれで、おでん屋の屋台から出て来た男の顔を見た。李春元を間にはさんでのことだから、じっくり観察したとはいえないが、色の白いのっぺりした顔だったことは確かだ。ちらりと新谷の顔が思い浮かんだが、はっきりと重ね合わせることはできなかった。記憶がおぼろげになっているし、あのとき新谷は化粧をしていた。似ているといえば似ているが、他人の空似《そらに》程度のものかもしれない。とにかくそれはあとで確かめればいいことだ。

回廊の下から、しのびやかな足音が聞こえた。宗田が逃げ去った方向へ遠ざかって行く。

大杉は石灯籠のそばを離れ、社殿へ急いだ。あまり時間がない。横手から回廊の下へもぐり込み、背をかがめて男の方へ向かった。

少し手前から様子をうかがう。

男は支柱の根元に長ながと伸びていた。少し前まで、かすかにうめき声が聞こえていたから、まだ死んではいないようだ。こうなったいきさつは、あとでゆっくり調べることにしよう。この際男を肩へかついで、駅前の交番へ運ぶのがいちばん早道のようだ。そこで救急車の手配をさせればよい。

大杉は男を回廊の下から引き出すために、そばへ行って腕をつかもうとした。そのとき初めて、倒れている男の服装が黒いコートでないことに気づいた。冷水を浴びたようになる。男の腕をつかむと、それは力なく、妙な方向に折れ曲がった。

「くそ」

大杉は思わず毒づいた。

その腕の持ち主は李春元で、どうやら死んでいるようだった。

6

青いトレーナーの男が言った。

「もうちょっとじゃがいもを入れてくださいよ。それとできれば肉も」

配膳係がちらりと看護士の篠崎を見た。

篠崎は腕組みを解き、竹刀《しない》を取り上げた。

「おまえ、ここへ来て何日だ」

トレーナーの男はぼっとした顔を篠崎に向けた。

「三日だけど」

「そうか。それならよく覚えておけ。ここでカレーライスといったら、カレーとライスのことなんだ。じゃがいもやにんじんや肉がはいってるなんて思うな」

「でもさっき別の鍋に、じゃがいもや肉をすくい上げてたでしょ。ほら、そこの鍋に」

トレーナーの男は、配膳係の背後を指差した。中型の鍋に、カレーライスの具が山盛りになっている。

「あれは配膳係やおれたちが食う分だよ。そういう決まりになってるんだ。おまえらはカレーだけでがまんするのさ」

長い行列の後ろから、早くしろ、と声が飛ぶ。トレーナーの男はぼさぼさの髪を掻きむしった。

「あんまりだよなあ。これじゃ朝まで持たないよ」

篠崎は腕を伸ばし、男の襟首をつかんだ。無造作にコンクリートの柱に投げつける。男は悲鳴を上げ、床に転がった。持っていた皿が手を離れ、床にカレーライスが飛び散る。篠崎は男を足蹴《あしげ》にし、さらに竹刀で容赦なく叩きのめした。

「新入りのくせにでかい口を叩くんじゃねえよ。人間飯を食わなくても、一週間ぐらいは生きられるんだ。てめえで試してみやがれ」

そう言って、保護房、と怒鳴った。

さっそく看護士が二人駆けつけて来る。トレーナーの男の両腕をつかみ、床の上を保護房の方へ引きずって行った。

その間に給食の列は、何事もなかったようにまた動き始める。だれも文句を言う者はいなかった。

篠崎は通りかかった給食係の女を呼びとめた。

「おい、床を掃除しておけ」

女は雑巾《ぞうきん》を取りに行き、もどって来ると床をふき始めた。

篠崎は女の尻を見つめた。紺のあかぬけないスラックスに、水色の上っ張り。まったく色気のない制服だ。

「あんた、新入りか」

女は四つん這いのまま篠崎を見上げた。パーマをかけた三十過ぎの女で、目のまわりにそばかすが浮いている。濃いめの口紅が、どこかだらしない印象を与えた。手足は細いが小太りで、胴と腰の境目がどこにあるのか分からない。

「はい。おとといはいったばかりです」

また新入りか。これで今週は三人めだ。今に始まったことではないが、この病院はパートタイマーの出入りが激しすぎる。まあ、長続きしろという方が無理かもしれないが。

しかしこの女はパートの中では若い方だし、気晴らしには手ごろなタイプかもしれん、と篠崎は思った。ものにできるかどうか、試してみても損はあるまい。

篠崎は自他ともに許す女好きだった。看護婦や給食係を片端から転がし、それで足りなくなると女の患者にまで手をつけた。死んだ女患者を試したことも何度かある。死後それほど時間がたってさえいなければ、死んだ女もそう悪いものではない。反応がないのが、残念といえば残念だが。

給食の列が終わらないうちに、篠崎はその場を離れた。廊下の端の洗い場へ先回りして、例の女が来るのを待つ。

やがて女が汚れた雑巾を持ってやって来た。

「名前はなんていうんだ」

女は蛇口を捻《ひね》った。

「山本霧子といいます」

「キリって、夜霧の霧か」

「ええ」

「いい名前だな。あんたにぴったりだよ」

女はにっと笑った。歯に口紅がこびりついている。

「わたしって、神秘的ってよく言われるんです。そう見えますか」

篠崎は竹刀で自分の首を叩いた。吹き出しそうになるのをかろうじてこらえる。

「まったくだ。ところで夜食を持って来てくれんか、今夜」

女は瞬きした。

「どこへですか」

「そうだな、ええと、保護房の監視モニター室がいいかな。あそこなら、夜中だれもいないし」

「夜中ですか」

「そうだ。十二時ごろがいいな。途中に看護婦の詰め所があるけど、今夜はだれもいないようにしとくよ」

「そんなこと」

媚《こ》びるように目を伏せる。

「いいってことよ。おれ、宿直だから。食い物はカレーの余ったやつでいいよ。それから氷と水。ウィスキーはおれが用意する。グラスを二つ忘れるなよ」

「二つですね」

女はまたにっと笑った。

明星美希は立ち上がった。

篠崎の開いた口から、いびきが漏れている。警察病院にいる、知り合いの看護婦から入手した睡眠薬は、驚くほど早く効いた。頭から水に突っ込まれでもしない限り、篠崎は朝まで目を覚まさないだろう。

ずらりと並んだモニターテレビで、倉木が独房の七号室に閉じ込められていることは確認ずみだった。ベッドの部屋もあるようだが、倉木の独房には畳が敷いてあった。

計器盤を調べ、モニターのメインスイッチを切った。画面が暗くなる。篠崎が動いてもぶつからないように、ボトルとグラスが載ったテーブルをずらした。時間を確かめる。午前一時。体が震えるのを意識したが、頭は冷静だった。

キーボックスから鍵束を取る。輪になった、中世の牢獄《ろうごく》を思わせる鍵束だった。それを音のしないようにしっかり握り締めて、美希はモニター室を忍び出た。

保護房の廊下はタイル張りだった。運動靴をはいているので、足音はしない。来るときに看護婦の詰め所の前を通ったが、篠崎が昼間言ったとおりだれもいなかった。邪魔がはいる恐れはない。

美希は一週間の休暇を取って、二日前にこの稜徳会病院へ潜《もぐ》り込んだばかりだった。偽《にせ》の履歴書を持って事務所を訪ねると、身元調べもされずにその日から働くことが決まった。給料が安く仕事がきついために、いつも人手が不足しているようだった。

それにしても、意外に早くチャンスが巡ってきた。篠崎がいちばん籠絡《ろうらく》しやすいことは、古手の給食係から初日に聞き出していた。とはいえ、働きかけるより先に向こうから接近してくるとは思わなかった。噂《うわさ》どおり手の早い男だった。

七号室の前まで来ると、さすがに呼吸が乱れた。心臓が肋骨《ろっこつ》の間を飛《と》び跳《は》ねるような気がする。背伸びをして、鉄扉ののぞき窓から目をのぞかせた。

美希は胸が詰まり、拳を握った。

モニターテレビで見たのと同じ格好で、倉木が薄い布団の上に横たわっているのが見える。これ以上汚れようがないような、茶色に染まったシーツに身をくるんでいる。髪も髭も伸び放題で、青白い顔はまるで別人のようだった。こけた頬に残る傷痕《きずあと》が、いまわしい烙印《らくいん》のように、ひときわ鮮やかに浮き出して見える。

美希は七号室の鍵を選び、鍵穴を探った。手が震え、二度失敗する。ようやく差し入れると、慎重に鍵を回した。

扉を静かに引きあける。蝶番《ちょうつがい》のきしむいやな音がした。体一つ分で止め、そっと中に忍び入った。

倉木が上体を起こし、不審そうに美希を見上げた。給食係の服を着ているうえに、髪型やメークアップを変えたので、すぐには気がつかないようだ。

しかしそれも一瞬のことだった。たちまち倉木の目に驚きの色が浮かぶ。

「美希」

美希は感動してその場に立ちすくんだ。倉木が自分の名前を呼ぶとは、夢にも想像していなかった。美希。倉木は確かに美希と呼んだのだ。

二人は少しの間見つめ合った。

「お迎えに来ました」

ようやく声を絞り出す。

倉木は喉を動かした。

「どうして、ここへ」

「説明している暇はありません。急いでください、見つかったらおしまいだわ」

美希は我に返り、倉木のそばにひざまずいた。悪臭がむっと鼻をついたが、少しも気にならなかった。脇の下に肩を差し入れ、持ち上げようとする。倉木は立ち上がろうともがいたが、力が抜けたようにまた布団の上に腰を落とした。たくましかった上体が、ひどく軽くなっていることに気づき、美希は愕然《がくぜん》とした。涙がにじんでくる。いったい彼らは、倉木に何をしたのだ。

気を取り直し、両脇を抱いて倉木を引き起こしにかかる。かすかなアルコールの臭いが鼻先をかすめた。シャツに酒が染み込んでいるようだ。

倉木は美希の肩に腕を回し、一緒に立ち上がろうとした。しかしまた尻から崩れ落ちた。二人は重なって布団の上に倒れ込んだ。

もう一度試みようとしたとき、倉木の腕が思いがけない力で美希の体を抱き締めた。焼けるような熱い息が、耳元を吹き抜ける。

「きみがほしかった」

美希は驚いて倉木の顔を見た。

「どうしたんですか」

倉木はまっすぐに美希を見返した。

「きみがほしい」

「何をいうの」

美希は腕の中でもがいた。腕はびくともしなかった。倉木の左手が下がり、スラックスのジッパーを探る。

美希はすっかり動転して、倉木から逃れようとした。

「やめてください。お願いだからやめて。逃げるのが先だわ」

「おれは逃げられない。体が弱ってるんだ。きみがほしい」

美希はぞっとした。倉木は気が触れたのではないだろうか。こんなときにわたしの体を求めるなんて。

「逃げるのよ。ここにいたら殺されてしまう。逃げたらいくらでも——」

倉木は右腕で美希の首を引き寄せ、唇をつけた。生臭いにおいが漂う。美希は腕を振りほどこうとしたが、舌を入れられたとたんに突如《とつじょ》体の力が抜けた。どこか奥の方で熱いものが爆発する。

いつの間にか倉木の左手が、美希の裸の尻に食い込んでいた。

「やめて。やめて」

美希は哀願したが、倉木も倉木の手もやめようとしなかった。体型を変えるために、胴に巻いていた綿がはみ出る。倉木はそれをむしり取った。

「やめて。お願い。こんなところじゃいや」

ほとんどうわごとのように美希は言い続けたが、倉木は耳を貸そうとしなかった。くるりと体を入れ替え、美希の上にのしかかる。美希は呆然《ぼうぜん》として倉木を見上げた。裸電球を背にした倉木の顔が、正気を失ったように歪《ゆが》んでいる。

「きみがほしい」

倉木はもう一度言い、スラックスを引き下ろしにかかった。美希は無意識に尻を上げていた。倉木の言葉が、呪文《じゅもん》のように体の抵抗力を奪った。

倉木は仰向けになった美希の両手に、自分の両手を重ねて握り締めた。美希の下半身に、倉木のものが当たった。美希は体で大きく息をついた。信じられないことに、倉木のそれは力強く脈打っていた。ものも言わずに侵入してくる。

そのとき初めて美希は、自分の体が十分すぎるほど、それを受け入れられる状態になっていることに気づいた。恥ずかしさと困惑のあまり、顔が火のようにほてる。

美希はまるで夢でも見るように、倉木の顔を見ていた。倉木は美希のもっとも深い部分まではいると、恐ろしい力で手を握り締めてきた。美希もそれを力一杯握り返した。もうどうなってもいいと思う。

倉木はほとんど動かなかった。二人はしっかりと目を合わせた。突然倉木の目が何かを訴えるようにうるむ。

「美希」

倉木はうめき、激しく体を震わせた。倉木の目が、切羽詰《せっぱつ》まったように美希の目を見据える。今倉木は美希の中に注ぎ入れようとしている。それを美希はしっかりと見た。

次の瞬間体が宙に浮くのを感じた。のみでえぐられたように腰がはねる。

我知らず声が漏れた。

「あなた。あなた」

美希は手を振りほどき、無我夢中で倉木の胴にしがみついた。熱いものがあふれ、どうしようもないほど体がよじれた。

美希は激しく達した。気が狂うほどの瞬間だった。

そのとき、どこかで物音がした。

7

千木良亘は眉を上げた。

「明日ロボトミーをするですって」

院長の梶村文雄は足を組み、貧乏揺すりをした。

「そうだ。明日の夜だ」

「だれがするんですか」

「わたしだよ。決まってるだろう」

千木良は薄笑いを浮かべた。

「しかしあれはその、小山さんの専門だったんでしょう」

「それはそうだが、今回はわたしがやる。死人に電気ドリルを持たせるわけにはいかんからな」

千木良は梶村の顔をつくづくと眺めた。この男は本気でやるつもりだろうか。あれは盲腸の手術とは違うのだ。

「大丈夫ですか」

梶村は不機嫌そうに腕を組んだ。

「わたしにはできないとでも言うのかね。手順ならちゃんと頭にはいってるんだ」

「そりゃそうかもしれんが、相手はアル中とはいえ、現職のお巡りですよ。それも警察庁の。そう簡単にやっちまっていいものかな」

「あんたが心配する必要はないよ。ずっと上の方からの指示なんだから」

千木良は肩をすくめた。

「ま、院長がそう言うんでしたら」

「ついてはあんたに協力してもらわなけりゃならんことがある。一つは今夜のうちに、倉木の頭をきれいにしておくことだ」

千木良は露骨にいやな顔をした。

「今夜のうちに」

「そうだ。あんたをこんな時間に呼び出したのは、明日の天気の話でもするためだと思ったのかね」

「これからやつを丸坊主にするとなると、人手がいりますよ。相手は床屋の椅子にすわっているわけじゃないんだから」

「最小限の人間でやってもらいたい。できるだけ噂になるのを避けなければならんからな。麻酔を使えば、そう手間もかからんだろう」

千木良は溜め息をついた。やれやれ。

「それで、ほかには」

「明日の手術には、あんたに麻酔医として立ち会ってもらう」

「あたしに麻酔医をやれって言うんですか」

千木良はあっけにとられて梶村を見た。

「そうだ。あんたも以前介添えとして、何度かロボトミー手術に立ち会っているはずだ。だから要領は分かってるだろう」

「しかしあたしは専門家じゃありませんよ」

「専門家でないのはわたしも同じだ」

二人は黙って顔を見合わせた。

千木良は苦笑して首を振った。

「まったくどうしようもないな。倉木に万一のことがあったらどうするんです」

「心配しなくていい。人間は脳にメスを入れられたぐらいで、簡単に死んだりしない。せいぜい頭の働きがおかしくなるくらいでね」

千木良はくすくすと笑った。

「そしてまさに、頭の働きをおかしくするのが、手術の目的というわけだ」

梶村は満足そうにうなずいた。

「それとアシスタントとして、もう一人いる。看護婦は使いたくないし、腕力一点張りで頭のからっぽな看護士もだめだ。だれか口が堅くて、頭の切れるやつを考えておいてくれ。用事はそれだけだ」

千木良はのろのろと立ち上がった。

「分かりました。院長がどうしてもやる気なら、こっちも肚《はら》を決めましょう。どうせ同じ穴のむじななんだから」

院長のデスクへ行き、内線電話を回す。スタッフの宿舎にかけて、古江五郎を呼び出した。

「バリカンと剃刀《かみそり》を用意して、すぐに来てくれ。ロビーで待ってる」

十分後千木良はロビーで古江と落ち合った。

古江は寝ていたらしく、パジャマの上にセーターとスラックスをはいていた。手に洗面用のバッグを持っている。

「こんな時間に整髪ですか」

「まあな。独房で客が待ってるんだ」

古江は眼鏡を指で押し上げた。

「そうさ。例の お巡りの頭を剃《そ》り上げるんだ。あしたロボトミーをやる。ロボトミーって聞いたことがあるか」

「独房」

「ええ、まあ。凶暴な患者をおとなしくさせる手術じゃないんですか」

千木良は笑った。

「そのとおり。さあ、行こう。今日は篠崎が宿直のはずだ。モニター室にいるだろう」

二人は廊下を歩き、奥の階段から二階へ上がった。

看護婦の詰め所にはだれもいなかった。

「くそ、さぼりやがって」

千木良は毒づき、廊下の角を曲がって独房の監視モニター室に向かった。ガラス窓から中をのぞく。モニターテレビの画面が全部消えているのに気づき、千木良は緊張した。

中へはいると、ソファの一つに篠崎が斜めに横たわり、盛大にいびきをかいているのが目にはいった。かっとなった千木良は、篠崎のだらしなく伸びた膝のあたりを、思い切り蹴りつけた。

篠崎は起きなかった。

そばのテーブルにウィスキーのボトルとグラスが載っている。どうやら酔いつぶれているらしい。

「こいつ、とんでもねえ野郎だ」

千木良は罵《ののし》り、古江に篠崎を起こすように命じると、切られたモニターのスイッチを入れ直した。少し間を置いて、画面がぼんやりと明るくなる。それらを順にチェックしていく。

七号室の画面を見て、千木良は顔から血の気が引いた。くしゃくしゃに丸められたシーツが落ちているだけで、倉木の姿がなかった。あわててキーボックスをあける。鍵が消えていた。

「くそ、逃げられた」

千木良は古江を押しのけ、篠崎をソファから引きずり起こした。頬げたを力任せに張り飛ばす。

「この野郎、起きろ。起きるんだ」

篠崎は自分で立てず、千木良にもたれたままもごもごと口を動かした。

千木良は篠崎の体を古江に向かってほうり出した。古江は篠崎を抱えたままソファに尻餅をついた。

「看護士を叩き起こして、正門と裏門に二人ずつ回せ。残りで院内を徹底的に捜索するんだ。逃がすんじゃねえぞ」

古江は目を白黒させた。

「この人はどうします」

「あした目を覚ましたら、目を覚まさなければよかったと思うような目にあわせてやる。さあ、行くんだ」

千木良はモニター室を飛び出し、独房に向かって走った。七号室の扉は開け放しになっていた。未練がましく中をのぞき、だれもいないのを確かめる。怒りのあまり体中に汗が吹き出した。

さらに先へ向かって走ると、少し離れた場所で金属の鳴る音がした。角を曲がったところに、鉄格子のはまった仕切りがある。そこから聞こえたような気がした。千木良は猛然とタイルの上を走り、角を曲がった。鉄格子の向こう側、距離にして二十メートルほどのところに階段の下り口があり、そこでもつれた人影が動いた。

「待て」

思わず声を出したが、そのときには人影は見えなくなっていた。千木良は鉄格子に飛びつき、くぐり戸をあけようとした。

「ちくしょう」

くぐり戸には鍵がかかっていた。向こう側に、鍵束が落ちている。千木良は格子の間に腕を入れ、それを取ろうとした。三十センチほど足りない。次に足を入れようとしたが、ふとももでつかえてしまった。

千木良は格子を両手でつかみ、渾身《こんしん》の力で揺さぶったが、所詮《しょせん》無駄な努力だった。こうしている間にも、遠くへ逃げられてしまう。千木良はその場をあきらめ、もと来た方へ駆けもどった。

どちらにしても間一髪だった。もう少し早く来ていれば、鉄格子を抜ける前に押さえることができたのだ。しかしこれなら十分に望みがある。倉木は体力が弱っているし、だれが助け出したにせよ、そう簡単にはこの病院から脱出することはできないはずだ。

よし、とっつかまえて一緒にロボトミーしてやるから、覚悟するがいい。

明星美希は非常口の扉をあけた。

冷たい夜気が肌を打つ。倉木の体はふらふらして支えにくかった。

「さあ、がんばって。北側の塀の外に車が停めてあるわ。塀の内側に、作業用のはしごを隠しておいたの。そこまで行けば、なんとか逃げられるわ。力を出して」

「分かった」

二人は建物から滑り出た。右手にかなり広い運動場がある。そこを横切れば早いが、見つかる確率も高い。夜間照明をつけられたら一発でおしまいだ。

まるでそれを見越したように、夜間照明が点灯した。あたりが明あかと照らし出される。美希は唇を嚙み、倉木を支えて左手の林に向かって進んだ。そこには小さな池があり、それを迂回《うかい》して運動場の向こうへ出ると、目指す地点にぶつかるはずだ。

暗がりを選んで進むために、足元が危ない。滑ったりつまずいたりしながら、二人は北側の塀に向かった。

池のほとりまで来たとき、美希は力が尽きて地面にへたり込んだ。倉木を草の上に寝かせ、自分は膝をついてしばらく息を整える。

ふとももの内側に生暖かい感触が伝わる。それが倉木の放ったものだと分かったとき、美希は思わず涙ぐんだ。うれしいのか悲しいのか、自分でも分からなかった。

「さあ、行きましょう」

自らを励ますように言い、倉木の体を引き起こした。

そのとき背後で人声がした。

振り向くと、木の間を近づいて来るフラッシュライトの明かりが見えた。まずい。このままでは見つかってしまう。

躊躇する余裕はない。

美希は倉木の体を引っ張り、池の中に滑り込んだ。水はいやな臭いがしたが、思ったより冷たくなかった。しかし底には汚泥が溜まり、足がずぶずぶと沈む。美希は立ち泳ぎしながら、右手で突き出た岩角をつかみ、左手で倉木を水の中に引きずり込んだ。息ができるように、自分の肩で倉木の顎を支える。

岩の陰に身をひそめ、じっと息を殺す。水面の揺れが早く止まるように祈った。

足音と人声が近づく。

「こっちには逃げないだろう。門は東側と西側なんだから」

「だよなあ。ここの塀は素手じゃ上れないしな。運動場を横切って、正門へ回るか」

「そうしよう」

二人の男がしゃべっている。聞いたことのない声だ。フラッシュライトがあたりを一なめする。

「池の中にはいないだろうなあ」

美希はひやりとして岩を握り締めた。もろくなった角がかけ、手がはずれそうになる。美希は危うく沈みかけ、息を止めた。

「この寒いのに、泳ぐやつがいるかよ」

「まあ念のためってこともあるからな」

足音が近づく。

美希は手の中の岩のかけらを、できるだけ遠くに投げた。ぽちゃんと音がした。ライトがさっとその方向へ向けられた。水面に輪ができ、それが重なって岸辺に寄せ始める。

「なんだよ、今のは」

静寂。

「蛙《かえる》だよ、蛙。あんなとこに飛び込むのは蛙だよ。さあ、行こうぜ」

しだいに足音が小さくなり、ライトの明かりも遠のいた。

美希は大きく息を吐き、倉木の体を岸に押し上げた。倉木は自力で草の上にはい上がった。美希もそれに続き、休む間もなく倉木を助け起こした。

「がんばるのよ」

美希の肩に回された倉木の腕に、少し力が加わった。

「きみはたいした女だ。総監賞ものだよ、これは」

倉木が軽口を叩いたので、美希は少し元気が出た。

「総監賞はいらないわ。あなたがほしいの」

倉木は何も言わずに、ぎゅっと美希の肩をつかんだ。痛いほどの力だった。

水から上がると、さすがに体が冷える。倉木の腕からも震えが伝わってきた。急がなければならない。

林を抜けると、正面に北側のレンガ塀が見えた。運動場の夜間照明も、ここには直接当たらない。

ようやく塀の下にたどり着く。二人はそれに沿って、目標地点まで移動した。

「もう大丈夫よ。今はしごを立てるから」

「上れるかどうか自信がない」

「でもわたしの体には上ったわ」

倉木は力なく笑い、美希にキスした。

美希は倉木を押しのけ、隠しておいたはしごを塀に立てかけた。ちょうど天辺《てっぺん》まで届いているが、一本の丸太に板を何枚か打ちつけただけの簡易はしごで、いかにも上りにくそうに見える。

「先に上って」

「いや、きみが先だ」

「こんなときに」

「そうじゃない。おれを押し上げるよりも、引っ張り上げる方が楽だろう」

そこで美希は先に上った。

安定が悪いうえにひどく揺れるので、上り切るまでにかなり苦労した。倉木に上れるだろうかと不安になる。

天辺にまたがり、はしごを支えた。

倉木が上り始める。一段上がるのに、気の遠くなるような時間がかかった。思ったより体力を消耗しているようだ。あのとき倉木の要求をはねつけ、すぐに逃げ出していればと、今さらのように思う。

真ん中あたりまで上ったとき、塀の西側方面からフラッシュライトの輪がやって来るのに気づいた。

美希は体を乗り出し、ささやいた。

「早く、追っ手が来たわ」

倉木は急いで上ろうとして、左足を踏みはずした。はしごがずるずると横へ傾く。美希は必死になって端を支えた。

どうにか止まる。

「早く。お願い」

体勢を立て直し、また上り始める。美希ははしごをまっすぐにもどし、手を差し伸べた。倉木も下から腕を伸ばす。二人は互いの手首をつかみ、力を込めて引き合った。倉木の体が天辺に近づく。

「おい、いたぞ」

怒鳴り声が響いた。ライトの輪が一瞬、二人の姿を遠くからとらえたのだ。乱れた足音が耳を打つ。美希は焦り、倉木の手を引いた。

「がんばって。もう少しよ」

「だめだ。もう力が出ない。きみ一人で逃げてくれ」

「一人で逃げられると思うの」

倉木はしゃがれ声で言った。

「よく考えろ。きみまでつかまったら、今度はだれがおれを助けてくれる。だれが大杉警部補に助けを求めてくれるんだ」

「そんなこと言わないで。まだ大丈夫。さあ、もう一息よ」

美希は倉木を励まし、なおも力を込めて腕を引っ張った。足音と怒声が近づく。倉木はさらに一段よじ登り、空いた手を塀の天辺にかけた。

「いいわ、その調子よ」

美希は両腕で倉木の後ろ脇を抱えた。

トレーナーや白い上っ張りを着た男たちが数人、はしご目がけて殺到して来る。倉木の肘が塀にかかった。口ぐちに罵りながら、男たちがはしごに飛びついた。あっという間に倉木の足の下から支えが消えた。

美希は悲鳴を放った。

体がたちまちずり落ちて行く。美希は死に物狂いで倉木の腕にしがみついた。自分に力を与えよと神に祈る。しかし無情にも倉木の体は少しずつ、そして確実にずり落ちて行った。

「落ちないで——あなた」

美希は叫んだが、その言葉に加速する重力を押しとどめる力はなかった。倉木の腕が美希の手の中をすり抜ける。わずかに手と手が触れ合ったが、それも一瞬のことだった。

倉木の体は宙に浮き、下で待ち構える男たちの輪の中へ落ちて行った。

# 第四章

## 1

大杉良太は机の上のメモを見た。

アケボシさんに電話されたし、とある。大杉は自分で茶を入れ、手帳を出して番号を確かめた。

三度めのベルで美希が出た。

「どうしたんだ、こんなに早く」

「ゆうべお宅に電話したんですけど、いらっしゃらなかったので」

美希の声はくぐもっていて、聞き取りにくかった。

「昨日は女房の実家に泊まったんだ。きみこそこの二、三日家にいなかったじゃないか。何度も電話したんだぞ」

「すみません、いろいろあって」

大杉はあたりに目を配った。だれも注意を払っていない。

声を低めて言う。

「それはこっちも同じだ。李春元のことは新聞で見ただろうな」

「ええ、びっくりしました。まだ犯人のめどはついていないようですね」

「おれにはついてるがね」

少し間があく。

「だれがやったんですか」

「電話じゃ言えない。それより、そっちの用はなんだ」

「わたしの方も電話では言えません。今日お時間ありますか」

「これから定例の署内会議がある。たぶん午前中一杯かかるだろう」

溜《た》め息《いき》が聞こえる。

「午後からでも、わたしのマンションに来ていただくわけにはいきませんか」

「一人暮らしの女のマンションにか」

また溜め息。

「ちょっと風邪気味なんです。それに足首を捻挫《ねんざ》して、歩きにくいものですから。どうしても来るのがおいやでしたら、はってでも出て行きますけど」

「風邪に捻挫とね。布団《ふとん》をはいでスキーの夢でも見ていたのか」

「夜中に水泳をして、塀《へい》の上から飛び下りたと言ったら、くだらない冗談はやめろとおっしゃるでしょうね」

「いや、きみならやりかねないからな。飛び下りたのはどこの塀だ」

「稜徳会病院です」

大杉は茶を飲もうとしてやめた。体が引き締まる。

「それはどういうことだ」

「電話では言えません」

防犯課長が親指を動かし、会議室にはいるように合図した。

大杉は立ち上がった。

「分かった、あとで聞こう。マンションの住所を教えてくれ。探して行くから」


美希は受話器を置いた。

鏡台の前にすわる。ぞっとするほどやつれた女が、鏡の中から自分を見返していた。一晩で十歳も老けたように見える。ほとんど一睡もしておらず、体が熱っぽかった。

やり場のない怒りと悔《くや》しさが、またむらむらと込み上げてくる。

倉木を置いて逃げるのは、身を切られるよりもつらいことだった。しかし倉木が言ったように、あそこで美希までつかまるわけにはいかなかった。そうなったら倉木を助ける人間がいなくなってしまう。少なくとも大杉や津城に助けを求めるために、美希はどうしても逃げる必要があったのだ。

二人に無断で稜徳会に潜入したのは、どうせ反対されると思ったからだった。しかしだ。


倉木の救出に失敗した今、もはや二人に助けを求める以外に方法はなかった。

それにしても、あと三十秒時間があれば、倉木は塀の天辺《てっぺん》までよじ登ることができたのだ。あるいはもう少し自分の腕に力があれば、倉木の体を引き上げることができたのだ。

鏡の前を離れ、その考えを振り払おうとする。すんだことをくよくよ思い返したところで、どうなるものでもない。実力行使に失敗した以上、今度はあらゆる法的手段を講じて、倉木を救出することを考えるしかない。人身保護法とか、何かしら手だてがあるはずだ。もはや静観している段階ではないことを、大杉に後押しを頼んで津城に訴えてみよう。

ベッドに横になった。

昨夜塀の外へ飛び下り、停めておいた車に乗り込むまで、足首を捻《ひね》ったことに気がつかなかった。それればかりか、水に濡《ぬ》れたままの姿でいたため、マンションへ着いたときは体がおこりにかかったように震えていた。

今ようやく大杉がつかまり、ほっとしたせいか緊張が緩んだ。正午に目覚ましをかけ、一眠りすることにする。

浅い眠りをむさぼるうちに、いつの間にか昼になった。さすがに空腹を覚え、近所のそば屋から出前を取った。

食べ終わってコーヒーを飲んでいると、玄関のチャイムが鳴った。

急いでインタホンの受話器を取る。

「はい、どなたですか」

「南多摩署の者ですが」

中年の男の声だった。

美希は受話器を握り締めた。

訪問者が大杉でなかったことに対する失望より、南多摩署という言葉がもたらす不安感の方が強かった。南多摩署がわたしに、なんの用があるというのだろう。大杉から聞かされた、栗山署長のことがふと頭に浮かぶ。大杉は、栗山にも森原法相の手が伸びていると言った。

切り口上で答える。

「なんのご用でしょうか」

「中へ入れてもらえませんか。外では話したくないんです」

美希はちょっとためらったが、受話器を置いて玄関へでた。

念のためマジックアイをのぞくと、見知らぬ男が二人、ドアの外に立っていた。お揃《そろ》いのように見える、茶色のトレンチコートを着ている。

チェーンがかかっていることを確かめ、ドアのロックをはずした。

「身分証明書を見せてください」

ドアの隙間《すきま》から、頭頂部のはげた男が警察手帳を差し入れた。

南多摩署刑事課捜査一係長・警部補・水島東七《みずしまとうしち》。

「もうお一人は」

髪をスポーツ刈りにした、若い方の男が顔をのぞかせる。同巡査部長・坪内勇太《つぼうちゆうた》。

美希はチェーンをはずし、二人を玄関先に入れた。リビングへ上げるつもりはない。

「ご用件は」

水島がコートのポケットに手を突っ込んだまま、押しつけがましい口調で言った。

「署まで同行願えませんか。話はそちらでさせてもらいます」

警戒心が頭をもたげる。

「理由を聞かせてください」

「署でお話ししますよ」

「外へ出たくないんです。風邪気味ですし、足首を捻挫しているものですから」

水島はちらりと美希の足を見た。いぶかしげに言う。

「どこか高い所から飛び下りたんですか」

美希は薄笑いを浮かべた。

「いいえ。布団をはいで、スキーをしている夢を見たんです」

水島は驚いたように瞬《まばた》きした。

「とにかく車で来てるから、面倒はかけませんよ。たいして遠くないし」

「理由も告げずに同行しろとは、ずいぶん乱暴な話ですね。わたしが警察官であることはご存じでしょう」

「まあね。本庁公安部外事二課・巡査部長・明星美希」

美希は尊大に見えるようにうなずいた。

「それならそれらしく扱っていただきたいわ」

水島は溜め息をつき、坪内を見やった。

坪内は時計職人が壊れた時計を調べるような目で美希を見た。ぞんざいな口調で言う。

「私文書偽造、住居侵入、器物損壊。ここ二、三日の間に、以上三つの罪を犯した容疑だ」

美希は臆《おく》せず坪内を見返した。

「もっと分かりやすく言ってください」

「他人名義の履歴書を作成行使して就職したこと、他人の管理する建造物に不法に侵入したこと、その建造物に属するはしごを損壊したことだ」

足の裏に汗がしみ出す。

「どこからかそのような訴えがあったのですか」

坪内は水島と目を見交わし、それから渋しぶ答えた。

「管内の稜徳会という病院だ」

美希は唇を噛《か》んだ。

稜徳会の打つ手の早さにあきれる。身元がばれるのは時間の問題と思ったが、これほいて正体を見破った者がいたのかもしれない。倉木を強制収容しに来た看護士の中に、美希のことを覚えていて正体を見破った者がいたのかもしれない。


「これは任意同行ですね」

「そうだ。しかしあんたも警察官なら、すなおに協力した方が身のためだってことぐらい、言われなくても分かるだろう」

美希は侮蔑《ぶべつ》をあらわにして坪内を見た。

「任意である以上、同行する義務はないわ」

「身に覚えがないと言うのか」

「ありません。わたしは今休暇中で、することが山ほどあるんです。どうかお引き取りください」

坪内が言い返そうとするのを、水島がさえぎった。

「それはあまり利口な考えじゃないね。あたしらはことを穏便にすませたいと思ってる。公安の偉いさんのとこへ、話を持ち込むつもりはないんだ。しかしあんたがどうしても協力しないと言うなら、こっちとしてはそれなりの手続きを踏んで、ことを公《おおやけ》にしなけりゃならん。それでもいいのか」

美希は目を伏せた。

ことを公にされて困るのは、彼らの方であるはずだ。この男たちは単なる使い走りで、何も知らされていないのではないか。

試みに美希は言った。

「この二、三日ずっと風邪気味で、近くへ買い物に出るほかは、家に閉じこもっていました。わたしがさっきの三つの罪を犯したと考える根拠は、いったいどこにあるんですか」

水島は下唇を突き出した。

「それは栗山署長と話した方がいいな。稜徳会から直接訴えを聞いたのは署長だから」

美希はわざとらしく考え込んだ。

やはり署長の名前が出てきた。この二人は栗山に言われて、わたしを連行しに来たのだ。栗山はわたしを呼び出して、どうするつもりだろう。突然強い好奇心がわくのを覚える。それは自分でも抑えようがないほど、急激にふくれ上がった。

大袈裟《おおげさ》に溜め息をついて言う。

「分かりました。それで誤解が解けるのでしたら、同行しましょう。ちょっと待っていただけますか、着替えますから」

寝室へはいって、紺のスーツに着替える。

大杉がここへ来合わせたら、どうするだろうか。止めようとするだろうか。たぶんそうするに違いない。任意同行などに応じるな、と言い張るに決まっている。

美希一人ならともかく、大杉が加われば水島たちは引き下がるだろう。そうなると栗山署長の肚《はら》を探るチャンスは失われてしまう。栗山と話をすれば、彼らが倉木をどうするつもりでいるのか、感触を得ることができるかもしれない。また栗山と森原のつながりを示唆《しさ》するものが、何かつかめるかもしれない。場合によっては、私文書偽造、住居侵入、器物損壊の罪をすべて認め、この一件を法廷に持ち出すと開き直る手もある。

しかし大杉に黙って行くのもいやだった。万が一のときのために、メッセージを残しておくことにする。

美希は糊《のり》つきの付箋《ふせん》を一枚はがし、《南多摩署》と書いて手の平に隠した。

マンションの鍵《かぎ》をかけるとき、体で二人の刑事の視線をさえぎり、付箋をそっとドアのノブの下に貼《は》りつけた。

2

南多摩署長の栗山専一は、制服の裾《すそ》を引っ張りながらソファにやって来た。

明星美希は栗山がすわるのを待って、自分も腰を下ろした。

「快く同行を承知してくれたそうで、何よりです。お互いに不愉快な思いをしないですむわけだから」

美希は栗山のオールバックにした黒い髪を見た。薄い唇によく光る目。野心が体からにじみ出るタイプの男だ。

「そう長い間お付き合いをするつもりはありません。手短にお願いします。わたしは現在休暇中ですので」

栗山は眉《まゆ》をぴくりとさせた。

「きみは確か巡査部長だったね」

「そうです。口のきき方が悪いというご指摘でしたら、甘んじて受けます。公安ではいつもこの調子でやっておりますから」

栗山はとげのある声で笑った。

「そう突っかからなくてもいい。どんな口をきこうと、わたしはかまわない。正直に話してくれさえすればね」

「何をですか」

栗山は美希をじっと見つめた。

「きみは三日前、山本霧子という偽名を使って、稜徳会病院に給食係として雇われたね」

わざと間をおいて答える。

「黙秘します」

「ゆうべ夜勤の看護士に睡眠薬を飲ませて、ある患者を不法に連れ出そうとしたね」

「黙秘します」

「そのあげく、病院の所有するはしごを脱出に使おうとして、これを損壊した」

「黙秘します」

栗山は顔色を変えなかった。

「黙秘するということは、自分から容疑者であることを認めるわけだね」

美希は息を吸い込んだ。

「入院の必要がない患者を、不法に独房に閉じ込めておくと、どんな罪になるのですか」

「通常は逮捕監禁罪になるだろうな」

「警察庁の倉木警視を、正当な理由もなく強制入院させた稜徳会に、それが適用されないのはなぜですか。南多摩署の六法全書には、逮捕監禁罪の条項がないのですか」

「あれは適法な措置入院と聞いている」

「そのためには、二名の鑑定医の一致した診断が必要、と規定されています。それも確認されましたか」

「もちろん」

「その鑑定医はだれとだれですか」

「稜徳会の梶村院長と小山副院長だ」

「措置入院のための鑑定医は、入院先の医師を除外することと、一人はかならず公的病院の医師を充《あ》てるように指導されています。稜徳会の院長と副院長では、どちらの条件も満たしていません」

「その指導は法的拘束力を持っているわけではない。そうすることが望ましいとされているだけだ。現実にはほとんど行なわれていないがね」

美希は膝《ひざ》のごみを払うふりをした。なかなか手強《てごわ》い男だ。稜徳会と完全につながっていることが分かる。

「今小山副院長とおっしゃいましたが、彼は倉木警視が稜徳会へ収容された夜に自殺したはずです。遺書代わりに鑑定書を書いたというわけですか」

自信満々に見えた栗山の態度に、わずかな乱れが生じた。がっしりした肩が無意識のように揺れる。

「わたしの見た限りでは、鑑定書には副院長の署名捺印《なついん》があった。それが本人のものでないと疑う理由はどこにもない」

美希は静かに深呼吸した。手がかりの切れ端をつかんだような気がした。

「かりにそれが真正の鑑定書でなかったとすれば、措置入院の手続きに不備、いいえ、不正があったことになります。その場合、当然措置は解除されるでしょうね」

栗山はすわり直した。

「あるいは再鑑定するかだ」

「もう一度鑑定書の真偽を確かめてください。必要とあれば、わたしからその旨申請書を提出します」

「どういう立場でかね」

「倉木警視の婚約者としてです」

栗山は驚いて顎《あご》を引いた。

驚いたのは美希も同じだった。自分の口からそのような言葉が出ようとは、今の今まで思わなかった。

栗山はソファの肘掛《ひじか》けをつかんだ。

「正気なのかね、きみは」

「そのお言葉は、そっくり署長にお返しします。わたしはこれで失礼します」

美希はソファを立った。足首がちくりと痛む。

栗山ははじかれたように体を起こした。

「待ちたまえ。まだ話は終わっていない。きみの容疑はきわめて重大なものだぞ。任意同行で来てもらったが、いつでも逮捕状を取れるんだ」

「それではそうなさってください。逮捕状を取られるまでの間に、わたしにもすることがあります」

言い捨てて栗山に背を向けた。

栗山がその背に呼びかける。

「きみはどう見ても正常ではない。精神に混乱をきたしている」

美希は足を止め、振り向いた。微笑を浮かべて言う。

「わたしも稜徳会へはいって、治療を受けた方がいいとおっしゃるんですか」

栗山はゆっくりとうなずいた。

「そうだ」

美希は栗山の目の中に、危険なものを感じ取った。きびすを返してドアに向かう。

ドアが開いた。

白衣を着た男が三人はいって来た。美希はぞっとして立ちすくんだ。それはいずれも倉木を拉致《らち》して行った男たちだった。

いちばん体格のいい男が言った。

「なるほど、これがおれたちの新しい患者ってわけか」

男の手に注射器が握られているのを見て、美希は口を開いた。

悲鳴が漏《も》れる前に、その口を男の手がふさいだ。


南多摩署は南武線の南多摩駅の近くにあった。

大杉良太が署に着いたとき、横手の駐車場から白いワゴンが滑り出して来て、タイヤをきしませながら川崎街道の方へ走り去った。

受付で名乗り、署長に面会を求める。

美希がなぜ自分を待たずに、南多摩署へ出向く気になったのか、見当がつかない。あれほど外へ出たくない様子だったのに、まったく女というやつは分からぬ動物だ。

十五分ほどまたされ、いいかげんいらいらし始めたとき、頭の天辺がはげた中年の男が受付にやって来た。

見覚えのある顔だった。確か以前警察学校の研修で、一緒になったことがある。名前は水島、水島東七といったはずだ。口数の少ない陰気な男だった。

水島はおっくうそうな口調で言った。

「よお、しばらく。今大久保署だって」

「そうだ。あんた、ここにいたのか」

「ああ、二年ほどになるかな。それより署長になんの用だ」

大杉は水島の顔をつくづくと見た。

「それは署長に直接言うよ」

水島はいやな顔をした。

「署長は忙しい体でね、なかなか時間が割けないんだ。今日は公務の話か」

「おれにとっちゃ私用だが、署長には公務になるかもしれん話だ」

水島は少し考えた。それから顎をしゃくり、いかにも気の進まない様子で言った。

「廊下を突き当たって、右へ曲がったすぐ左側だ。案内はしないから、勝手に行けよ」

署長室はぴかぴかに磨き上げられていたが、くしゃみの出そうなほど寒ざむしい部屋だった。

栗山はデスクの向こうにすわったまま、ソファにすわるように合図した。大杉は栗山と向き合う位置に腰を下ろした。

「待たせてすまなかった。ちょっと取り込んでいたものだから」

「かまいません。それよりこちらに、本庁公安部の明星巡査部長がおじゃましませんでしたか」

栗山は瞬きした。

「明星巡査部長。どうしてかね」

「仕事で今日の午後、マンションを訪ねる約束をしてたんです。ところが行ってみると不在で、ドアに南多摩署と書いたメモが貼りつけてありました」

栗山は椅子にもたれ、胸の前で両手を組み合わせた。

「なるほど。確かに彼女はここへ来たよ。三十分ほど前にお引き取りいただいたがね」

大杉はたばこに火をつけた。入れ違いとはついていない。

栗山が続けた。

「実は彼女には、こちらから来てもらったのだ。任意同行という形で」

大杉は栗山を見直した。

「任意同行。なんのためですか」

栗山はじっと大杉を見つめた。

「彼女は昨夜稜徳会から、倉木を無理やり連れ出そうとした疑いがある」

大杉はたばこを取り落としそうになった。

「なんですって」

栗山はうなずいた。

「今朝稜徳会から連絡があってね。彼女は三日ほど前、住み込みの給食係として稜徳会に潜《もぐ》り込んだらしい。そして昨夜、宿直の看護士を睡眠薬で眠らせ、倉木を保護房から連れ出した。しかし結局その試みは失敗に終わって、彼女は逃げたが倉木は無事連れもどされた。看護士の中に彼女の顔を見知った者がいて、今朝訴えがあったんだ」

大杉はたばこを灰皿におしつぶした。

朝の電話で、美希が稜徳会の塀から飛び下りた、と言ったのを思い出す。あれはそういうことだったのか。あの女にそこまでやる度胸があるとは思わなかった。

「彼女はそれを認めたんですか」

「いや、認めなかった。それどころか、倉木の強制入院は違法だと主張した。婚約者として再審査を求めると、さんざん息巻いて引き上げて行ったよ」

「婚約者。彼女が、倉木警視のですか」

「そうだ。違うのかね」

大杉はまたたばこをくわえた。まったく何を言い出すのだ、あの女は。

「いや、そのとおりです。わたしもそのように聞いています」

栗山は疑わしそうな顔をしたが、すぐに話をもどした。

「もし彼女が実際稜徳会に潜入したとすれば、ただではすまないだろう。適法に収容された患者を、不法な手段で連れ出そうとしたわけだからね。いくら彼女が否認しても、残された指紋が一致したら終わりだ。たぶんそういうことになると思うが」

「それだけ自信があるんでしたら、どうしておとなしく帰らせたんですか。任意同行から緊急逮捕に切り替えてもよかったでしょう」

栗山は目を伏せた。

「目撃者の証言だけで、彼女の仕業《しわざ》と決めつけるわけにはいかない。指紋を取るにしても、それなりの手続きが必要だ」

大杉は首筋を搔《か》いた。

「ところで彼女、マンションへもどると言ってましたか」

「いや、別にどこへ行くとも言わなかった。逮捕状が出るまでに、何かすることがあるとは言っていたがね」

「また稜徳会へ押しかけて行ったんじゃないでしょうな」

栗山はひきつったように笑った。

「そうだな。彼女ならやりかねないね」

大杉は立ち上がり、デスクの前へ行った。

「署長。くどいようですが、倉木警視に万一のことがあったら、稜徳会だけではなく署長ご自身にも火の粉が降りかかりますよ。覚えておいてください」

返事を待たずに、ドアに向かった。

廊下を歩きながら大杉は、栗山の額に浮かんでいた細かい汗のことを考えた。あの男は何かを隠している。

どうもすっきりしなかった。

## 3

三人は地下二階の、めったに使われることのない、古い手術室にいた。

千木良亘は手術着の袖《そで》で額をこすった。

梶村文雄も同じように、額に脂汗を浮かべている。キャップとマスクの間からのぞく目が、落ち着きなく瞬きを繰り返す。

古江五郎は、剃《そ》り上げられた患者の頭を、アルコールとヨードチンキで消毒していた。強い臭いが手術室に漂う。

梶村がマスクの下で弱よわしく咳《せき》をした。

「大丈夫かね、院長」

声をかけると、梶村は脅《おび》えたような目で千木良を見た。

「そんなに心配なら、出て行ってもいいんだよ」

千木良は肩をすくめた。

「途中でそうさせてもらうかもしれませんよ。あたしはどうも赤いのを見るのが苦手でね」

それは本音だった。

「患者をゴムホースで叩きのめすのは平気なくせに、おかしいじゃないか」

「自分でもそう思いますよ。しかしゴムホースじゃ血は出ないからね」

梶村はちらりと古江を見た。

「わたし一人でも手術はやる。やらなければならないんだ」

「この手の手術には、麻酔医や看護婦を含めて、最低でも六、七人のスタッフが必要だ。それをたったの三人でやろうってんだから、どだいむちゃな話ですよ」

「むちゃは承知さ。できるだけよけいな人間に知られたくないんだ。分かってるだろう」

千木良は首を振り、古江に合図して場所を代わった。

明星美希は目を覚ました。

体がだるく、気分が悪い。ぼんやりと天井の裸電球を見つめる。少しずつ記憶がもどってくる。

はっと起き上がろうとしたが、体の自由がきかなかった。叫ぼうにも声が出ない。恐怖に駆られて、罠《わな》にかかった獣のようにもがく。

やがていくらもがいても無駄だと分かった。体が袋の中に押し込められているのだ。

美希はもがくのをやめ、大きく息を吸い込んだ。気持ちを落ち着け、首を曲げて状況をうかがう。

絶望のあまり目の前が暗くなった。美希がそこに見たのは、拘禁服を着せられ、ベッドに縛りつけられた自分の姿だった。思わず唸《うな》り声《ごえ》を上げ、そこで初めて口を何かでふさがれていることに気づく。

黄色いしみで汚れた壁。デコラのテーブルと折り畳み椅子が一つ置いてあるだけの、殺風景な部屋だ。広さは三メートル四方ぐらいしかない。足の方に鉄製のドアが見える。

そこへ目を向けたとたん、まるで待っていたようにドアがあいた。白い上っ張りを着た男がはいって来た。パンチパーマに、ずんぐりした体つき。昨夜睡眠薬で眠らせた、看護士の篠崎だった。

「気分はどうだ」

そばへ来て、にたにたしながら言う。看護士に必要な素養を、かけらほども持ち合わせていない。美希は顔をそむけた。

「そうか、絆創膏《ばんそうこう》を貼ってあるから、しゃべれないんだよな」

篠崎は拘禁服の上から、美希の体を撫《な》で回した。嫌悪感に思わず身をよじる。

「へへえ、少しは感じたか」

げびた笑いを浮かべ、なおも体をいじり回す。美希は怒りに燃え、篠崎の顔を軽蔑《けいべつ》の目で睨《にら》みつけた。

篠崎は急に真顔になった。目に憎しみがたぎる。

「ゆうべはよくも一服盛ってくれたな。おかげで主任にこっぴどくどやされてよ、ひでえ目にあったんだ。この礼はたっぷりさせてもらうからな。いいだろう、そういう約束だったんだから。え、山本霧子さんよ」

美希は絆創膏の下で唇を噛み締めた。悔しさで涙が出そうになる。のこのこ南多摩署へ出かけて行った自分が、今さらのように愚かに思えた。まさかそこまではやるまいと、たかをくくっていたのが裏目に出たのだ。飛んで火に入る夏の虫とは、このことだろう。

ふと尿意《にょうい》を覚え、身じろぎする。麻酔薬を注射されてから、何時間たっただろうか。

「しょんべんがしたいんだろう」

篠崎が見透かしたように言う。仕事がらそういうことに勘が働くらしい。

「便所へ連れて行ってやってもいいぜ。まあ扉はあけたままにしとくけどな」

ちょっとためらったあと、美希はうなずいた。とにかく拘禁服から解放されたかった。隙を見て逃げることはできなくとも、稜徳会のどのあたりに監禁されたのか、少しでも見当をつけられればもうけものだ。

篠崎はベルトを緩め、美希を拘禁服から出した。

紺のスーツを脱がされ、クリーム色のパジャマに着替えさせられていることが分かる。比較的新しいパジャマだったことが、せめてもの救いだった。

ベッドの下にちびたスリッパがある。床に立つと、少し体がふらついた。捻挫した足首がまだ痛む。篠崎は美希の手を後ろに回させ、革紐《かわひも》でつないだ。押されるようにして部屋を出る。

そこはコンクリートむき出しの廊下だった。長い間隔を置いて、薄暗い裸電球がともっている。まるで地下壕《ちかごう》のようだ。壁に水のしみ出した跡がついているのを見ると、実際に地下なのかもしれない。

篠崎に指示された方へ歩いて行く。コンクリートの冷えた感触が、スリッパの底からじわじわとはい上ってくる。急に寒気を覚え、美希はくしゃみをした。

ドアを三つ通り過ぎると、明かりの漏れる窓にぶつかった。ほぼ三十センチ角の小さなのぞき窓だ。ガラスはほこりや油のようなものがこびりつき、灰色に曇っている。

篠崎が革紐を引き、美希を止めた。

「ちょっとのぞいて見るか。めったに拝めないものを見られるぜ」

そう言って、美希の肩をいやらしい手つきで押した。美希は体でそれを振り払い、しかたなくのぞき窓に顔を寄せた。曇って中がよく見えない。人影が動く気配がする。音は聞こえなかった。

興味を覚え、比較的曇っていない箇所を探して目を近づける。白衣を着た人間が二人か三人いるようだ。一人はガス・ボンベのようなものの前にすわっている。

中央にベッドがあった。だれかが横たわっている。美希はなおも目を近づけた。手術帽をかぶった男が、ベッドにかがみ込むのが見えた。横たわった人間に目を凝《こ》らす。頭に髪が生えていない。坊主頭だ。だれだろう。さらに目を凝らして見る。

ほとんど心臓がとまりかけた。

千木良は患者を見下ろした。

前麻酔としてあらかじめ、アトロピンとオピスタンの筋肉注射をしてあった。倉木尚武は意識を失ったまま、手術台に横たわっている。体にはシーツがかけられ、首から上が見えるだけだった。すでにリンゲルの灌注《かんちゅう》も始まっている。

千木良は器械を操作して、倉木の頭が動かないように三点支持具で位置を固定した。ワゴンを引き寄せ、手術に必要な器具をチェックする。電気メス。電動式吸引器。開創器。鉗子《かんし》。ピンセット。脳室穿刺針。ドリル。ロイコトーム（白質切截子《はくしつせっせつし》）。ゾンデ。

千木良は梶村のために場所をあけた。

梶村は電気メスを取り上げ、倉木の目尻から耳の方へ約三センチ、頰骨《ずがいこつ》の上端から約六センチ上がった位置に、小さな傷をつけた。さらにそこを中心に、頭蓋骨の冠状縫合線に沿って、数センチの切り込みを入れる。傷口が電気で凝固されるために、出血はほとんどない。最終的にその部分を切開し、頭蓋骨をドリルで穿孔《せんこう》するのだ。

千木良は傷口を見て少し気分が悪くなった。

ロボトミーは脳の一部を除去する手術ではなく、あけた穴からロイコトームを挿入し、前頭葉の白質を前後二つの部分に切離するだけにすぎない。人間の情動をつかさどる間脳、視床と前頭葉との間の線維連絡を遮断《しゃだん》することにより、患者の症状を改善しようというのが狙いだった。

かつてはこの手術によって、暴力衝動、妄想、幻覚などの症状が軽減、あるいは消失するとされた。しかし同時に感情の単純化、自発性や創造力の低下、生活意欲の減退などの副作用も少なくないため、最近ではほとんど行なわれなくなっている。

千木良は自分がロボトミーをされるくらいなら、死んだ方がましだと思った。

倉木の口に全身麻酔用のマスクを当てる。ボンベを操作し、まず酸素を送り込む。それからラボナール。一酸化二窒素《ちっそ》、笑気ガス。過去に何度か麻酔医の手伝いをしたことがあるので、手順はよく分かっている。呼吸が抑制されると、脳がふくらんで手術ができなくなるので、酸素の補給だけは十分にしなければならない。

古江が梶村の指示で、倉木の頭皮にガーゼを当てた。出血に備えて、吸引器を構える。梶村はふたたび電気メスを取り上げ、印をつけた頭皮の部分に刃先をあてがった。千木良は生唾《なまつば》を飲み、メスがゆっくりと倉木の頭皮を切り開くのを見守った。


美希は唸り声を上げた。

ベッドに横たわっているのは、倉木だった。倉木が髪を剃られ、ベッドの上に横たわっている。

美希は狂乱して、のぞき窓の縁のコンクリートにこめかみをぶつけた。痛みを感じる余裕もない。白衣の男が何かを取り上げた。メスだ。

美希は声にならない声を上げ、横手のドアに突進しようとした。それを篠崎が、革紐をつかんで引き止める。

「じたばたするんじゃねえ。手術の邪魔になるじゃねえか」

手術。手術とはなんの手術だ。

美希はのぞき窓に駆けもどり、もう一度中をのぞいた。

メスが倉木の頭に触れようとしている。

やめて、やめて。美希は叫んだ。何をするの。その人にさわらないで。さわったら殺してやる。体で叫びながら、美希はガラスに額を打ちつけた。

驚くほど多量の血が流れ出し、千木良はたじろいだ。電気メスで止血できない部分を、古江が吸引器で吸い取る。開いた頭皮の下から、ピンクに染まった頭蓋骨が現われた。

どこかで何かがぶつかるような鈍い音がしたが、気にする暇はなかった。千木良は顔をそむけ、ガス・ボンベの計器盤を懸命に睨みつけた。

とうとうやってしまった。

現職のお巡りの頭を開いてしまった。

突然目の前が赤くなる。

破れた額から血が流れ出し、目にはいったのだ。同時に美希は、メスの当たった倉木の頭から、どっと血が吹き出すのを見た。

体中の血という血が、渦を巻いて頭に殺到した。やつらは倉木にロボトミーを施したのだ。そう悟ったとたん、耐えがたいショックに襲われ、美希は床にくずおれた。あまりのことに正気を失いそうになる。下半身に生暖かいものがほとばしった。

美希は失禁したことにも気づかず、そのまま暗黒の世界へ落ち込んで行った。


―――― 4 ――――


梶村文雄は深い溜め息をついた。

「倉木は当分地下の特別室に入れておくことにする。あんたたちが交代で、食事やリハビリの面倒をみるんだ。当分ほかの連中の目にはさらさないようにな」

千木良亘は水割りを飲み、梶村を見た。

「あの女刑事はどうするんです。やはりロボトミーをするのかね」

「それはわたしが決めることじゃない。とにかくあの女に、倉木の手術を見られたのはまずかった。どうして篠崎みたいな使いものにならん男を飼っておくんだ。患者をぶちのめすだけが能じゃないだろう」

千木良は苦笑した。

「ここではそれが必要なことは、院長も知ってるはずですよ。それに今あいつをお払い箱にしたら、どこで何をしゃべられるか分からない。もうしばらく様子をみましょう。だめなら看護士から患者へ格下げすればいい」

梶村は古江五郎の方に顎をしゃくった。

「この男に篠崎の代わりが務まるかね」

千木良は肩をすくめた。

「こいつは大丈夫ですよ。腕力はないけど、頭の使い方は知ってる。倉木と女の面倒はこの男にみさせます」

古江はグラスを置き、ちらりと梶村を見た。

「でもわたしはまだ新入りですから」

梶村は皮肉っぽく唇を歪《ゆが》めた。

「そうかね。ロボトミーの手術にいきなり立ち会って、平気な顔をしていたのはあんたが初めてだよ。この千木良でさえ、いまだに正視できないというのに」

古江は眼鏡を押し上げた。

「以前地方の大学で、解剖の手伝いをしたことがありましてね。あれはロボトミーより凄《すご》いんです。のこぎりでばらばらにしちゃうんですからね。それに比べれば、どうってことありませんよ」

千木良はあきれたように笑い、水割りを飲み干して言った。

「おまえは看護士に向いてるかもしれん。そうだ、おまえと篠崎を入れ替えるのも悪くないな」

古江はぺこりと頭を下げた。

「よろしくお願いします」

梶村がいらだちを込めて、手をこすり合わせた。

「さてと、そろそろお開きにしよう。二人とも引き取ってくれ」

千木良は顔を引き締め、梶村を見据えた。

少しどすをきかせて言う。

「一つ聞きますがね、今度のことではいくらかボーナスを当てにしてもいいでしょうな」

梶村はうるさそうに手を振った。

「分かってるよ、それなりのことはするつもりだ。さあ、出て行ってくれ」

千木良と古江はソファを立ち、梶村を残して院長室を出た。

階段へ向かいながら、千木良は言った。

「おまえ、けっこういい度胸してるなあ。おれはドリルの音を聞くと、もうだめなんだ。歯医者を思い出してよ」

古江は照れたように髭《ひげ》をこすった。

「でも主任はあの手術、初めてじゃないんでしょう」

「それはそうだが、院長が言ったことは本当さ。おれはまともに手術を見たことがないんだ。手術が始まると、ガスのボンベばかり睨んでいた。おかげで麻酔のことは、一から十まで覚えたけどな」

二人はそのまま階段を地下二階まで下りた。

明星美希は鎮静剤を打たれ、拘禁服を着せられて眠っていた。

少し離れた別の病室では、倉木が同じように薬で眠らされていた。頭に巻かれた包帯に、血がにじんでいる。

千木良はすぐに病院を出た。

「あしたの朝、だれか口の堅いのを選んで、看護婦をつけよう。おれたちだけで面倒みるのは、いくらなんでもしんどいからな」

古江は不安そうに千木良を見た。

「いいんですか、院長の方は」

「大丈夫だよ、おれが適当に言いつくろうから。それより酒がちょっと中途半端だったなあ。どうだ、これから府中あたりへ飲み直しに行かんか」

「しかし患者を見てないといかんでしょう」

「ほっとけ。どうせあしたの朝まで目を覚まさないんだから。一晩中飲もうってんじゃないよ、安心しな」

二人は敷地内の宿舎にもどり、私服に着替えて駐車場へ行った。

千木良はベンツを運転して、古江を府中の行きつけのカラオケ・スナックへ連れて行った。テープが三千曲あるというのが自慢の、やけにフロアの広い店だった。

そこで千木良は十一曲歌い、古江も下手な歌を三曲歌った。

歌っている間に千木良は、客席の隅から自分を見つめる冷たい視線を感じた。その方へ目を向けると、長髪の痩《や》せた男が隅のシートにすわっているのが見えるが、別に自分を見ているわけではなかった。しかし目をそらすと、また冷たい視線を感じる。それの繰り返しだった。色の白いのっぺりした顔の男で、妙に気になる存在だった。

十一曲めを歌い終わると、さすがにくたびれた。少し飲みすぎたような気もする。千木良は古江を促して店を出た。

車を停めた路地にはいるところで、急に市内のアパートに住む馴染《なじ》みの女の顔が見たくなった。いや、最初からそのつもりで府中に出て来た、といった方が正しい。

千木良は足を止めた。

「おまえ、免許持ってるか」

「車のですか。ええ、まあ」

「だったら、おれの車を運転して、先に帰ってくれないか。オートマだから、おまえの足でも大丈夫だろう」

「わたしも酒がはいってるんですが」

「しかしおれほど飲んでないだろう。ゆっくり走らせりゃいいんだよ」

古江は当惑したように頭を掻いた。

「主任はどうするんですか」

「駅の向こう側に、ちょっと一か所寄りたいところがあるんだ。大丈夫だよ、朝までには帰るから。じゃ、頼んだぞ」

そう言ってキーを投げ渡す。

古江は心配そうに言った。

「どうやって病院まで帰るつもりですか」

「気にするなよ、タクシーを拾うから。それより大事に運転するんだぞ」

千木良は手を振り、古江に背を向けた。少し足元がふらふらするが、二本足で歩いているうちは大丈夫だ。車も古江に任せておけば間違いない。あの男は、体は少し不自由だが、頭の方はしっかりしている。十分看護士としてやっていけるだろう。篠崎と入れ替えることを真剣に考えてみよう。

女のアパートは、駅の北口から徒歩で十分ほどの、小金井《こがねい》街道を少しはいったあたりにあった。酔いざましに歩くのに、ちょうどよい距離だった。

小金井街道をぶらぶら歩き、女のアパートのある道を曲がる。その界隈《かいわい》はぴかぴかの新しいアパートと、どうしようもないほど古いアパートが混在する、不思議な地域だった。女が住んでいるのは、スタッコ仕上げの比較的高級なアパートで、家賃は千木良が払っていた。女は市内の総合病院で看護婦をしている。

木造の汚い廃屋の前を通り過ぎようとしたとき、背後に足音を聞いた。振り返ると、街灯のほの暗い明かりを背に、黒いコートを着た男が近づいて来るのが見えた。

男は二メートルほど間をおいて立ち止まった。静かな声で話しかけてくる。

「千木良さんですね」

色の白い整った顔が、逆光にぼんやりと浮かんだ。千木良は目を細めて、相手の顔をよく見た。どうやらさっきカラオケ・スナックにいた男のようだった。にわかにいらだちを覚える。

千木良はぶっきらぼうに言葉を投げ返した。

「そうだ。あんたは」

男はコートのポケットから手を出し、軽く頭を下げた。間をつめてくる。

「李春元の友だちです。彼のことはご存じでしょう」

不意をつかれて、千木良は一瞬答えあぐねた。しかしすぐに肚を決め、さりげなく応じる。

「知ってるよ。この間会いに来たからな」

「では彼が死んだことも知ってますね」

千木良は不安になり、男の顔を見た。男は無表情だった。

「ああ、新聞で読んだ。ところでおれになんの用があるんだ。やつのために線香を上げろとでもいうのか」

「いや、これでも食らうんだな」

男の右腕が出し抜けに腹を襲った。

よける間もなかった。相手の華奢《きやしや》な体に、警戒心が薄れていた。みぞおちのあたりに鋭い痛みが走り、千木良は口をあけた。喉《のど》が詰まる。体がしびれる。とっさのことで、自分の身に何が起こったのか分からない。

千木良は廃屋の門柱に押しつけられた。自分の大きな体が、とてつもなく重く感じられる。背後で鉄柵《てつさく》がかすかにきしんだ。

次の瞬間心臓がかっと熱くなり、千木良は目をむいた。さらに大きく口をあける。恐怖感に身を貫かれる。息ができない。

「きさまは――」

千木良は地面に崩れ落ちた。

その前に心臓が停止していた。

## 5

雲が低く垂れ込めている。

この前来たとき、朝日に輝いていた稜徳会病院も今日は灰色にくすみ、いかにも邪悪な罪を内に秘めているように見えた。

大杉良太は正面玄関へ向かわずに、中央病棟の横へ回った。一年四か月前の記憶に間違いなければ、裏手に給食や洗濯を取り仕切る別棟が建っていて、そこから中央病棟へ抜ける廊下があったはずだ。今回は正攻法で行くより、搦手《からめて》から当たるつもりだった。

駐車場がある。業務用らしい同じ型の白いワゴンが何台か停まっている。そのわきを抜けると、別棟の入り口が見つかった。『旭興産』と書かれた小さな看板が出ている。そういえば稜徳会はいくつか子会社を持っていると聞いたことがある。たぶんその一つだろう。

とっつきの事務所には人けがなかった。大杉は急いでその前を抜け、薄暗い廊下を奥へ向かった。いまだに板張りの廊下で、所どころ継ぎ目が反《そ》り返り、歩くたびにぎしぎしと音をたてる。

やがてT字形に交差する、別の廊下に突き当たった。左に行けば給食・洗濯棟、右に行けば中央病棟と標示が出ている。やはり間違いなかった。

何げなく角の小部屋のガラス窓をのぞくと、畳んだシーツや白衣らしきものが置いてあるのが見えた。引き戸をあけ、中へはいった。白衣を手に取る。これを着て歩けば、少しはカモフラージュになるかもしれない。

腕を通してみたが、腰回りが小さすぎてボタンがかからなかった。もう二回りほど大きいのがないかと物色する。

そのとき背後で声がした。

「何してるんだ」

大杉はひやりとして振り向いた。

廊下に白い上っ張りの男が立って、大杉を睨んでいた。眼鏡をかけた髭面の男だった。どこかで見たことがあるような気がした。

すぐに記憶がもどる。この前来たとき、ロビーで床を掃除していた男だ。ちょっと言葉を交わした覚えがある。そこへあの千木良という大男が割ってはいったのだ。古江と呼ばれていたのを思い出した。

「先日はどうも。確か古江さんでしたね」

大杉はくったくのない口調で言った。さりげなく白衣を棚にもどし、廊下へ出る。

古江は戸惑ったように一歩下がった。

「あなたは」

「先日ロビーで立ち話をした大杉ですよ。大久保署の。あのとき名乗らなかったかな」

古江は眼鏡を押し上げた。

「ああ、思い出した。大杉警部補ですね。千木良主任から聞きました」

「主任はいるかね、今」

古江は咳払いをした。

「主任は、ええと、今日はまだ出て来てないですね」

内心しめた、と思う。あの男がいないと、だいぶ面倒がはぶける。

しかしそんなことはおくびにも出さず、大杉は続けた。

「体の具合でも悪いのかね」

古江は困ったように瞬きを繰り返した。

「いや、確か夜勤明けで、今日は休みだったと思います」

大杉はたばこを探った。

古江が言う。

「申し訳ありません、ここは禁煙なんです」

「ああ、そうだろうな。うっかりした」

大杉はたばこをもどした。

「それより刑事さん、こんなところで何をしてるんですか」

大杉は作り笑いをした。

「お医者さんごっこと言いたいところだが、実は白いのを着れば、院内を自由に歩き回れると思ったもんでね」

「なんのために、そんなことを」

大杉は唇をなめた。

この男はほかの看護士と違う。直感的にそう思った。少なくともこんな病院で働くタイプの男ではない。もし古江がまともな男なら、率直に協力を求めてみる価値はある。危険な賭《か》けかもしれないが、見咎《みとが》められた以上殴り倒すか味方に引き入れるか、二つに一つしかない。

猫撫《ねこな》で声《ごえ》で持ちかける。

「あんたを見込んで、力を貸してほしいことがあるんだがね」

古江は警戒するように大杉を見た。

「わたしにですか。だめですよ。わたしはまだ新入りだし、主任の許可がないと何もできないんですから」

「いや、いくつか質問に答えてくれるだけでいいんだ。友だちがここへ入院させられてるんでね、どんな具合か知りたいんだ」

「だったら白衣を探したりせずに、受付で面会の手続きを取ればいいじゃないですか」

「それができないから頼んでるんだ。ここへ強制収容された、倉木尚武という警察官のことなんだがね。何か聞いていないか」

古江は目を伏せた。

「ああ、あの措置入院の患者ですね」

「そうだ。彼が今どんな状態におかれているか、知ってたら教えてほしいんだ」

古江は目を上げた。当惑したように言う。

「それは院長か千木良主任に聞いてください。わたしのような下っ端に分かることじゃないですから」

大杉は声のニュアンスから、古江が本当のことを言っているかどうか探ろうとしたが、よく分からなかった。

「千木良はどこに住んでるんだ」

「敷地内の宿舎ですが、今はその、外出しています」

千木良の話になると、さっきからどうも歯切れが悪い。無断外泊したのをかばってでもいるような口ぶりだ。

　大杉は口調を改めた。

「見たところあんたは、この病院に向いてないな。新入りじゃ知らないのも無理ないが、ここは精神科の中でも札つきのひどい病院なんだ。こんなところで働いてたら、人間がいやしくなるだけだぞ。同じ精神科でも、もっとまともな病院があるだろう。早いとこ別口を探すことだな」

「でも、体が不自由な人間を雇ってくれる病院なんて、そうざらにはないですよ」

　大杉は古江の足を見た。そういえばこの前、軽く片足をひきずって歩いていた。

「とにかくこの病院には、いろいろと問題が多い。南多摩署とも癒着しているようだし、いずれ近いうちに爆弾が破裂することになるだろう。そうなってからでは手《て》後《おく》れだ。今のうちに協力しておいた方が身のためだぞ」

　古江は上目使いに大杉を見た。

「どうしろって言うんですか」

「とりあえず倉木が、この病院のどこにいるのか教えてほしい」

　古江はちょっとためらった。思い切ったように言う。

「中央病棟の地下二階にいます。めったに使わない特別室があって、そこに監禁されてるんです」

「地下二階の特別室か」

「そうです。それから明星という女の刑事も、すぐ近くに閉じ込められています」

大杉は目をむいた。脳天をどやしつけられたようなショックを受ける。

「明星だと」

「ええ。昨日の午後、主任たちがどこからか運び込んできたんです」

膝頭《ひざがしら》が震え、思わず両足を踏み締める。

昨夜何度も美希のマンションへ電話をしたが、応答がなかった。そのとき漠然と感じた不安が、単なる危惧《きぐ》でなかったことが分かる。美希もまたこの病院に囚《とら》われの身になっているのだ。しかしやつらはいつ、どうやって美希を拉致したのだろうか。

不意に目の裏に一つの光景がよみがえる。

昨日の午後南多摩署に着いたとき、駐車場から凄《すご》い勢いで走り去る白い車を見た。あれだ、あれに違いない。あの車と同じ型のワゴンが、すぐ横手の駐車場に何台か停まっているのを、さっき見たばかりだ。美希は南多摩署から直接、ここへ拉致されて来たのだ。署長の栗山の顔が目に浮かぶ。あの男の差し金であることは、もはや歴然としている。

大杉は怒りを抑え、古江を睨みつけた。

「そこへ案内してくれ」

古江はめっそうもないというように、背筋を伸ばした。

「無理ですよ。地下二階の扉の鍵は、院長と千木良主任しか持っていません」

大杉が言い返そうとしたとき、事務所の前の廊下で人影が動いた。男の声が古江の名を呼ぶ。

「古江さん、お話し中すいません。千木良専務は今どちらですか」

古江は振り向いた。

「ああ、どうも。悪いけど今日は休みなんです。納品だったら、代わりにチェックしますけど」

声の主《ぬし》を見て、大杉はぎくりとした。

それは先夜李春元と一緒に尾行した男、宗田吉国だった。

宗田は髪に手をやった。

「いや、納品じゃないんです。そうですか、休みですか。だったら明日もう一度来ます」

頭を下げて背中を向ける。

それを見た大杉は、急に考えを変えた。古江に早口でささやく。

「今夜十一時に出直して来る。横手の駐車場で待っていてくれ」

古江はたじろいだ。

「それ、どういうことですか」

「二人を助け出すのさ。手を貸してもらいたい。扉の鍵を手に入れるんだ」

「そんなこと、できるわけないでしょう。そこまでする義理はありませんよ。わたしはこれでもこの病院の職員なんですから」

「そんなことは承知の上だ。しかし稜徳会がどれだけ非人道的な病院か知ったら、協力しなかったことを後悔するはめになるぞ」

「正式の退院許可を取れないんですか」

「五年先なら取れるだろう。いいか、このことはあんた一人の胸にしまっておくんだ。もしだれかにしゃべったら、こっちにも考えがある。あんたは警視庁管内でも、いちばん手強《てごわ》いお巡りを敵に回すことになるんだ」

大杉は返事を待たずに廊下を引き返した。

一時は地下二階へ押し込みたい衝動に駆られたが、朝っぱらから騒ぎを大きくするのは得策ではないと思い直した。倉木と美希の居場所が確認できただけでも、よしとすべきだろう。古江がどれだけ大杉の説得を受け入れたか分からないが、あの男の協力さえ得られれば、二人を救出する自信はある。

それにしても確率の低い賭けだった。考えてみれば、古江をあてにできる根拠はほとんどない。この病院で出会った、ただ一人まともそうに見える男、というだけのことだ。古江が大杉のために、病院や千木良を裏切るという保証は、どこにもなかった。しかし牽制球《けんせいきゅう》は投げてみなければ分からない。

大杉は建物を出て、宗田のあとを追った。ちょうどいいチャンスだった。午後には津城と会う約束があるが、その前に気になる仕事を片付けてしまうのだ。うまくすれば、津城に手土産をぶら下げて行けるかもしれない。

宗田は病院の門外に車を停めていた。車体の横腹に、青い字で宗田食品と書いてある。

大杉は運転席に乗り込もうとする宗田を呼び止めた。宗田は振り返り、いぶかしげに大杉を見た。

警察手帳を見せる。宗田の顔色があからさまに変わった。

「車の中で話をしよう」

大杉は宗田を促し、前のシートに並んですわった。ドアを閉める。

「なんの用事ですか」

声が震えている。

「時間がないから、手短にいくぞ。これからあんたに、ある男のねぐらへ案内してもらうことにする」

宗田の顔がたちまちこわばった。

「ある男ってだれですか」

「おい、時間がないと言っただろう。その男がだれか、あんたはよく承知している。これからまっすぐに、田無にあるやつのねぐらへ行くんだ。わかったらエンジンをかけろよ」

宗田はキーを差し込もうとしたが、手が震えて何度も失敗した。大杉はその様子をじっと見ていた。ようやくエンジンがかかる。こわばっていた宗田の顔がしだいに緩み、やがて放心したようになった。

大杉は拍子抜けがした。筋金《すじがね》入りの工作員は、少しのことで狼狽《ろうばい》したりしないし、それを顔に出したりもしない。

「その男は一か月ほど前に、能登半島から日本へ潜入して来た北のスパイだ。そしてあんたは、そいつの日本での活動を助ける、土台人というわけだ。いいよ、返事をしなくても。顔に図星だと書いてあるからな」

宗田はハンカチを出して汗をふいた。

続けてだめ押しをする。

「あんたの素姓は分かってるし、もう逃げることはできないんだ。あんたはつい先日その潜入スパイと示し合わせて、ＫＣＩＡの李春元という男を殺した。否定しても無駄だよ。おれはあのときあとをつけて、この目でしっかり見たんだから。直接手を下したのはあんたじゃないが、共犯の罪は免れないだろう」

宗田はハンドルにしがみついたまま、じっと考えていた。顔に少しずつあきらめの表情が広がる。

やがて力のない声で言った。

「だったらどうしてわたしを逮捕しないんですか」

「その男をつかまえたいからさ」

宗田は自嘲《じちよう》めいた笑いを浮かべた。

「案内しないと言ったらどうします」

大杉はたばこをくわえた。

「言っとくが、おれがやつをつかまえたいのは、やつが北のスパイだからじゃない。おれは公安のデカじゃないんだ。やつには別の用事がある。きわめて個人的な用事がね」

宗田はおずおずと大杉を見た。

「あの男を殺すんですか」

大杉はそれに答えず、煙を吐き出した。

新たに質問する。

「やつの素姓を知ってるか」

宗田は溜め息をつき、観念したように口を開いた。

「知りません。通常そういうことは聞かされないんでね。嘘じゃないですよ」

「なんて名前を使ってるんだ」

「新谷。新谷和彦」

大杉は驚いて宗田を見た。

「新谷だと。ほんとにやつは、新谷和彦と名乗ってるのか」

宗田は不思議そうに大杉を見返した。

「そうですよ。どうせ本名じゃないと思いますがね」

大杉はたばこを灰皿に押しつぶした。

あの男が実際に新谷和彦なら、素直に新谷和彦と名乗るだろうか。これはおかしい。いや、ちょっと待て。本人が本人と名乗るのが、安全という意味ではいちばん安全だ。身辺を嘘で塗り固める心配はないし、いろいろな書類も偽造しなくてすむ。しかし危険もまた大きいはずだ。頭が混乱する。

「やつは日本で何をするつもりなんだ」

「知りませんし、知りたくもありません。刑事さん、わたしはもう疲れました。いつかはこういう日が来ると思っていたし、早く来てよかったという気さえします。でもわたしには家族がいる。日本にも、北にもね。だからこれ以上しゃべりません。確かにわたしは北に協力してきました。それは認めますよ。でもその中身を話すことはできません。報復が怖いですから」

大杉は宗田を睨みつけた。

「よし、その口をしっかり閉じていろ。しかし案内だけはするんだ。おれをあの男のところへ連れて行け。いやだというなら、あんたをＫＣＩＡに引き渡す。連中は日本の警察みたいに甘くないぞ」

宗田の目に恐怖が走った。

大杉は宗田の肩を叩《たた》いた。

「さあ、車を出そうじゃないか」

津城俊輔はコーヒーカップを傾けた。

「この間お願いしませんでしたか、明星君の面倒をみるようにと。男に惚《ほ》れた女には気をつけるようにと」

大杉良太はストローを引き裂いた。

「しかしわたしも四六時中、彼女に付き添っているわけにはいかなかった。こう言ってはなんですが、彼女をあそこまで追いつめた責任は、静観せよと言うだけで何も手を打たなかった津城さんにある。そしてそれを黙認したわたしも同罪です。彼女はそうした仕打ちが耐えられなかったんです。今にして思えば、わたしも彼女と一緒に、稜徳会へ乗り込むべきだった」

6

津城はガラス越しに、日比谷公園の木立を眺めた。二人は公園を見下ろす、高層ビルのレストランにいた。

重苦しい口調で言う。

「わたしが動かなかった理由は、まだ鍋の中が十分に煮えていなかったからですよ」

「吹きこぼれてからでは遅いでしょう」

「しかし待った甲斐《かい》はありましたよ。彼らが明星君にまで手を出したことが、それを証明しています」

「その伝で言うと、連中はわたしにもちょっかいを出しました。娘をたぶらかして、わたしの時間を食いつぶそうとしたんです」

「その話は聞きました。お嬢さんが無事でよかった」

大杉は驚いて津城の顔を見直した。

「だれから聞いたんですか」

「明星君からです」

「彼女は——津城さんと話したんですか」

「電話で何度かね。倉木君のことで相談を受けました。何もしてやれなかったが」

大杉は拳《こぶし》を握った。

「それでは、彼女が稜徳会へ潜入することもご存じだったんですか」

「いや、それについては彼女は何も言いませんでした。わたしもそこまでやるとは思わなかった。おっしゃるとおり、彼女を追いつめたのはわたしの責任かもしれない」

大杉は水っぽくなったコーラを飲んだ。声を抑えて言う。

「明星君のことも含めて、この一件には南多摩署の栗山が深くからんでいます。そのことは先日も報告したし、プレッシャーをかけるようにお願いしたはずです。あのあと栗山に会いに行くとおっしゃいませんでしたか」

「言いましたし、実際に会ってきました。非常にしたたかで、プレッシャーのかけにくい男だった。きっと背後に大物が控えているからでしょう。かえって刺激するだけに終わったかもしれません」

大杉は皮肉を言った。

「もしかしてそれが、津城さんの狙《ねら》いだったわけじゃないでしょうね」

津城は平然と大杉を見た。

「あえて否定はしませんよ」

大杉は津城をつくづくと眺めた。

上背《うわぜい》はないが、がっちりした体格のこの男の、どこにそのような冷徹な神経が潜《ひそ》んでいるのかといぶかる。目的のためには手段を選ばない人間がいるとすれば、津城こそその男だと思った。

気持ちを落ち着けて言う。

「この前津城さんは、倉木警視の状態を常に監視できる態勢を取ると、そんなことを言いましたね。そしてその方法については、任せてほしいと。だったら一つ、聞かせてもらいましょうか。彼が今どういう状態におかれているのか」

津城の目がわずかに動いた。

「彼は無事ですよ」

「まだ生きているという意味ですか」

「それも含めてね」

大杉は口をつぐんだ。鼻のあたりを殴りつけてやりたい気分になる。

どうにかそれをやり過ごし、矛先《ほこさき》を変えた。

「倉木警視のことはともかく、明星君の強制収容にはなんの法的根拠もありません。文字どおり逮捕監禁罪が成立します。とにかく急いで釈放の手立てを講じてください」

「明日にはなんとかできるでしょう」

「明日では遅すぎます。あれは明らかに犯罪だ。監察官として黙って見過ごすつもりですか。稜徳会の院長と栗山を即刻逮捕すべきです」

「彼らを逮捕しても、なんの解決にもなりませんよ」

大杉は息を吸った。

「わたしは今朝、彼女が監禁されていると聞いて、扉を蹴破りそうになる自分を抑えるのに苦労しました。あそこで騒ぎを起こせば、栗山がやって来ると分かっていたから、どうにかがまんしたんです。わたしがやつの手に落ちたら、それこそこの一件は闇《やみ》から闇へ葬られてしまう。だから娘のことでも、自分を抑えました。しかしもう待つのにはあきてしまった。自分でなんとかしないと、おさまりそうにもありません」

津城はテーブルに手を組み、じっと大杉を見つめた。大杉も負けずに見返した。

津城は軽く肩をすくめた。

「無謀な行動は慎んでいただきたいですな」

大杉はいらだった。

「いいですか、もう鍋は煮え立ってるんです。わたしはあの二人が好きだ。どうあっても助け出したい。津城さんの仕事は、警察にとっては重要かもしれないが、今のわたしにとってはなんの意味もない」

「しかしこの一年、わたしの陰のアシスタントを務めてくれたじゃないですか」

大杉は溜め息をついた。

「なぜそんなことをしたのか、自分でも分かりませんよ。津城さんの人柄に引かれたからとでも言っておきますかね。たぶん倉木警視もそうだったでしょう。津城さんには、どうもうまく説明できないが、何か吸引力のようなものがある。こうしろと言われると、抵抗できない不思議な力がある。善悪を越えた力がね。ですがその神通力ももう終わりです。今からわたしは、自分の好きなようにやらせてもらいます。たとえそれで警察を追われることになってもね」

津城はコーヒーを飲み、また公園の木立に目を向けた。しばらくそうしていたが、急に大杉に視線をもどして言った。

「話は変わりますが、明星君のマンションから原稿が盗まれたそうですね」

大杉はストローをひねくり回した。

「ええ。どうせ当人から聞いたんでしょう。あれだけ追いつめられても、おしゃべりだけは治ってないようだ」

「そしてあなたは、それを森原一派の仕業ではなくて、新谷のやったことではないかと指摘したそうですね」

「そうです、森原はすでに、あの原稿のコピーを手に入れてるんです。そうじゃありませんか」

「まあね。それからあなたの意見によれば、稜徳会の小山副院長の自殺も、新谷の仕業ということでしたね」

「そのとおりです」

「そうした一連の事件が、新谷の仕業だという根拠があるんですか。単なる想像でなしにですが」

「ありません。しかしわたしは二度、当の新谷をつかまえそこねてるんです」

津城は眉をひそめた。

「つかまえそこねた。二度もですか」

大杉は薄笑いを浮かべた。

「宗田吉国や李春元のことはご存じでしょう。わたしからはお話ししてませんが、たぶん彼女から聞いたはずです」

津城は苦笑した。

「ええ。李春元は死にましたね。まだ犯人の目星はついていないようだが」

「わたしがこの目で見たかぎりでは、やったのは新谷か、新谷によく似た男でした」

津城の眉が動いた。目に驚きの色が浮かぶ。

「見た。現場を目撃したんですか」

大杉はわざとうれしそうに笑った。

「まだご存じないことがあるとは、夢にも思いませんでしたよ」

津城は鼻をつるりとなでた。

「いや、これはどうも、恐れ入りました。とにかく聞かせてもらえませんか」

そこで大杉は、そのときの状況をこと細かに説明した。一足違いで新谷らしい男に逃げられたことも伝える。

「新聞にも出ましたが、李春元はある種の毒物を注入されたようでした。北が開発した、新しい殺人器具でしょう」

津城は腕を組み、下唇を突き出してしばらく考えていた。それからまたテーブルに乗り出した。

「なるほど、それで二度めに逃げられたのはいつですか」

「今日の午前中です。朝方稜徳会で宗田をつかまえましてね。新谷の隠れがに案内させたんです。宗田は田無にマンションを借りて、そこに新谷をかくまっていたわけです。もっともわたしたちが行ったときには、だれもいなかった。室内を徹底的に調べましたが、何も出てきませんでした。わたしの勘では、やつはもう二度とあそこにもどらないと思います」

「その男が新谷かどうか、確かめる手がかりはありませんでしたか」

大杉はポケットに手を入れ、ハンカチで包んだライターを取り出した。

「これが遺留品の一つです。もしかすると指紋が検出されるかもしれない。新谷和彦の指紋は、確か記録されていましたね」

津城は目を輝かせた。食い入るようにライターを見つめる。

「もちろん。これはいいものが手にはいった。指紋さえ検出できれば、新谷かどうか一発で分かりますからね」

「わたしがちらっと見た感じでは、かなり似ているように思えましたがね。体つきなんかそっくりでした。しかし断言はできません」

「北ではかなり整形の技術が進んでいるといいます。新谷が顔を変えてもどった可能性もないではない。しかし指紋だけは変えるわけにはいきませんからね」

「ただ気になるのは、その男が自ら新谷和彦と名乗っていた、という点なんです。もし本物の新谷なら、本名は使わないいんじゃないかと思うんですがね」

津城は唇を引き締めて考えた。

「なるほど。しかし彼は北へ渡ったために、稜徳会事件のことを知らないとも考えられる。だとすれば、彼は自分を始末しようとした豊明興業だけ警戒すればいいわけで、警察に対してはかえって本名を使った方が安全だと判断したかもしれない」

大杉は何も言わなかった。津城の説明にも一理あったが、まだ釈然としないものが残った。

津城が続ける。

「ところで、その後始末はどうしました」

「田無中央署の警備課に連絡して、しばらくマンションに張り込むように手配しました。本庁の外事課にも連絡が行ってるでしょう」

「宗田は」

「同署に自首させました。ＫＣＩＡの手に落ちるよりはましですから」

「すると新谷の名前も新聞に出ますね」

「いや、新谷がマンションへもどることもありうるので、当分マスコミには漏れないようにしました。つまり張り込みが続く間、宗田は見張りつきで自宅へもどされるはずです。新谷から連絡がはいるかもしれないし。わたしは無駄だと思いますがね」

津城はまた腕を組み、考え込んだ。

大杉は椅子を後ろへ引いた。

「今夜十時まで待ちます。それまでに明星君を釈放するよう、関係先に働きかけてください。わたしの最初で最後のお願いです」

津城は目を上げた。

「稜徳会の理事長をしている、桐生正隆という男を知っていますか」

突然関係のない話を持ち出され、大杉は気分を害した。

「名前は聞いたことがあります。それより返事はどうなんですか」

「できるだけやってみましょう。ところでその桐生ですが、実際に稜徳会を切り回しているのは梶村院長ではなく、この男なんです。稜徳会やその子会社だけでなく、あちこちでいろんな事業に首を突っ込んで、巨額の金を蓄《たくわ》えています」

津城が勝手にしゃべるのを、大杉は聞くともなく聞いていた。

桐生正隆。

その名前は大円塾の塾長の口からも聞かされた。塾の出資者の一人だと言っていた。

津城がしゃべり続ける。

「桐生はいわゆる財界の黒幕ですが、ただの黒幕ではない。森原研吾と深いつながりがあるのです」

森原の名を聞いて、ちょっと関心を引かれた。

「どんなつながりですか」

津城は一呼吸おいて言った。

「桐生は森原の異母弟なんです」

「いぼてい」

大杉はとっさに意味をつかみかねて、聞き返した。津城は重おもしくうなずいた。

「そう。つまり桐生は森原の腹違いの弟というわけです」

「なるほど、異母弟ですか。それは知りませんでした」

「知っている人はほとんどいません。桐生は森原の父親研一郎が、妻の妹に生ませた子供でしてね。妻というのは明治の元勲、西大路公爵の孫娘です。西大路家はまだ存続しているし、一族の間ではこの一件は最大のタブーになっているのです」

大杉はいらいらして口をはさんだ。

「要するに何をおっしゃりたいんですか」

「桐生は実質的に森原の政治生命を支える、最大の存在といってよい。森原は政治資金の大半を桐生コンツェルンに頼っています。また汚い仕事は全部、桐生に処理させます。稜徳会病院はそのための重要な舞台になっているわけです」

「だからどうしたというんですか。わたしはそういう話には興味がない。そんなことより、倉木警視と明星巡査部長を助けることを考えてください。その相談ならいくらでも聞きますよ」

「もう分かったでしょう。稜徳会の膿《うみ》を明るみに出せば、桐生を叩くことができる。桐生を叩けば、結果的に森原に致命傷を与えることができる。それがわたしの狙いです」

大杉はかっとなり、声を荒らげた。

「あの二人は、そのための人身御供《ひとみごくう》だったというんですか」

「そういう見方もできるが、少なくとも倉木君はそれを承知で、稜徳会へ収容される道を選びました。彼は肉を切らせて骨を断つ覚悟を決めたのです」

大杉は呆然《ぼうぜん》として津城を見つめた。

倉木が自らそれを望んだというのか。そんなばかな。それでは美希の立場はどうなるのだ。おれの立場はどうなるのだ。

大杉はゆっくりと立ち上がった。

「これ以上聞きたくありません。体が腐ってきそうだ。いいですか、もう一度だけ言いますよ。今夜十時までに、明星君を自由の身にしてやってください。そして彼女からわたしに電話させてください、大久保署にいますから。もし十時までに連絡がないときは、わたしは自分で彼女を救出しに行きます。運がよければ、倉木警視も助け出せるでしょう。これははったりでもなんでもない。わたしはやると言ったらやる」

そう言い捨てて、出口へ向かった。

―― 7 ――

彼は目を開いた。

孤狼岬の突端から、暗い海へ向かって落ちて行く、自分の姿が見える。耳を切る風の記憶が、まざまざとよみがえる。口をついて出た自分の悲鳴が、いまだに耳にこびりついている。

豊明興業の赤井と木谷。あの二人に殺されかけた怒り、二人に叩きのめされ、宙へ投げ出された怒りを、彼は一日として忘れたことがない。

途中で一度木の枝にぶつかり、それで意識がもどったのだ。落下しながら、無意識のうちに飛び込みの姿勢をとったのは、学生のころにやった飛び板飛び込みのおかげに違いない。断崖《だんがい》の高さがどれだけあったか分からないが、伸ばした指先から垂直に海面へ突っ込むことができたのは、ほとんど奇跡といってもよかった。少しでも角度がずれていたら、体はコンクリートに叩きつけられたのと同じで、ひとたまりもなく破砕されていたはずだ。

それにしても、あのとき体に受けた衝撃は、言語に絶するものだった。軌道を飛び出したジェットコースターが、地獄の底へ突っ込んだような、凄《すさ》まじいショックだった。意識を失ったのも無理はない。

気がついたときには、彼はもう北の工作船の上にいた。とめどもなく水を吐き、しばらくは耳が聞こえなかった。

彼は唾を飲み、天井を睨んだ。

生き延びようと思えば、北のスパイになることを承知するほかなかった。助けられた恩義のためではない。もちろん主義主張のためでもない。とにかく生きて日本へ帰りたい。そのためならどんなことでもするつもりだった。だからこそ半年後、命じられるままに整形手術も受けたのだ。

北での訓練はきつかった。

暗号の組み方。無線機の組み立て方、操作法。隠しインキの製造法。武器の使い方。変装術。過酷なサバイバル・ゲーム。そして殺人の教練。肉体的にも精神的にも、ぎりぎりのところまで鍛えられた。あれに耐えることができたのは、いつかかならず日本へもどるという執念があったからこそだ。

あれは北へ渡ってから、どれくらいたったころだろうか。

招待所と呼ばれるスパイ訓練所で、たまたま放置されていた何か月か前の月遅れではいってくる日本の新聞を見た。そこに『警察庁、稜徳会事件の捜査を打ち切り』という見出しの、とてつもない記事が出ていた。稜徳会で発生した大量殺人事件の、後始末に関する記事だった。

それを読んだあと、立ち直るのにしばらく時間がかかった。弟が稜徳会で五人の人間を殺し、そのあと公安の警視若松忠久に射殺されたというのだ。記事の中では《身元不詳の〝殺人請負業者〟A》という表現になっていたが、それが弟を指していることは前後の事情から一目瞭然だった。

弟が死んだ。

彼は新聞を握り締めたまま、しばらく放心状態でいた。弟の死を認めるのはつらいことだった。いや、この目で死体を見ぬうちは、信じたくない気持ちだった。

記事によれば、弟を射殺した若松も、Bという刑事に撃ち殺されたことになっている。そのほかに三人の刑事が現場に居合わせたらしいが、いずれもC・D・Eとあるだけで本名は明らかにされていない。

彼は稜徳会事件にいたる少し前、若松忠久からフリーライターの筧《かけひ》俊三《しゅんぞう》を殺す仕事を請け負った。そしていつものように、それを弟にやらせた。

筧が爆死したというニュースをテレビで見たとき、弟が爆弾を使ったことに強い違和感を覚えた。千枚通しを使って息の根を止めるのが、それまでの弟のパターンだったからだ。しかしその疑問を確かめないうちに、彼は赤井たちに連れ出され、孤狼岬から突き落とされてしまったのだった。

もっともこうしたことは、北の連中には一切しゃべっていない。連中がいくら調べても、彼や弟と稜徳会事件を結びつけることはできないだろう。その間の証拠は何も残していないし、新聞には名前も詳しいことも一切載っていないのだから。

助けられたとき身につけていた名刺から、彼は名前や勤務先を知られてしまった。調べられれば分かることだと思い、本籍や現住所も正直に教えた。ただし海に落ちたことについては、売上金の使い込みがばれて追いつめられ、自殺しようとしたのだと嘘《うそ》をついた。身寄りは弟が一人いるだけで、その弟も長い間消息不明だということにしてある。

だからこそ北の連中も、彼をスパイとして再生させようという気になったのだ。

それはさておき、問題の新聞報道は曖昧《あいまい》なだけでなく、どこかいかがわしいものを感じさせた。記事そのものも、公安警察に対する不信を訴えている。警察はどうやら真実を発表していないようだ。この上は、どんな手段を講じてでも日本へもどり、事件の真相を探らなければならない。

そう決心したのだった。

日本へもどったあとひそかに調べてみると、野本辰雄ら当時の豊明興業の幹部はほとんど姿を消していた。新聞に報じられたとおり、彼らは弟に始末されてしまったのだ。弟は自分が命を落とす前に、すべてをきれいにして行ったらしい。ごく一部の例外を除いて。

事件の真相に迫るために、彼はまず稜徳会の小山副院長を締め上げた。事件の裏にあるものを知るかぎり白状させ、同時に新聞報道で伏せられていた四人の警察官の名前も聞き出した。小山を自殺に見せかけて始末するのは、北で訓練を受けた彼にはたやすいことだった。

小山から聞き出した警察官の名前を、電話帳で調べた。大杉良太の名前しか見つからなかった。大杉の家は安普請《やすぶしん》の木造家屋で、侵入するのは簡単だったが、そのかわり収穫もなかった。

大杉を尾行したとき、明星美希らしい女と接触する現場にぶつかった。そのあと女をつけ、調布のマンションの郵便受けでそれが美希であることを確認した。

不在を狙って、美希の部屋に侵入した彼は、そこで予想外の貴重な証拠を手に入れた。それは稜徳会事件の全貌《ぜんぼう》を伝える、衝撃的な内容の原稿だった。構成や筆の運びから判断すると、それを書いたのは若松を射殺した倉木尚武らしい。

その原稿を読んで、筧を爆殺したのは案の定弟ではないことが分かった。爆発事件の真相は、想像を絶するものだった。

彼を陰で操っていた若松もまた、別の人間のために働いていたこと、さらにその黒幕として政界の大物がついていたことなど、そこに暴露された事実は、彼を驚倒させるのに十分だった。

その結果彼に残された弟の仇《かたき》は、法務大臣・森原研吾のほかにいないという結論に達した。すべての事件が森原のために展開したとすれば、森原こそ弟の最終的な、真の意味での仇と考えなければならない。あまりにも遠く、高い存在であるためにぴんと来ないが、決着をつけるのに躊躇《ちゅうちょ》はしない。

彼はむくりとベッドから起きた。

洗面台へ行き、剃刀《かみそり》を取り上げる。親指の腹で切れ味を試す。いや、まだ早い。もう一仕事残っている。

鏡をのぞいた。

なるほど北の整形外科医はいい腕をしている。これなら弟の素顔を見た者も、おれを兄とは見分けられまい。

百舌《もず》。

それは彼が弟につけたコードネームだった。弟に異常が発現したとき、彼自身もまた弟の影となって生きる決心をした。彼の人生は弟のためにあり、弟の人生は彼のためにあった。それは単に血を分けた兄弟だからではない。もっと次元の高いものだった。弟と彼とはいわば《一心異体》の関係にあったのだ。

百舌。口に出してそうつぶやく。弟を失った今、その名を使う人間は自分しかいない。
そうだ。
今やおれが百舌なのだ。

# 第五章

## 1

稜徳会病院の理事長桐生正隆は、看護士の篠崎がドアの鍵をあけるのを待ち、後ろに立つ異母兄を見返った。

「さあ、どうぞ」

法務大臣の森原研吾は鷹揚《おうよう》にうなずき、先に立って病室にはいった。六十半ばにしては上背があり、がっちりした体格をしている。グレイに黒の縦縞《たてじま》のスーツが、胸のあたりではち切れそうだった。

二人のあとに、院長の梶村文雄と南多摩署長の栗山専一が続く。栗山は私服だった。

桐生は森原と並んで立ち、ベッドに横たわる男を見下ろした。男の頭には包帯が巻かれ、側頭部に血がにじみ出ているのが見える。

「これが倉木尚武です」

桐生は人前であろうと二人きりであろうと、森原に対して親しい口をきかないようにしている。父親が同じであることを知るのは、ごく限られた身内だけでいい。

森原が太い声で言う。

「この男か」

短い言葉に、かすかな不快感がこもっていた。

「そうです、この男です」

森原は珍しい鳥の剝製《はくせい》でも見るように、つくづくと倉木を眺め下ろした。

「この程度のアフターケアでいいのか」

梶村がわきから恐る恐る口を開いた。

「千木良に——主任看護士に面倒を見るように命じてありますから、ご心配にはおよびません」

「その男はどこにいるのかね」

梶村は眼鏡に手をやり、喉《のど》を動かした。

「今日はちょっと休みを取りまして、失礼しております」

桐生は梶村をじろりと見た。

「こんなときに主任看護士を休ませるとは、少々配慮に欠けはしないかね」

「申し訳ありません」

梶村は頭を下げ、額をこすった。

倉木が小さく声を漏《も》らした。うっすらと目をあける。まぶしそうに瞬《まばた》きを繰り返し、力のない視線を周囲に巡らした。

桐生も森原もかたずを飲んで倉木を見守った。

梶村がのぞき込む。

「目が覚めたようだな。気分はどうだね」

倉木は溜《た》め息《いき》をついた。

「悪い。ひどく悪い」

桐生は森原を示した。

「この人がだれだか分かるかね」

倉木は森原に目を向け、長い間考えていた。

やがて無感動な口調で言う。

「森原法務大臣」

桐生は小さく息をついた。

「そうだ、森原法務大臣だ。きみは大臣に何か含むところがあると聞いたが、説明してもらえるかね」

また長い沈黙、溜め息。

「あるかもしれないが、どうでもいい。頭が痛い。少し眠らせてくれ」

森原は梶村を見返った。

「見たところ普通と変わらないようだね」

梶村より先に桐生が答える。

「一見して頭がおかしいことが分かるようだと、ロボトミーは失敗したことになります。あくまで情動面にだけ影響を与えるのが目的ですから。この男から、騒ぎを起こそうという意欲さえ奪ってしまえば、それでいいわけです」

梶村は無理に笑った。

「そう、そういうことです。手術は過不足なく成功しました。この男は二度と面倒を引き起こすことはないでしょう。その点はわたしが請け合います」

桐生もうなずいた。

「念のため最低でも一年、ここで様子をみることにします。まったく心配がなくなるまで、娑婆《しゃば》へ出すつもりはありません」

ベッドの裾《すそ》の方から、栗山が口をはさんだ。

「自分もできる限りケアするつもりです。配下の者を定期的に巡回させます。警察筋からいろいろと雑音がはいるかもしれませんが、それは全部自分がさばきます」

森原は頼もしそうに栗山を見た。

「南多摩署長のあとは、本庁へ上がって課長職だな。それからすぐに部長職だ」

栗山は顔を赤くした。

「恐れ入ります」

倉木が弱よわしくうめいた。

「ロボトミーをしたのか」

桐生はかがみ込んだ。

「そうだ、ロボトミーをしたんだ。これからはきみは無用な騒ぎを起こすこともないし、自分や他人に危害を加える心配もない。髪が生《は》え揃《そろ》うころには、心身ともに壮快になっているだろう。保証するよ」

倉木は深く溜め息をつき、目を閉じた。ほどなくその口から、寝息が漏れ始める。

森原は桐生を見た。

「ところで、もう一人いるそうだね。なんとかいう女の刑事が」

「ええ、明星美希という公安の刑事です」

「その女にも会えるかね」

桐生は首を振った。

「おやめになった方がいいでしょう。彼女はこの男の手術現場を目撃して、いささか精神に錯乱をきたしております。しかし正気は正気ですから、こんな場所で大臣と顔を突き合わせたとなると、あとあと何を言い出すかわかりません。危険は避けるべきです。ここへお運びいただいたこと自体、かなり危険を冒しているわけですし、倉木を一目見たということで満足していただかないと」

森原は苦笑した。

「それもそうだな。ところでその女にもロボトミーを施した方がいいと思うか」

「さあ、それはどうでしょうか。やれとおっしゃればやりますが、相手は女ですし、ほかにも口を封じる手はあると思います。ロボトミーを二つも三つもやれば、いくらなんでも目立ちますからね」

森原は唇をへの字に結び、二度うなずいた。それからふと思い出したように言った。

「あと一人、大久保署の大杉はどうした。あれもなかなか扱いにくい男だと聞いたが」

桐生は薄笑いを浮かべた。

「大杉の処置はお任せください。あの男は猪突猛進型《ちょとつもうしん》ですから、罠《わな》を張るのは簡単です。ここへ潜《もぐ》り込んで来たら、いくらでも面倒をみてやります」

栗山が後押しをする。

「そのとおりです。住居侵入でもいいし、強盗未遂、あるいは暴行傷害でもいい。適当な罪名をつけてぶち込んでやります。非常手段として、正当防衛あるいは過剰防衛の名目で、きっちり始末することも可能です」

桐生は森原の肘《ひじ》に触れ、戸口を示した。

「さあ、奥のサロンへ移りませんか。酒の用意もありますし、少しくつろいでいただきたいですな」

森原は満足そうにうなずき、ドアに向かった。

梶村が篠崎に鍵束《かぎたば》を投げ渡して言う。

「よく見張るんだぞ。古江が来ても、おまえは引き上げてはいかん。一緒に番をするんだ。分かったな」

篠崎はぺこぺこと頭を下げた。

大杉良太は雑木林に車を乗り入れ、エンジンを切った。

日暮れ前に借りておいたワゴン車だった。荷台は広く、人間が二人横になることができる。倉木尚武と明星美希を、どういう状態で連れ出すことになるか、まったく見当がつかない。痛めつけられているおそれも強いが、せめて自分の足で歩ける程度の衰弱であってほしいと思う。

ぎりぎり十時まで待ったが、美希からの電話はなかった。津城俊輔が関係先に働きかけなかったとは思いたくないが、どちらにしても美希は約束の時間までに解放されなかったのだ。それで肚《はら》は決まった。大杉は津城に確認の電話も入れなかった。美希から連絡がなかった場合どうするかは、すでに伝えてある。

稜徳会病院の正門は、がっしりした木の大戸に守られていた。乗り越えるには脚立《きゃたつ》かはしごがいる。両側に延びるレンガ塀《べい》はさらに高い。実際に美希がその上から飛び下りたとすれば、足を折らなかったのが不思議なくらいの高さだった。

大戸の左下に小さなくぐり戸があり、四角い木の取っ手がついている。これをこじあけるのがいちばん手っ取り早そうだ。工具入れから持ち出したバールを、ズボンの腰から引き抜いた。

くぐり戸の取っ手を動かす。試みに押してみると、戸はあっけなく開いた。

拍子抜けした大杉は、そのまま五秒ほど様子をうかがった。破る必要がなくなったのはありがたいが、鍵がかかっていないことに警戒心が働く。

思い切って中にはいる。

何も起こらなかった。大杉はバールをズボンに差し込み、建物の方角に歩き始めた。これが罠なら罠でもよい。覚悟はできている。

自分に万一のことがあった場合は、『サタデー』の日下茂のもとに、ある手紙が届くように手配してきた。その手紙にすべてのいきさつが書いてある。それを読めば、日下も弔《とむら》い合戦《がっせん》をする気になってくれるだろう。

水銀灯の光と砂利道を避け、木立の中を歩いた。まもなく十一時になる。古江は来ているだろうか。確率はせいぜい二割と踏む。

駐車場には人影がなかった。遠い水銀灯の光で腕時計を見る。十一時二分過ぎだった。もし古江に来る気があれば、もう来ていなければならない。姿が見えないということは、来る気がないということだろう。やはりあてにはできなかった。こうなったら自分でやるしかない。

別棟に向かって歩き出そうとしたとき、すぐそばの車の間からだれかが立ち上がった。

反射的に身構える。

古江だった。

大杉はほっと力を抜いた。思わず笑い出したくなる。確率二割の勝負に勝ったことに、妙な感動を覚えた。

「鍵は持って来てくれたか」

声をかけると、古江はそばへやって来た。相変わらず白い上っ張りを着ている。輪になった鍵束を大杉に差し出す。

「この大きいやつが、地下二階の扉の鍵です。別棟から中央病棟へ向かう途中に、下り口があります。それからこの小さいやつが、特別室の鍵です。二号室と七号室に閉じ込められています」

大杉は鍵束を受け取った。念のため確認する。

「あれから変わったことはないか」

「ありません」

やはりそうか。津城はどうやら何も手を打たなかったらしい。空《むな》しい怒りが込み上げてくる。

気を取り直して尋ねた。

「千木良はどうした」

「まだ帰って来ません。連絡もありません。この鍵は主任の部屋から持ってきました」

古江の口調はそっけなかった。何の感情もこもっていないように聞こえる。

大杉は鍵を見下ろし、それから古江を見た。

「八割がた来ないと思った」

古江は肩をすくめただけで、答えなかった。

「正門のくぐり戸があいていた。いつもあいてるのか」

「いいえ。わたしがあけておいたんです」

「そうか。罠じゃないかと思ったよ。まだその危険がなくなったわけじゃないがね」

古江は固い笑いを浮かべた。

「危険のない賭《か》けなんてありませんよ。来てください」

先に立って別棟へ向かう。

別の鍵を取り出して、旭興産の事務所のガラス戸をあけた。

「ここをあけておきます」

「地下二階には、だれか見張りがいるのか」

「わたしがいなければ、だれもいないはずです。ただ千木良主任が不在なので、梶村院長は篠崎に何か指示しているかもしれません」

「だれだ、その篠崎というのは」

「看護士です。パンチパーマをかけた、粗暴な男です。腕力がありますから、気をつけた方がいいですよ」

「ほかには」

「南多摩署の刑事がときどき様子を見に来ますが、まあこんな時間には来ないでしょう」

「なんという刑事だ」

「栗山署長もたまに来ますが、ふだんは水島とか坪内とかいった連中です。水島は今日も来ました」

水島か。昨日南多摩署で会ったばかりだ。どうやらあの男は、栗山の手先を務めているらしい。坪内という名前には記憶がなかった。

大杉は古江を見た。

「どうだ、ここまできたらいっそ、もう一踏ん張りする気はないか。おれに腕を貸して、二人を助け出すんだ」

古江は首を振った。

「そこまではできません。もう宿舎へもどらないと。悪く思わないでください」

大杉はうなずいた。

「いいんだ。ありがとう、礼を言うよ。病院を変わる話、まじめに考えた方がいいぞ」

古江の後ろ姿が見えなくなると、大杉は静かに廊下へ忍び入った。

## 2

明星美希は目を開いた。

天井の裸電球がまぶしい。体中の力が抜けている。何をする気力もなかった。あれからどれだけ時間がたったか分からない。

倉木の頭から吹き出した血が、自分の目に注ぎ込まれるような錯覚を覚える。恐ろしい光景だった。あれは実際に起きたことなのだろうか。夢ではなかったのだろうか。ああ、夢であってほしい。夢であったら、この身を悪魔に捧《ささ》げることもいとわない。

しかしあれは夢ではない。自分が今、こうして拘禁服に閉じ込められているのと同じように、あれもまた夢ではない。現実に倉木の身に起こったことなのだ。いくらあがいても、もはやどうしようもなかった。一度ロボトミーをされた人間は、二度ともとへはもどらないのだった。

美希は絆創膏《ばんそうこう》の下で歯を食い縛った。熱い涙が目尻《めじり》を伝い、耳に流れ込む。こらえようとしても、嗚咽《おえつ》が漏れてしまう。いくら泣いても涙が涸《か》れないことが、死ぬほどつらかった。

突然ドアの鍵が鳴った。

はっとして首を起こす。看護士の篠崎が目を輝かせてはいって来た。

「どうだ、気分は」

にたにたしながらそばへ寄って来る。美希は体を固くした。全身にぞっとおぞけが立つ。

篠崎は拘禁服の腰のあたりを見て、頰《ほお》をふくらませた。

「なんだ、漏らしてるのか。おれにトイレに連れて行かれるのが、そんなにいやなのかよ」

美希は顔をそむけた。こんな男にみられながら用を足すくらいなら、垂れ流した方がよほどましだった。

篠崎はいやらしい笑いを浮かべた。

「まあいいさ。おれがこれからいい気分にさせてやるからな。いくら突っ張っても、体は正直なもんだ。最後にゃ反応してくるさ」

そう言いながら、拘禁服の足の付け根のあたりを探りに来る。

美希は目を閉じた。好きにするがいい。抵抗する気力はとうに失《う》せている。それに今さら抵抗する意味もなかった。だれに犯されようと、それを気に病む人間はもういない。倉木が頭に穴をあけられたあとでは。

「ここはいくら大声を出しても、外へ聞こえる心配はねえんだ。だから絆創膏を取ってやってもいいんだが、うっかりキスしにいって、嚙《か》みつかれでもしたらことだからな。やっぱりやめとくことにするよ」

そんなことをぶつぶつ言いながら、胸の前で交差した美希の腕の下に、手を差し入れてきた。拘禁服のジッパーをゆっくりと腰まで引き下す。内側にこもっていた体温が逃げ、美希はかすかに身震《みぶる》いした。

「どうした、おとなしいじゃねえか。一緒に楽しむ気分になったのかよ」

篠崎はジッパーを搔《か》き分け、パジャマの裾を引き出した。裸の腹に冷たい空気を感じて、美希は唇の裏を噛み締めた。

篠崎は腹に顔を押しつけた。ひとしきりなめ回し、感に堪えたように言う。

「くそ、しょんべん臭くて、そいつがまたたまらねえ」

美希は両腕を体に引きつけた。おぞましい感触に、鳥肌が立つ。しかしそれもすぐに気にならなくなった。自分が人形になればいいのだ。

篠崎が顔を起こし、一歩下がった。

白い上っ張りをたくし上げ、ベルトを緩めて、ズボンを脱ぐ。プールにはいる子供のように、うれしそうな表情だった。美希の冷たい視線を受けても、いっこう気にする様子はない。根っからのけだものなのだ。

美希は目を閉じ、壁の方に顔をそむけた。大きくベッドが揺れる。篠崎が美希の体にのしかかり、膝《ひざ》の間に割り込んできた。両手でパジャマのズボンをずり下ろそうとする。拘禁服がじゃまをして、なかなかうまくいかない。

「くそ」

篠崎は罵《ののし》り、拘禁服の脚の部分を押し広げた。改めてパジャマに手をかける。パジャマのズボンが、下着と一緒に引き下ろされた。げびた笑いが篠崎の口から漏れる。

美希は奥歯を噛み締めた。さあ、さっさとやるがいい、このけだものめ。

重い衝撃が体を走った。悲鳴が耳を打つ。

美希は目をあけた。篠崎がベッドから転げ落ち、床をのたうち回るのが見える。その上にだれかがかがみ込んで、篠崎を打ち据えている。

大杉良太だった。

美希はそれをぼんやりと眺めていた。大杉が助けに来てくれた。自分の目が信じられない。これは実際の出来事だろうか。それとも昔見た、映画のシーンを思い出しているだけだろうか。

大杉が体を起こした。肩で息をしながら、ちらりと美希を見る。

美希は現実に引きもどされ、急いで体をよじった。恥ずかしさにかっと頰が熱くなる。

大杉は何も見なかったような顔をして上着を脱ぎ、美希の腰のあたりにかけた。

「服はないのか」

美希は目で部屋の隅のロッカーを示した。

大杉はそこから服と靴を探し出し、ベッドの上に置いた。

絆創膏をていねいにはがす。

「話はいいから、急いで支度しろ」

手足を固定する拘禁服のベルトを、手早くはずす。はずし終わると、大杉は何も言わずにドアの方を向いて立った。

美希は拘禁服から抜け出し、急いで紺のスーツを身につけた。手足がしびれて自由に動かず、意外に時間がかかる。

くなる。

靴をはいて床に立った。少しふらついたが、歩くことはできそうだ。足元に下半身裸のまま、頭を血だらけにした篠崎が横たわっていた。それを見てもう少しで蹴飛《けと》ばしたくなる。

「もたもたするな」

大杉が肩越しに言う。

「すみません」

美希は急いでそばへ行き、上着を差し出した。大杉が助けに来てくれたことが、今さらのようにうれしかった。

《いつかはきっと来てくれると思ったの》

そう言った大杉めぐみの言葉が、自分の言葉のように耳にこだまする。

大杉は上着を着ると、低い声で言った。

「倉木を連れて行く。この先の七号室にいるはずだ」

美希はそれを押しとどめた。胸がつぶれそうになる。

「彼を見ても驚かないでください」

大杉は初めて美希の目を見た。

「どういう意味だ」

「わたしたちが静観している間に、あいつらが何をしたと思いますか。あの人にロボトミーをしたのよ」

大杉はあんぐりと口をあけた。

「なんだと。ロボトミーだと」

「そうです。この目で見たんです。手術室の窓から」

耐えきれずに下を向く。焦《こ》げつくような沈黙があたりを包んだ。

やがて大杉が、絞り出すように言った。

「連中は、そこまでやったのか」

美希は顔を上げた。

「そうです。いくら悔《く》やんでも、もう取り返しがつかないわ。あの人はもう、前のあの人じゃない。違う人になってしまったんです」

それ以上がまんできず、美希は両手で顔をおおった。どっと涙があふれる。

「なんてことを」

大杉はうめいた。左腕を美希の肩に回し、体を支える。その手に異常な力がこもっていた。怒りに震えているのが分かる。

すぐに大杉は美希を押し離し、ズボンに差し込んだバールと鍵束を引き抜いた。

「とにかく助け出すのが先決だ。このおとしまえはあとでゆっくりつけてやる。さあ、行くんだ」

大杉の声に励まされ、美希は涙をふいた。

あとについて廊下へ忍び出る。こんなところでめそめそしていても始まらない。大杉の言うとおり、倉木を連れて脱出するのが先だ。

手術室の前を過ぎ、七号室まで行く。

鍵をあけて中へはいった。頭を包帯で巻かれた倉木の姿が、目に飛び込んでくる。包帯には血がにじんでいた。

美希は新たなショックを受け、ベッドに駆け寄った。倉木のからだにすがりつき、我を忘れて名を呼ぶ。

「尚武さん。尚武さん。あなた。目を覚まして」

倉木が目をあけた。

ぼんやりと視線を宙にさまよわせる。ようやく焦点が定まると、不思議そうな目で二人を交互に見た。

「しっかりして。逃げるのよ」

美希が励ます。倉木は無反応だった。

「ひどいことをしやがる」

大杉は吐き出すように言い、シーツをはいだ。一回り小さくなった倉木の体は、汚いトレーナーの上下に包まれていた。

大杉は美希を押しのけた。倉木に命令口調で言う。

「少しの間がまんするんだ。口をきくんじゃない」

バールを美希に渡すと、倉木の体を肩にかつぎ上げた。できるだけ振動を与えないように、静かに部屋を出て行く。美希はバールを握り締め、あとに続いた。

もと来た方へ廊下をもどる。

手術室の前まで来たとき、すぐ先の二号室のドアが音をたてて開いた。篠崎がよろよろと出てくる。顔中血だらけだった。ズボンをはき直し、手に鉄パイプを握っている。

「このやろう」

一声わめくと、鉄パイプをかざして突進して来た。大杉は急いで倉木を下ろし、美希に預け渡した。美希は倉木を抱えたまま、床に尻餅《しりもち》をついた。必死で体を支える。

体勢を立て直す間もなく、篠崎の鉄パイプが風を巻いて大杉の頭上を襲った。

大杉は横ざまに体を倒し、かろうじてその一撃を避けた。パイプの先がコンクリートの床をえぐり、火花を散らす。篠崎はすぐに向きを変え、大杉めがけて追撃を繰り出した。大杉は鉄パイプから逃れようと、必死に床を転がり続けた。

美希は倉木の体を壁際に下ろし、バールを握って立ち上がった。パンプスを脱ぎ捨て、思い切り叫ぶ。

「このけだもの。こっちを向くんだ。あたしが相手をしてやるよ」

ぎくりとして篠崎が向き直る。

美希はバールを振りかざし、篠崎に向かって突き進んだ。篠崎は一瞬たじろいだが、すぐに鉄パイプを握り直し、美希を迎え撃とうとした。

美希は体をかがめ、バールを床に投げつけた。反射的に篠崎が飛び上がる。バールはその足元を滑り抜け、倒れている大杉のそばまで転がって行った。そのまま美希は体勢を崩した篠崎にむしゃぶりついた。血まみれの顔に爪《つめ》を立て、あらん限りの力で引きむしる。顔の皮をはいでやりたかった。

篠崎は悲鳴を上げ、美希を突き飛ばした。美希はひとたまりもなく吹っ飛び、コンクリートに仰向けざまに倒れた。強く肘を打ち、息がとまりそうになる。

意図を察した篠崎は、美希を相手にせずくるりと振り向いた。大杉が床に落ちたバールを取ろうとしている。篠崎は鉄パイプを振りかぶり、大杉めがけて打ち下ろした。

バールを取った大杉は、とっさに両端を握り締めて頭上にかざした。鉄パイプがバールに激突し、猛烈な火花が飛び散った。跳《は》ね返された鉄パイプが、篠崎の手を離れて宙に舞う。

大杉は跳ね起き、バールを篠崎のこめかみに叩《たた》きつけた。篠崎は一声叫び、コンクリートの上に転がった。

腕をぴくぴくさせていたが、それきり動かなくなった。

美希は大杉に助け起こされた。腕がしびれている。

「なかなかやるじゃないか」

荒い息を吐きながら、大杉が言う。

美希がバールを見ると、真ん中辺がくの字に折れ曲がっていた。ぞっとして大杉の顔を見直す。あれをまともに受けていたら、大杉の頭はざくろのようにつぶれていただろう。

二人は壁際の倉木のところへもどった。倉木は上体を壁にもたせかけ、ぐったりとしていた。頭が一方へかしいでいる。

大杉は倉木の肩に手をかけた。

「さあ、行こう」

そのとき背後で声がした。

「そこまでだ、大杉警部補」

驚いて振り向く。

どこから出てきたのか、そこに南多摩署の栗山署長と水島警部補が立っていた。

栗山がしかつめらしい顔をして言う。

「住居侵入と殺人未遂の現行犯で逮捕する。おとなしくした方が身のためだぞ」

二人の手の中には、拳銃《けんじゅう》があった。

3

梶村文雄はそわそわと足を組み直した。

「大丈夫でしょうか、あの二人は」

桐生正隆は梶村を見て鼻を鳴らした。この男は、経営の才は確かにあるが、残念ながら度胸がすわっていない。

「栗山も水島も、自分が何をしているか承知でやってるんだ。あんたのような腰抜けと違うよ」

梶村はむっとして顎を引いた。

「理事長、それはちょっとお言葉が過ぎませんか。わたしもこの一件には体を張っているつもりです。そうでなければ、現職の警察官をロボトミーなどしませんよ」

「だったらついでに、もう二人ほどやってもらおうかね」

梶村がたじろぐのを見て、桐生は腹の底から笑った。

ひそかに見張りについていた水島から、大杉良太が地下二階に侵入したと報告を受けると、梶村はすっかり落ち着きをなくした。栗山と水島がサロンを出て行ってからも、しきりに眼鏡のレンズをふいている。

桐生は森原研吾を見た。

「大臣、そろそろ奥へはいられた方がいいでしょう。二人が大杉を連れてもどって来るころです」

「そうだな。ちょっと様子を見るとするか」

森原はブランデー・グラスを持ったまま、ソファを立った。

桐生も立ち上がり、森原の背後のドアを指差した。

「そこの奥が個室になっています。そちらの声は聞こえませんが、こちらの声はスピーカーを通じて聞こえますから、じっくり聞いてみてください」

森原はうなずき、グラスと一緒に奥のドアへ消えた。

桐生はまた腰を下ろした。

この部屋はふだん使われないサロンだが、森原が来るというので、桐生が梶村に言って掃除をさせたのだった。壁面と天井にはビロードが張り巡らされ、絨毯《じゅうたん》やソファ、サイドボードなどの調度は、最初から舶来《はくらい》の上物を入れてある。広さは二十畳ほどあった。

もともとこの地下二階は、高貴な家柄に生まれ出た精神病者を収容するためのフロアで、サロンはその家族を接待するのに使われた。しかし最後の患者は六年以上も前に死亡し、現在は今度のような特殊な目的にしか使用されない。

廊下に面した樫《かし》のドアがあいた。

倉木をかついだ大杉がはいって来た。そのあとに明星美希とコート姿の水島が続き、栗山が最後に姿を現わす。

梶村は急いで立ち上がり、桐生の隣へ移って来た。大杉は四人がけのソファの端に、倉木をそっと下ろした。倉木は力なく息をつき、背もたれにもたれかかった。その隣に美希がすわり、倉木の体を支える。

大杉が美希のそばにすわると、栗山も向かいの梶村の隣に腰を下ろした。水島は拳銃を手にしたまま、ドアのわきの壁にもたれた。

栗山がだれにともなく言う。

「あの篠崎という看護士は、どうしようもないやつだな。女にちょっかいを出そうとして、大杉にやられた」

梶村は不安そうに栗山を見た。

「死んだのか」

栗山は短く笑った。

「ああいう男は、そう簡単には死にませんよ。タフなだけが取り柄の男ですからね。じゃまがはいらないように、見張りを言いつけておいた。女をこっちへ連れて来たから、今度はおとなしくしてるでしょう」

「こんなときに千木良がいてくれたら、頼りになるんだが」

梶村がぼやくのを聞いて、桐生は口をはさんだ。

「それはきみの責任だぞ、院長。肝心なときに休みなんか与えるからだ」

梶村は下を向いた。

「それがその、実を言いますと、休みを与えたわけじゃないんです。昨夜宿舎を出たきり、もどって来ないんです。行方が分からんのです」

桐生はじろりと梶村を見た。

「なんだ、無断欠勤か。それはますますきみの管理不行き届きだな」

前にすわっている大杉が口を開いた。

「内輪もめはあとにしてくれ。いったいおれたちをどうするつもりなんだ。まさか本気でおれを、住居侵入罪や殺人未遂罪で逮捕するつもりじゃないだろう。起訴されて法廷へ引き出されたら、おれは洗いざらいしゃべっちまうからな」

桐生は大杉に目を向けた。

大杉を見るのは初めてだが、いかにも頑固で鼻っ柱の強そうな男だった。これは一筋縄ではいかないという予感がする。

「大杉さん。わたしはここの理事長を務める桐生という者だ。初めまして、とあいさつしてもかまわないだろうね」

「ああ、かまわんとも。おれも会いたかったんだ。何しろ森原法相の異母弟でいらっしゃるわけだからな」

桐生はぎくりとした。

驚きと狼狽《ろうばい》で冷や汗が出る。栗山と梶村はぽかんとして、桐生と大杉を見比べた。美希も不思議そうに大杉を見ている。

桐生はことさらゆっくりとブランデーを口に含んだ。どうしてこの男はそれを知っているのだろう。

様子をうかがうために、とりあえず紋切り型の返事をする。

「何を言っているのか分からんね」

大杉はそれを予想していたように、冷笑を浮かべた。

「あんたは異母兄の森原のために、ずっとやばい仕事を引き受けてきたじゃないか。この閉鎖された病院をフルに利用してね。今度の一件もまさにそれだ。倉木にロボトミーを施すなんて、とても人間のすることじゃない。ロボトミーされるべきなのは、あんたたちの方だろう」

栗山が助け船を出した。

「物事を大所高所から見れば、倉木のロボトミーはやむをえないことだった。森原法相は日本の将来にとって、どうしても必要な人だ。今退陣してもらうわけにはいかない。森原法相にかかる期待の重さの前には、一介の警察官の人権などごみくずみたいなものだよ」

多分に森原の耳を意識した言葉だった。桐生は栗山が、異母弟云々《うんぬん》の話をそらしてくれたことで、内心ほっとした。

美希が栗山を睨《にら》みつけた。

「ごみくずですって。それじゃ、あなたがロボトミーをやらせたのね。この人でなし」

そう言ってソファを立とうとする。それを大杉がかろうじて押しとどめた。

美希の目に殺意に似たものを感じて、桐生はひやりとした。

栗山もちょっとたじろいだようだった。しかしすぐに平静を装って言い返す。

「まあ、そういうことだ。もっとも最初にそれを思いついたのは、水島だがね」

水島は壁にもたれたまま、居心地悪そうに拳銃をコートのポケットに突っ込んだ。

大杉が鼻で笑った。

「あんたの独断で、ロボトミーを指示できるものか。提案ぐらいはしたかもしれんが、実際に手術を命じたのは森原だろう。あんたはその意向を桐生に伝えただけさ。あんたなんか、森原の使いっ走りの一人にすぎんよ。どんなつもりでいるのか知らんがね」

栗山は顔を赤くした。

桐生を見て言う。

「理事長。この分ではどうやら、二人ともロボトミーにかけた方がよさそうですな」

桐生は少し考えた。

これまでのやりとりを聞いていると、その必要がありそうな気がしてきた。大杉も美希も生かしておくかぎり、ほかの方法で口を封ずることはできそうもない。

「あんたの言うとおりかもしれんな」

そう答えると、隣にすわっていた梶村が急いでハンカチを出し、眼鏡のレンズをふき始めた。呼吸が速くなっている。

桐生は軽蔑《けいべつ》を込めた目でそれを見た。

この男はロボトミーをいやがっている。これ以上死んだ小山の代わりは務まりそうもない。別の外科医を雇った方がいいかもしれない。

それにしても、大杉が指摘したとおり、ロボトミーを独断で決めるわけにはいかない。森原の意向を確かめる必要がある。

森原はロボトミーなどやめて、いっそ始末してしまえと言うだろうか。その方が後腐れがなくていいが、死体を二つも三つも極秘裡《ごくひり》に処分するのは、口で言うほど簡単なことではない。病死扱いするためには、まず入院させなければならない。そうだ、手術するにせよ始末するにせよ、とにかく正規の手続きを踏んで入院させることだ。

桐生は決心して立ち上がった。

「ちょっと待っていてくれ。確認してくる」

そう言って奥へ向かおうとしたとき、ドアが開いて森原が出て来た。

桐生は眉をひそめた。ここで何も大杉たちに、素顔をさらすことはないのに。

森原の顔色を見て、はっとする。尋常の顔色ではなかった。薄くなりかけた髪の天辺《てっぺん》が、妙な形に乱れている。

「大臣」

声をかけたとき、森原の大きな体の後ろから、だれかが出て来た。小柄だが肩幅の広い、鼻のとがった男だった。

男は爪先《つまさき》を揃え、軽く頭を下げた。

「どうも、お話はすっかりうかがいました。もう逃げ場はないんじゃないでしょうか」

4

大杉良太は呆然《ぼうぜん》と二人の男を見つめた。

法務大臣・森原研吾。倉木や大杉にとって最大の敵が、そこに立っている。

しかし驚きはそれだけではなかった。

森原の後ろから姿を現わしたのは、津城俊輔だった。あの津城俊輔が、森原と一緒に奥のドアから出て来たのだ。これはいったいどういうことだろうか。

大杉だけでなく、そこにいる全員が息を飲んだ。梶村も栗山も、狛犬《こまいぬ》のように体をしゃちこばらせていた。身じろきもせずに、津城を見つめる。

森原があいたソファにすわる。押し出しはりっぱだが、どこか元気のないすわり方だ。心の動揺を押し隠しているようにみえる。

栗山がつぶやくように言った。

「いつの間にはいったんですか、警視正。それにどこから」

津城は立ったまま、気をつけの姿勢を崩さずに答えた。

「今さらそんなことを考えても、なんの足しにもなりませんよ。森原法相は以前から警察組織を解体して、新しい公安体制を作り上げる構想を練っていました。しかしその陰謀は、あえて陰謀と言いますが、ここに挫折《ざせつ》しました。ちょうど一年四か月前、この病院で一度挫折したようにね。そして今回は一度めよりもっと致命的です。あなたがたもそれをはっきりと認識することですな」

森原は何も言わず、唇を引き結んだ。目が暗い光を放っている。

栗山は発作でも起こしたように飛び上がり、背広の内側から拳銃を取り出した。水島もコートのポケットから、拳銃を握った手を出す。

梶村はうろたえ、尻を浮かせて栗山から離れようとした。それを桐生が押しもどす。栗山は鼻の頭に汗を浮かべて言った。

「大臣。津城警視正と大杉は、わたしと水島で面倒をみることにします。ここに閉じ込めておいて、ロボトミーをするか一思いに始末するか、あとでゆっくり考えればいい」

森原は返事をしなかった。

大杉は笑った。

「おれが何も手を打たずに、ここへ潜り込んで来たと思うのかね。おれに万一のことがあったら、あんたたちの罪状がすべてマスコミに暴露されるように、ちゃんと手配をしてきたんだ」

栗山はソファの上をすさり、大杉を狙《ねら》いやすい位置に移動した。

「はったりを言うんじゃない。よしんば手配をしてきたとしても、マスコミの口を封じるのは簡単なことだ。森原法相の力をもってすればね」

津城が咳払《せきばら》いをした。

「今回は封じられませんよ、栗山さん。動かぬ証拠がありますからね」

「どこにそんなものがありますかね、警視正。かりにここから無事に出られたとしても、話だけではだれも相手にしてくれませんよ」

「法相にはすでに申しあげたが、地下二階でみなさんが交わした会話は、すべて録音してあります。この部屋だけでなく、特別室でのやりとりもね。それを聞けば、マスコミも納得するでしょう」

栗山の顔がこわばった。無意識のようにあたりを見回す。

「録音。そんなことができるわけがない」

「どうしてですか。現に今こうしてしゃべっている会話も、隠しマイクで録音されているんです。外にわたしのスタッフがいて、FM受信機で受信しています」

「うそだ。コンクリートに囲まれた地下二階の電波が、外まで飛ぶはずがない」

「でしたらいつでも聞かせてあげますよ」

栗山は拳銃を引きつけ、銃口を津城に向けた。乾いた唇をしきりになめる。

「いつ仕掛けたんだ。そんな余裕はなかったはずだぞ」

「わたしが仕掛けたわけではない。協力者が仕掛けたんです。わたしをここへ入れてくれたのも、同じ人物です」

栗山は左手の甲でこめかみの汗をぬぐった。猜疑心《さいぎしん》のこもった目で、ちらりと梶村を見る。

桐生も梶村を見た。

梶村はあわてて首を振った。

「やめてください。わたしじゃない。どうしてわたしが、そんなことをしなければいけないんですか」

桐生が言う。

「しかしあんたは鍵を持っている」

梶村は喉を動かした。

「それはそうですが、鍵は千木良も持っている。その鍵は今——」

栗山が言った。

「その鍵は今、篠崎が持っている。大杉から取り上げたんだ」

視線が大杉に集まる。

栗山は銃口を大杉にもどした。

「さあ、言うんだ。あれをだれから手に入れた。だれが裏切り者なんだ」

大杉はせせら笑った。

「それは官給の拳銃じゃないな。うまく狙って撃たないと、銃口が跳ねて的をはずすぞ」

「黙れ。撃たないと思ってるな」

栗山は追いつめられたように言い、拳銃を上げた。大杉は銃口を睨みつけた。

ドアのそばにいた水島が、ゆっくりと壁から体を起こした。絨毯の上を静かに歩き、栗山の背後に立つ。

水島は銃口で栗山の後頭部を小突いた。

「それくらいにしておいた方がいいですよ、署長。みっともないですから」

栗山は振り向き、自分に向けられた銃口を見た。驚きのあまりのけぞる。

「み、水島。なんの真似《まね》だ、これは」

水島は世間話でもするように言った。

「お気の毒ですが、わたしがその裏切り者なんです。わたしはここ二年ほど、津城さんの仕事をしてましてね」

部屋が一瞬しんとした。

大杉は唖然《あぜん》として水島を見た。自分の耳が信じられない。今この男はなんと言っただろうか。自分が裏切り者だと言わなかっただろうか。どうしてそんなことがありうるのだ。

栗山が唾を飲むのが見える。半開きの唇が激しく震えている。顔が白くなった。

「するとおまえは——南多摩署へ来たときから、警視正の手先を務めていたのか」

「そうですよ。署長の動静を探るのが、わたしの仕事でしたからね」

栗山はうめいた。

「なんてやつだ。あれだけ目をかけてやったのに」

「わたしも署長のために、ずいぶん汚いことをしましたよ。取り入るためとはいいながらね。拳銃をよこしなさい」

栗山は意志を失ったように、拳銃を差し出した。水島がそれをコートにしまう。

栗山は水島を仰ぎ見た。

「ほんとにここへマイクを仕掛けたのか」

「ええ。津城さんをここへ入れたのもわたしです。今日梶村院長から鍵を借りて、倉木の様子を見にはいったついでにね」

大杉は打ちのめされた。

水島東七が津城の手先を務めていたとは、夢にも思わなかった。津城が各方面に、大杉や美希と同じような協力者を抱えていることは、薄うす感じていた。それにしても、まさか水島がその一人だったとは。津城の周到さに舌を巻く一方で、わけもなく反発を覚える。

美希もショックを受けたらしく、倉木の手を握り締めたまま呆然と津城を見つめている。

大杉は津城の言葉を思い出した。あのとき津城が、倉木の状態を常時監視する態勢を取ると言ったのは、水島がいたからなのだ。

津城が言う。

「その録音テープと、倉木君が書いた原稿が揃えば、森原法相ももはや動きが取れないでしょう。そうですな、大臣」

森原は憮然《ぶぜん》として顔をそむけた。さっきから一言も口をきこうとしない。すでに奥の部屋で津城に引導を渡され、あきらめたのか。それともこれ以上録音されるのを避け、何か方策を立てようとしているのか。

大杉はふと気がつき、津城に言った。

「そういえばもう一つ、新谷のことがあります。やつをつかまえれば、例の原稿の内容を裏付ける証言が取れますよ」

津城は初めて大杉を見た。さも残念そうな顔で言う。

「いや、それは無理ですな。お預かりしたライターですがね。指紋を比べたらまったくの別人でした。どうやら見込み違いだったようです」

別人。大杉はソファの背にもたれた。そうか、やはり他人の空似《そらに》だったか。本物の新谷なら、新谷と名乗るわけがないのだ。

そのとき、隣にすわっていた美希が、体を起こした。栗山に向かって言う。

「署長。ロボトミーを最初に思いついたのは、本当に水島警部補なんですか」

栗山はぼんやりと天井を見たまま、投げやりに答えた。

「そうだ。倉木を強制入院させるようにすすめたのも、法相のためにロボトミーをすべきだとすすめたのも、水島だ。そのくせわたしを裏切るとは、まったく卑劣な男だよ」

美希の息が荒くなった。大杉は美希を見た。

美希は津城をじっと見ていた。その口から、妙に押さえつけた声が漏れる。

「警視正。それでは倉木警視を強制入院させ、あげくのはてにロボトミーをするよう栗山署長に持ちかけたのは、警視正ということになりますね。当然水島警部補は、警視正の指示で動いていたはずですから」

津城は答えなかった。

美希が続ける。

「それとも今度の一件は、すべて水島警部補の独断で行なわれたことだとおっしゃるんですか」

水島は一歩下がり、困ったように頭頂部を掻《か》いた。

すぐに大杉にも、美希の言おうとしていることが分かった。これまでのいきさつを振り返ると、津城が水島を通じて倉木を廃人にするよう、栗山に働きかけたことは明白に思われた。急激に怒りが込み上げる。あのとき静観せよと言った津城の言葉の裏には、ロボトミーが終わるまで待てという恐ろしい意味が隠されていたのだ。

大杉は拳を握り、ソファを立った。

「そういえばそうだ。どうなんですか、津城さん。返事しだいでは、津城さんもこいつらと同罪になるんですよ」

水島が割り込んできた。

「津城さんに責任はない。おれが思いついたことなんだ。法相を追いつめるためには、なまじのことではだめだと思った。倉木をロボトミーにかけさせて、そのことを世間に暴露すれば、いくら権力に弱いマスコミでも、法相に対して非難の声を上げるだろう。そう判断したんだ」

津城があとを引き取る。

「とはいえ、それを黙認したのはわたしの責任です。今夜は千載一遇のチャンスでした。

栗山署長をたきつけて、法相にここへ視察に来るように仕向けるのに、どれだけ苦労したか分かりますか。それが実現したのは、倉木君がロボトミーをされたおかげですよ。自分の地位を危うくする人間が、ロボトミーを受けて監禁されている。一目その様子を見て、安心したいと考えるのが人情じゃありませんか。森原法相の足をここへ運ばせるためには、それくらいの荒療治《あらりようじ》が必要でした」

大杉は怒りで頭が熱くなった。階級の差も忘れてどなる。

「おれはあんたを見損なったよ。森原を叩くことがどれほど大事だったとしても、倉木を廃人にするほどの価値はなかった。明星君を助けるように、今日もあれだけ頼んだのに、あんたはなんの手も打たなかった。森原をここへ引っ張り出すためなら、ほかの人間などどうなってもいいというわけだ」

津城は頰をぴくりとさせた。

「森原法相を追い落とすことは、倉木君自身にとっても最大の目的でした。そして彼は身をもって、それを成し遂げたのです。ロボトミーされたからといって、必ずしも社会生活が送れないわけではない。わたしも彼の社会復帰のために、できるだけのことをします」

どこからか低い笑い声が漏れた。

それはしだいに大きくなり、周囲の壁にこだました。

大杉は振り返り、倉木を見た。倉木が口をあけて笑っている。どうしたというのだ。

なぜ倉木は笑っているのだ。

美希が倉木の肩に手をかけた。

「どうしたんですか。しっかりして」

倉木は笑うのをやめた。頭の包帯に手をかける。ゆっくりとそれをほどき始めた。

美希は倉木の手をつかんだ。

「やめて。傷口がまだふさがっていないのよ。やめてください」

倉木は美希の手をもぎ放し、なおも包帯をほどき続けた。ほどき終わると、傷口をおおうガーゼをむしり取る。髪の生えていない、異様な頭がそこに現われた。

だれも何も言わない。かたずを飲んで倉木を見守るだけだった。

剃《そ》り上げられた両側のこめかみの上に、糸で縫い合わされた赤黒い傷口が走っている。

美希は息を飲み、頰に手を当てた。大杉もそのむごさに吐き気を覚え、口で息をした。

倉木が静かに言った。

「津城さん。あいにくだがわたしは、ロボトミーをされていない」

5

サロンは深海のように静まり返った。

明星美希はまじまじと倉木の横顔を見た。今その口をついて出て来た言葉を、無意識に頭の中で反芻《はんすう》する。わたしはロボトミーをされていない。

ロボトミーをされていない。

いや、そんなはずはない。倉木は間違いなくロボトミーをされた。この目で確かに、頭の皮をはがれるのを見た。血が吹き出すのを見た。窓枠にぶつけた額の痛みが、それを証明している。

狂った人間は、狂ったことを意識しないという。ロボトミーをされた人間も同じだろうか。

倉木が続ける。

「頭の皮を切り開かれたのは確かだが、頭蓋骨《ずがいこつ》に穴はあけられていない。そうじゃなかったかね、院長」

呼びかけられた梶村文雄は、体をびくりとさせてすわり直した。眼鏡が顔から滑り落ちるのを恐れるように、しっかりと耳のあたりを押さえる。落ち着きを失い、しきりに喉を動かす。

美希はめまいを感じた。倉木の言葉が、まるで夢の中のせりふのように聞こえる。穴はあけられていない、と倉木はそう言った。それは言葉どおりのことを意味しているのだろうか。

それまでずっと黙っていた桐生正隆が、気持ちの悪いほどのやさしい口調で梶村に話しかけた。

「驚いたね、これは。ロボトミーをされた人間が、されていないなどと言い出すのは前代未聞のことだ。どうなんだ、院長。倉木が今言ったことはほんとなのかね」

梶村は拳《こぶし》を口に当てて、咳払いをした。

「いや、わたしはつまり、その」

そこまで言って、言葉を飲み込む。

栗山専一も食い入るように梶村を見つめた。一語一語嚙み締めながら言う。

「院長、答えたらどうだ。あんたは、ロボトミーをやったのか、やらないのか」

梶村は上着の袖《そで》で額をふいた。

「だからその、わたしは」

そこでまた口をつぐみ、唾《つば》を飲んだ。それからがくりと肩を落とし、頭を抱え込んだ。

泣きそうな声で言う。

「そのとおりだ。わたしはロボトミーをやらなかった。頭の皮を切るには切ったが、そのままぬいあわせてしまった。ドリルはただ回しただけで、頭蓋骨には爪の先ほども傷をつけていない」

サロンに溜め息が満ちる。

美希はあえいだ。ひどく息苦しい。めまいがひどくなり、体が自然に震え出した。

改めて倉木の側頭部を見直す。剃り上げられた頭皮に、縫い目も生なましい醜い傷痕《きずあと》。頭が混乱して整理がつかない。これはいったいどういうことなのだ。要するに倉木に対するロボトミー手術は、真似ごとだけで実際には行なわれなかったということなのか。

桐生が梶村を詰問《きつもん》する。

「しかし手術には、千木良と古江が立ち会ったはずだ。いくらなんでも、二人の目をごまかすことはできないだろう」

梶村は頭を抱えたまま、せきを切ったようにしゃべり始めた。

「千木良は血を見るのがきらいで、これまでまともにロボトミーを見たことがありません。ドリルの音を聞かせるだけで、簡単にごまかせます。事実あの男は、手術が成功したものと信じ切っている。古江の方は新入りでもあるし、わたしが手術前にこっそり呼んで、因果を含めました。偽《にせ》の手術をするので、うまく調子を合わせるように指示したんです。あれはわりとまともな男で、ロボトミーをしないと分かってほっとしたようでした。倉木にも古江からその旨伝えさせました。倉木がロボトミーをされたように振舞えば、自分も助かるしわたしも助かるわけです」

倉木がそれを受けて口を開いた。

「もちろんわたしは、院長の意向を拒否する立場になかったし、そのつもりもなかった。古江から話を持ち込まれたときは、さすがに半信半疑だったがね。ロボトミーされなかった人間がされたふりをするのは、された人間がされていないふりをするよりはやさしいものだ」

その口調はしっかりしていて、頭蓋骨に穴をあけられていないことを物語っているように思えた。

美希は頭を振った。

自分を含めて、だれを信じたらいいのか分からなくなる。だれかがだれかを騙《だま》そうとしている。いや、すべての人間がすべての人間を騙そうとしている。ここにいる人間の大半が嘘つきだった。その思いが美希に強い衝撃を与えた。倉木が正気だとすればもっと喜んでいいはずだが、そのうれしさもあまりに大きい不信感の前に、泡のように溶け去ってしまった。

栗山が突然笑い出した。気が触れたような、甲高《かんだか》い笑い声だった。

笑いながら、とぎれとぎれに言う。

「なんてことだ。ロボトミーがお芝居だっただと。頭の皮を切っただけだと。こりゃ大笑いだ。ひどい茶番だ。ばか正直にロボトミーを信じていたわたしたちは、とんだお人好しというわけだ」

桐生が上着の襟《えり》をつかみ、梶村を引き起こした。体を揺さぶりながらなじる。

「この腰抜けめ。ロボトミーをやる度胸がないならないと、どうして最初から断らなかった」

梶村は首をがくがくさせながら言った。

「待ってください、理事長。わたしは手術するのが怖かったわけじゃない。殺されるのが怖かったんです」

桐生は梶村を揺するのをやめた。

「殺される。何を言ってるんだ。だれに殺されるんだ」

「小山副院長を殺した男です」

桐生は目をむき、口をあけた。何も言わずに栗山を見る。

栗山は笑うのをやめ、梶村を睨んだ。

「何をばかな。小山は自殺したんだ」

梶村は激しく首を振った。

「いや、自殺じゃない。あの首吊りは偽装だ。少なくとも医者のわたしには分かる。あんたがあれを強引に自殺として処理したのは、この病院に世間の注目を集めたくなかったからだ。そう、副院長は殺されたんだ。あの男に殺されたんだ」

何か言おうとする栗山を押しとどめ、桐生が詰め寄った。

「だれなんだ、あの男とは」

梶村は唾を飲み、膝の間に両手をねじ込ませた。

「分かりません。手術の前の晩、院長室で準備をしていると、突然明かりが消えてだれかが後ろから襲いかかってきました。シーツをかぶせられたうえに、ソファのクッションで頭を押さえられたので、顔も見えなければ声も聞き分けられなかった。男だったことは確かですが。そいつがシーツ越しに、わたしの首にとがったものを突きつけて、こう言うんです。倉木のロボトミーをやめろ。頭の皮を切るだけにするんだ。ドリルを回すのはいいが、頭に一ミリでも穴をあけたら、小山と同じようにおまえを殺すと」

「嘘をつけ。作り話はやめろ」

桐生は決めつけたが、あまり確信のない口ぶりだった。

栗山が目を光らせた。

「するとその男は、関係者以外知らないはずの、ロボトミーの件を知っていたわけだな。となると、容疑者は絞られてくる」

そう言って振り向き、水島東七の顔を見る。

「例えばおまえだ。おまえが院長を威《おど》したんじゃないのか」

水島に視線が集まる。

水島はたじろぎ、無意識のように拳銃を握り直した。

「あいにくですが、わたしじゃない。そういう考えは浮かばなかった。倉木を助ける義理なんかないからね」

美希が口を開こうとしたとき、大杉良太が割ってはいった。

「おれには心当たりがあるよ、署長さん。新谷というしゃれ者さ。これがまた神出鬼没の男でね、小山を殺したのも院長を威したのも、きっとこいつの仕業に違いない。やつは倉木に対して、一種の連帯感のようなものを抱いてるんだ。共通の敵を相手に回しているということでね。共通の敵というのは、そこにいる森原法相だ。新谷は森原の意図を空回りさせるために、倉木をロボトミーから守ろうとしたんだ」

沈黙を守っていた津城俊輔が、控えめに口をはさんだ。

「大杉さん。倉木君がともかく無事だったことは朗報ですが、新谷犯人説にはいささか疑問が残る。さっきも言ったとおり、ライターの指紋は新谷和彦のものではなかった。ということはつまり、北の潜入スパイは新谷ではなかったことになる」

大杉は津城を見もせず、そっけなく答えた。

「指紋が違うというなら、だれか別の人間のライターだったんだろう。それよりあんたが、倉木の無事を朗報と受け止めるとは、とうてい信じられないね」

その口のきき方に、大杉の津城に対する不信感が、はっきりと現われていた。津城は黙り込んでしまった。

美希ははらはらしたが、大杉の怒りは自分の怒りでもあった。ロボトミーが行なわれようと行なわれまいと、津城が倉木を見殺しにした事実は変わらないのだ。

思い出したように桐生がわめく。

「たとえそいつに威されたとしても、いうことをきく必要はなかっただろう。その場だけ承知したふりをして、わたしか署長に相談すればよかったんだ。そうすれば手出しはさせなかったのに、このいくじなしが」

梶村は悲しげに首を振った。

「わたしだけのことじゃない。家内や子供の命もないと言われたんです。理事長の指示にそむきたくはありませんでしたが、家族まで危険にさらされるとなると、ほかにどうしようもなかった」

桐生はなおもわめいた。

「何度でも言うぞ。おまえはいくじなしの腰抜けだ。正体も分からん男の威しにあっさり乗って、恥ずかしいと思わんのか」

梶村は身震いして、首筋に手をやった。

「あれはただの男じゃない。わたしはほんとに怖かった。やつはあのときわたしを殺すこともできたし、実際殺されると思いました。首筋をとがったものでつつかれながら、威された経験がある者ならだれでも、わたしの味わった恐怖感を理解してくれるでしょう」

重おもしい笑い声が響いた。

美希はソファにすわった森原研吾を見た。森原は腕を組み、さも愉快そうに笑っていた。その笑いは低く、長く続いた。

大杉が嚙みつくように言う。

「何がおかしいんだ」

森原はそれを相手にせず、津城を見た。

「津城君、きみもなかなかの役者だな」

津城は気をつけをしたが、何も言わずにつぎの言葉を待った。

森原は落ち着いた口調で続けた。

「この地下二階に、隠しマイクを仕掛けたとね。ここはごらんのとおり、コンクリートでがっちり固められている。栗山も言ったが、ここから発信されたＦＭの電波を、建物の外で受信することは不可能だ。そこまで高性能の無線盗聴器は、まだ発明されていない」

栗山がわが意を得たりというようにうなずく、津城は口を閉じていた。

「せいぜいきみたちにできることといえば、各部屋に小型のカセットを仕掛けるくらいだろう。われわれがここへ来る前にスイッチ・オンしたとして、いったいどれだけの部分が収録されていると思うかね。きみほどのキャリアの人間が、そんな不確かな手段を取るだろうか」

津城は直立不動のままだった。

なおも森原が続ける。

「わたしはきみが、無線盗聴器はおろか、カセットさえ仕掛けなかった方に賭けるね。理由は一つ。きみはさっき、わたしをここへおびき出すために、倉木をロボトミーさせたことを認めた。その事実は、これが一種のおとり捜査であることを裏付けるし、そうなればテープ自体の証拠能力にも疑問が出てくるだろう。そんな致命的なミスを、きみが犯すはずはない。つまりきみは、そんな録音装置など仕掛けなかったことを、自ら証明したわけさ」

森原が勝ち誇ったように言うと、津城はこめかみをかき、軽く頭を下げた。

「いや、ご賢察、恐れ入ります。外でスタッフが受信しているというのは、いかにもわたしのはったりでした。しかしカセットは確かに仕掛けてあります。音声自動感知方式で、しかもオートリバース録音が可能な機種です。二時間テープを使っていますから、十分機能していると思いますよ。それからわたしは、自分に都合のいいことだけを録音しようなどとは、毛頭思っていません。そんな小細工をすれば、かえってテープの証明力を弱めることになるでしょう」

森原は腕組みを解き、栗山を見た。

「栗山君、聞いたかね。つまりそのカセットは、まだこの地下二階にあるのだ。特別室とこのサロンのどこかにね。それを回収すれば、ここで話されたことを再現する手段はなくなるわけだ」

栗山は目を輝かせた。肩をそびやかして立ち上がる。

水島が後ろへ下がった。栗山はソファを抜け、水島の前に立った。

水島は銃口を上げた。

「やめてください。撃ちますよ」

森原が声をかける。

「水島君。きみに頭というものがあるなら、この際どう立ち回れば得か、よく考えたまえ。これ以上は言わんよ」

水島はまた一歩下がった。栗山が前へ出る。

「わたしはそのカセットを探す。止めようとしても無駄だ。おまえに発砲する度胸があれば別だがね。しかしおまえは撃てないよ。大臣の言ったことを考えるんだ。津城警視正と森原法相のどちらを取るか。答えは明白じゃないかね」

水島の額に汗が光った。頬がこわばる。栗山の言葉に動揺したようだった。ちらちらと津城の方を見る。

その隙《すき》を見すましたように、栗山が水島に飛びかかった。水島は完全に先手を取られ、拳銃を使いそこねた。

倉木が反射的にソファを立とうとする。美希はそれを必死に引き止めた。ほとんど同時に、大杉がソファの後ろを回って、もみ合っている二人に突進する。

栗山が体を入れ替え、大杉に向かって水島を突き飛ばした。大杉は水島を抱きとめ、たたらを踏んで床に尻餅をついた。

栗山の手に、水島の拳銃があった。

目を血走らせて言う。

「動くんじゃない。撃たなくちゃならんときは、遠慮なく撃つ。本気だぞ」

美希はしっかりと倉木の手を握った。

そのとき、樫のドアが開いた。

看護士の篠崎がそこにぬっと立った。白い上っ張りが血に染まっている。

篠崎はまっすぐ床に倒れ込んだ。

その背後に立っていた男が、豹《ひょう》のように、部屋に飛び込んで来た。

## 6

栗山専一が銃口を巡らした。

それより早く、黒ずくめの男の足が跳ね上がり、栗山の右腕をしたたかに蹴り飛ばした。栗山は悲鳴を上げ、横ざまに吹っ飛んだ。床に拳銃が転がる。

男はすばやくそれを拾い上げ、ドアを背にして立った。左手に千枚通しを握っている。

新谷和彦だ。大杉良太はそう直感した。

細面《ほそおもて》の整った顔立ち、鋭い目。黒の上下に包まれた、精悍《せいかん》な体つき。かつて同じこの病院で見た、弟の顔形を思い出す。微妙に違うような感じもするが、津城俊輔が指摘したとおり、北で整形した可能性は十分にある。先夜は暗くてよく見分けられなかったが、今度こそ間違いない。ライターの指紋はおそらく別の人間のものだったのだ。

「森原以外は、全員奥のドアへ行け」

新谷が低く言った。不自然なほど押し殺した声だった。

まず梶村文雄がソファから飛び上がった。顔が紙のように白くなり、目に見えるほど激しく震えている。その恐怖が伝染したらしく、桐生正隆もおずおずと立ち上がった。さきほどの元気はとうに失せたようだ。二人並んで、こそこそと奥のドアへ向かう。

栗山はソファの背に手をかけ、ようやく立ち上がった。銃口に追われ、蹴られた腕をさすりながら、しぶしぶ移動する。

大杉は倉木を見た。

倉木は皮肉なことに、実際にロボトミーを受けた人間のように見えた。顔色が悪く、表情に生気がない。この一、二時間の間に、さすがに体力を消耗したらしい。

美希が倉木の肘を支えて立たせる。二人はよろめきながら、梶村と桐生のあとに続いた。

大杉と重なって倒れた水島が、そっと体を動かした。コートのポケットに手を入れようとしている。大杉は緊張した。そこにはさっき栗山から取り上げた、別の拳銃がはいっているはずだ。

水島の手が、ポケットにはいった。

水島は拳銃を引き出さずに、そのまま引き金を引いた。コートが竜巻きにあったテントのようにはためき、反動で体が大杉の方へのけぞった。弾丸は大きくそれ、新谷の背後の天井に食い込んだ。

新谷の銃が火を吐き、水島は一声叫んで床に転がった。左肩から血が吹き出す。

それとほとんど同時に、大杉の目の隅に背広の内側へ手を入れる、津城の姿が映った。

新谷が水島を撃つや、津城の手が拳銃をつかみ出した。新谷が津城に銃口を向ける。

二つの銃声が重なった。

天井に取りつけられたシャンデリアが、テーブルの上へまっすぐに落下した。轟音《ごうおん》とともにガラスが砕け散り、サロンが暗くなる。

大杉は手を伸ばし、倒れた水島のコートを探った。水島はうめき声を漏らしながらも、右手をポケットから出して拳銃を大杉に渡した。部屋にほこりっぽい臭いが充満する。だれかが咳き込んだ。それ以外に、口をきく者はいない。

どこかで何かがぶつかる音がした。

大杉は闇に向かって呼びかけた。

「新谷。よく聞け。おれは大杉だ。もしあの原稿を読んだのなら、おれがだれだか知ってるだろう」

長い静寂のあと、ドアの近くから押し殺した声が答える。

「ああ、知っている」

大杉は息をついた。少なくとも新谷は、まだ生きている。

「どうだ、取引しないか。森原の息の根を止めるには、あんたの証言が必要だ。証言さえしてくれれば、豊明興業や稜徳会を叩きつぶすこともできる。弟の仇《かたき》を討つために、手を握ろうじゃないか」

「おれはだれとも手を握らない。とくに警察とはな」

声の位置が少し変わる。

「じゃあどうする気だ」

「森原の息の根を止めるのさ。あんたの言う意味じゃなく、言葉どおりの意味だがね」

「森原を殺したところで、なんの解決にもならんぞ。第二、第三の森原が出て来るだけだ。あとあとのためにも公《おおやけ》の場へ引きずり出して、政治生命を断つことが必要なんだ。協力してくれ」

「そんな茶番に協力する義務はない。おれにとっては、なんの意味もないことだ」

しゃべるたびに、声の位置が少しずつ移動している。森原のすわっていたソファの方に向かっているらしい。しかし森原がすわったまま、死を待っているとは考えられない。

奥の方から、栗山の声がした。

「大杉、やつを撃ち殺せ。話し合いはそれからにしようじゃないか」

「話し合いなんかする気はない。口を閉じてないと、新谷がそっちへ行くぞ」

それきり栗山は黙ってしまった。

鈍い音が床に響いた。重いものを引きずるような音だ。続いて何かがソファに投げ出されたような気配。

だれかが大杉のそばをはい抜けた。入り口のドアに向かっている。大杉は膝を立て、中腰になった。

ドアが音もなく開き、廊下の薄暗い光が流れ込んで来た。大杉は立ち上がった。森原研吾が腹ばいになり、敷居を乗り越えようとしているのが見えた。

その背に向かって、黒い影が飛鳥のように襲いかかる。新谷だ。大杉はわずかに躊《ちゅう》躇《ちょ》した。新谷はわざとすきを見せて、森原をドアへおびき出したに違いない。

気を取り直して踏み出そうとしたとき、横手で轟然と銃が唸《うな》った。二発、三発、四発。

新谷の体が跳ね、森原の背を飛び越えて廊下に転がった。

大杉はかっとなった。

振り向きざま、銃の閃光《せんこう》めがけて引き金を引く。悲鳴が上がり、銃声はやんだ。

どれくらい時間がたったか思い出せない。

いつの間にか部屋の中が、ぼんやりと明るくなっていた。だれかが壁の、間接照明のスイッチを入れたらしい。

奥のドアを見る。

梶村と桐生が、体を寄せ合うようにしてうずくまっている。二人ともしなびた老人の顔になっていた。

倉木が床にうつぶせに倒れている。その体の下から、美希の足がのぞいた。大杉はそばへ行って、倉木を抱き起こした。意識はあるが、自分では立てないようだ。

美希が倉木の下からはい出した。ものも言わずに倉木にすがりつく。

大杉は首筋をかいた。倉木は自分の体もかえりみずに、美希を組み敷いて銃弾からかばおうとしたのだ。美希でなくても、すがりつきたくなるだろう。

美希に手を貸して、倉木をソファに運ぶ。

反対側のソファに、篠崎の死体がほうり出してあった。新谷がさっき、邪魔にならないように戸口から運んだらしい。

「見ろよ」

水島が左肩を押さえながら、森原のすわっていたソファの後ろを示した。大杉もそばへ行った。

津城と栗山が、肩を接するようにして、仰向けに倒れている。津城の頭は血まみれだった。ひざまずいて様子をみる。意識はないが、息はあるようだ。新谷の銃弾を頭に受けたらしい。すぐにも手術が必要だろう。津城の頭にドリルがはいるところを想像して、大杉は複雑な気持ちになった。

栗山も腹を赤く染め、苦しげにうめいていた。右手のわきに拳銃が落ちている。新谷を撃ったのは栗山だったことが分かる。津城が撃たれたと知って、代わりに拳銃を取ったのだろう。

栗山が苦しい息の下から言った。

「ひ、ひどいじゃ、ないか。わ、わたしを撃つなんて」

「大事な証人を撃ったからさ。だいたいおれは、人を後ろから撃つやつが嫌いでね」

大杉はにべもなく言い捨て、立ち上がった。

梶村を見て怒鳴る。

「いつまでそんなとこに、ぼんやり突っ立ってるんだ。あんたも医者なら、怪我人をなんとかしろ。病院中のスタッフを叩き起こすんだ。さっさとやれ」

廊下に出た。

森原はうつぶせに倒れていた。その首筋の中央に、千枚通しが深ぶかと突き立てられている。ほとんど出血していない。折れ曲がった手首に触れてみたが、すでに脈はなかった。新谷が最後は銃を使わず、千枚通しで森原をしとめたことに、何か意味がありそうな気がした。

仰向けに倒れた新谷は、目を見開いたまま死んでいた。背中のコンクリートに、驚くほど大きな血溜まりができている。

腰のベルトに、小さな黒いバッグがくくりつけてある。大杉はジッパーをあけ、中身を取り出した。

妙な形をした万年筆。スパイ用具の一つだろう。水溶液のはいった小瓶。隠しインキか。剃刀《かみそり》。綿。コンタクト・レンズ。

最後に出て来たのは、黒縁の眼鏡だった。大杉はそれをどこかで見たことがあるような気がした。

もう一度中身を調べる。綿。剃刀。

大杉はあっけにとられ、新谷の顔を見直した。血の毛のない頰に残る髭の剃《そ》りあとを調べる。それはたった今剃ったばかりのように、青あおとしていた。

この顔に、もし髭があれば、頰にもう少し、丸みがあれば、そしてもし、眼鏡をかけていれば。

大杉はそこに素顔の古江五郎を見た。

百舌《もず》は千枚通しを握り締めた。闇《やみ》の中にかびの臭いが漂う。足の下で畳がぶよぶよしている。もう長い間人が住んでいないのだ。

隣の部屋から男が言う。

「あんたはだれだ。南の人間か」

「いや、そうじゃない」

「それなら北か」

「違う」

「じゃああんたは何者で、いったいおれになんの用があるんだ」

男の声にいらだちがこもる。

百舌は含み笑いをして言った。

「おれはあんたが今名乗っている名前の男さ」

息を飲む気配がする。

「なんだと。あんたは――新谷和彦だというのか」

「そうだ。おれが本物の新谷和彦だ。お互い一緒になったことはないが、おれもあんた同様北で訓練をうけたスパイでね。おれに似た男が、おれになりすまして日本へ潜《もぐ》り込んだと聞いて、矢も盾《たて》もたまらなくなった。だからピョンヤンの訓練所を脱出して来たんだ」

しばらく沈黙。

「そうか。本物の新谷が、訓練所からいなくなったことは無線で聞いたが、あんただったのか。日本にもどっていたとは思わなかったよ。本部ではあんたがまだ国内にいると考えている。よく脱出できたな」

「たっぷりサバイバルの訓練を受けたおかげさ。海岸でおんぼろ漁船を乗っ取って、あんたよりほんの数日遅れて、鳥取の長尾鼻《ながおばな》近辺に上陸したんだ。かわいそうだが乗組員は、船と一緒に海の底へ沈んだ」

男が吐き出すように言う。

「どうしてそんなばかなことをしたんだ。訓練が終了すれば、黙っていても日本へもどれたのに」

「そうだろうとも、他人の名義でね」

「それはしかたがない。他人になりすますのが、この仕事の鉄則なんだから。あんたもだれかの戸籍を割り振られているはずだ。おれがあんたの名前を名乗っているようにね」

「おれはそれが気に入らないのさ。あんたは見たところ、おれとよく似た顔や体つきをしている。だからこそおれの名をもらったんだろうが、そこがまた心配の種なんだ。あんたたちには黙っていたが、おれの名前は爆弾のようなものでね。さる筋へ知られると、非常に危ない立場に追い込まれる。あんたがそんなことになったら、おれ自身の仕事もやりにくくなるわけさ」

「あんた自身の仕事。スパイの仕事以外に、おれたちのやるべきことはないはずだぞ」

「やめてくれ。政治にもイデオロギーにも興味はないんだ。おれは決して洗脳されないし、北のスパイを務めるつもりはない。おれにはほかにやるべきことがあるんだ」

「いったい何をやるつもりだ」

百舌はまた含み笑いをした。おれが何をするつもりだというのか。

いい質問だ。

日本でのスパイ活動に備えて、百舌はある男になりすますために、あらかじめデータを与えられていた。それは古江五郎という、聞いたこともない男のデータだった。

日本へ再入国した百舌は、そのデータにもとづいてまず戸籍謄本を取った。なるほど古江は身寄りがなく、現在消息不明の男だった。年格好も百舌とよく似ている。

百舌は北で整形手術を受けたが、髭《ひげ》を伸ばして念のためふくみ綿をした。眼鏡も素通しだと疑われるので、コンタクト・レンズを併用して近視用の眼鏡をあつらえた。さらに膝の裏に添え木を当てて、足が悪いふりを装った。

膾本と偽《にせ》の履歴書を持って、百舌は稜徳会病院の庶務を訪ねた。あの事件のとき、実際に何が起こったかを知るためには、とにかく稜徳会に潜り込むのが先決だった。

この種の病院では、人件費を安く浮かせるために、軽度の身障者をよく雇うと聞いていた。案の定百舌は、身元調べも受けることなく、その日から雑用係の仕事にありつくことができた。

百舌は男に声をかけた。

「おれが何をするつもりだというのか」

「そうだ。同じ訓練を受けたよしみで、お互いに協力し合うことができるんじゃないかと思ってね」

「おれには宗田のような男を威《おど》して、身寄りのない人間をかき集めるような真似《まね》はできないよ」

また短い沈黙。

「知っていたのか」

「千木良と宗田の動きに注意していれば、すぐに分かることとさ。身寄りのない人間をさらうのは、北の得意の手だ。宗田がその仕事をしているとすれば、潜入したあんたがそれに関係することも当然予想がつく」

「なるほど。千木良を片付けるのが、少し遅すぎたかもしれんな」

「それにしても、千木良を始末したのは正しい処置だった。やつは今後ますます危険な存在になっただろう。あくまで、あんたたちにとってだが」

男の口調が変わる。

「どうして今夜千木良をやると分かった」

「車で病院を出たときから、あんたはおれたちをつけていた。もちろん千木良は気がつかなかったがね。レンタカーを借りるとき、赤い車はできるだけ避けた方が無難だ」

男は黙っていた。

百舌は言葉を継いだ。

「あんたは例のカラオケ・スナックでも姿をさらした。あの店で始末するつもりじゃないなら、外で待機すべきだった」

「おれに仕事のやり方を教えるつもりか」

「訓練所で習ったことを、思い出させてやってるのさ。おれが千木良のベンツを運転して、そのまま帰ったと思ったか」

返事はなかった。

「あんたが赤のカローラで、のろのろ千木良をつけるあとから、おれものろのろとつけて来たわけさ。もう一度訓練し直した方がいいんじゃないか」

返事はなかった。

百舌は息を吸って言った。

「おれが当面やろうとしているのは、あんたを始末することだよ、もう一人の新谷君」

つぎの瞬間境の襖《ふすま》が裂けて、男の体が一直線に百舌の方へ突っ込んで来た。外から漏《も》れる街灯の光に、白い顔が一瞬醜く歪《ゆが》む。腕の先で鋭い刃がきらめき、百舌のみぞおちのあたりに吸い込まれようとした。百舌は右に体を開き、左肘《ひだりひじ》で男の腕を跳ねのけた。間一髪、刃先がそれる。男が体を引くより早く、百舌はその首筋に千枚通しを突き立てていた。

男と千木良の死体を廃屋の床下に隠し、百舌がその場を立ち去ったのは、それから十五分後のことだった。

大杉良太はガラス越しに病室をのぞいた。

津城俊輔は頭を包帯で包まれ、点滴の装置をつながれたまま、ベッドに横たわっていた。

「もう二か月もあのままだなんて」

明星美希がぽつんと言う。

倉木尚武は、伸びかけの頭髪をしごいた。

「このまま意識がもどらなければ、一生植物状態になってしまうな」

大杉はポケットに手を突っ込み、妙に血色のいい津城の寝顔を見つめた。

「あんたをロボトミーさせようとした報いだとは思わないかね」

倉木は下を向いた。

「いや、彼を恨《うら》むのは筋違いだ。わたしも稜徳会へ強制収容される肚《はら》を決めた以上は、最悪の事態まで予測しておくべきだった。実際にロボトミーを施されても、後悔しないだけの覚悟が必要だったんだ」

大杉は鼻を曲げた。

「あんたもいいかげん、お人好しだな」

「そうかもしれない。津城さんは不思議な男だ。底抜けの善人でもあり、希代《きたい》の悪人でもある。わたしは彼に引かれた。あなたもそうじゃないかな、大杉さん」

大杉は溜《た》め息《いき》をついた。

「ああ、それは認める。しかし今度ばかりはな。彼があんたを見捨てようとした冷酷さを、おれは忘れることができないよ。たとえ森原に引導を渡すためであってもだ」

「わたしがそれを望んだとしたら、彼の責任も少しは軽くなるかね」

「肉を切らせて骨を断つ、か。ばかばかしい。あんたはなんのためにそこまで、森原に敵愾心《てきがいしん》を燃やしたんだ。腐りかかった警察に対する危機感か、それとも死んだ奥さんの仇討《あだう》ちのためか」

美希の顔色が変わった。

倉木は顔色を変えなかった。

「だれのためでもない、自分のためだ。自分のアイデンティティのためなんだ」

大杉は首を振った。

「あそこまで危ない橋を渡りながら、おれたちは何を手に入れたんだ。何も手に入れてないじゃないか。森原が死んで世の中が変わったかね。だれかがどこかへ吹っ飛ばされて、べつのだれかが新しいポストに就いただけだ。何も変わっちゃいない」

話しているうちに、情けなくなる。実際変わったことといえば何もない。

森原研吾が死んで、法務大臣が交代した。南多摩署長の栗山専一が懲戒免職になり、新しい署長が赴任した。暴力団の豊明興業は解散に追い込まれ、稜徳会病院は理事会のメンバーを総入れ替えした。しかし、だからどうだというのだ。いずれ暴力団はどこかで息を吹き返し、病院にはまた竹刀《しない》やゴムホースが復活するだろう。

美希がおずおずと言う。

「でも、警察組織を支配下に収めようという、危険な思想がなくなったことは確かです」

「思想がなくなったわけじゃない。持ち主が一時いなくなっただけだ。そういう思想は永久になくならないよ。いずれ別の人間の中に巣食って、また成長するんだ。おれの脳みそを賭《か》けてもいい。いつかきっとまた、そういう狂人にお目にかかれるさ」

「警部補がそれほどの悲観論者だとは思いませんでした」

「おれは悲観論者でもなければ警部補でもない。警察をやめたことは知ってるだろう」

美希は肩をすくめた。

「そうでしたね。ついでに、奥さんとお嬢さんが家にもどられたことも、知ってますよ」

大杉は苦笑した。

「おかしなもんだよ。失業したとたんに、また転がり込んで来るんだからな」

三人は病室の前を離れ、ガラス張りのテラスへ行った。雨が降っている。

「ところでお二人さんは、いつ結婚するつもりだ」

大杉が言うと、倉木も美希も口をつぐんでしまった。まずいことを言ったかな、と冷や汗をかく。

美希が大杉を睨《にら》んで言った。

「この人はわたしを騙《だま》したのよ」

「騙したとは」

「稜徳会へこの人を助けに行ったとき、ほんとうは逃げ出せる体力が残っていたのに、わざと塀《へい》から落ちて連中につかまったんです」

倉木は頭をかいた。

「わざとじゃないと言っただろう。ただあの段階では、まだ逃げ出すわけにいかないという気持ちはあった。内部の事情をもう少し把握したかったからね」

美希はきっとなって倉木を振り仰いだ。

「でもそのために、ロボトミーをされるはめになったわ。わたしがどんな思いであの手術を見たと思うの」

たちまち目に涙が盛り上がる。

倉木は大杉に片目をつぶって見せた。

「最近はずっとこれでね。いっそあのとき、ほんとにロボトミーをされてたら、今ごろ楽だったろうなと思うことがある」

突然美希は喉《のど》を鳴らし、近くの水飲み場に走った。流しに向かって、胃の中身を吐きもどす。

「どうしたんだ。大丈夫か」

大杉が倉木の顔を見ると、倉木は照れたように笑った。

「たった一回でこれだからね」

大杉はきょとんとした。

「なんだ、そのたった一回ってのは」

倉木は美希の方を見て言った。

「妊娠してるのさ」

# 後記

この作品の構想を得たのは、前作『百舌《もず》の叫ぶ夜』を上梓《じょうし》したころだから、もう二年以上も前のことになる。同一のキャラクターを使って、続編を書こうと思った。そのために、一度死んだ《百舌》を蘇《よみがえ》らせる手段について、とっておきのアイディアを温めていた。

ようやく準備が整い、昨昭和六二年の夏から、満を持してこの『幻の翼』を書き始めた。ところが、ほぼ三分の二ほど書き進んだ晩秋にいたって、強烈なカウンター・パンチを食らうはめになった。そこから着想を得たと思われてもしかたがないような、端倪《たんげい》すべからざる《現実の事件》が発生したのである。それによって、一部の消息通しか知らないはずのスパイ戦の影の部分が、あっけなく白日のもとにさらされてしまった。

きわどいところで現実を先取りするのが、作家の才能の一つだとすれば、わたしはこの際読者のみなさんに、ご勘弁願いますといさぎよくあやまるしかない。『百舌……』のあとがきでも、同じような愚痴をこぼした覚えがあるので、いささか忸怩《じくじ》たるものがあるが……。

ついでにもう一つお断りしておくことがある。この小説に出てくるＫＣＩＡという組織は、今はもう存在しない。現在これに相当する組織は別の名称を与えられているが、まだ一般にはなじみが薄いこともあり、古い呼称をそのまま使用することにした。合わせてご了解を請うしだいである。

逢坂　剛

昭和六三年四月

# 解説

北方謙三

あなたの作品では、人が多く死にすぎるのではないでしょうか、という内容の手紙を、ある出版社の編集者から貰ったことがある。私がデビューしたばかりのころで、八年ほど前のことになるだろうか。

そうかなあ、などと考えていると、また件《くだん》の編集者にどこかで会った。この間の手紙、撤回しますよ。実は逢坂剛さんと会ってその話をしたら、過剰に死にすぎるとは決して言えない、という意見でしたので。そんなことを言われた。その時点で、私と逢坂剛は面識がなかったと思う。読んでくれている人が、作家のなかにもいたのか、と思った。そんなことが、単純に嬉しい時期だった。

私は、心理学的なミステリーである『空白の研究』と、いまでも代表作のひとつにひそかに入れている『幻のマドリード通信』の二本の逢坂作品を読んでいて、どことなくバタ臭く、しかも気難しい作家像を想像していた。

推理作家協会のパーティかなにかで、編集者に引き合わせられた逢坂剛は、私の想像よりずっと人懐っこく、かつ平凡な印象だった。きちんとしたスーツ姿で、編集者より勤め人らしい身なりもそういう印象を強めたのかもしれない。

同じ大学の、同じ学部を出ていた。私には、学歴はなんの役にも立たなかったが、逢坂剛にとってはそうではなかったようで、有名広告代理店の、かなりいい位置にいるようだった。

「先輩だからね、ぼくの方が」

彼がそう言ったのを、よく憶えている。平凡な印象だった私の先輩が、実は洒脱《しゃだつ》な人柄で、同時に非常な学究肌であることは、付き合いを重ねるうちにわかってきた。

現代小説を書く時は、資料などを当たりもせず、作家が右と言えば右なのだ、といい加減なことを嘯《うそぶ》いていた私には、強い味方が現われたような気がしたものだ。わからないことを訊《き》くと、やさしく教えてくれそうな先輩に見えたのである。もっとも、いまのところ、ほんとうに教えて貰《もら》ったのは、スペイン語の口説き文句ぐらいのものである。

作品にも、学究肌のところが、大きく反映されていた。といって、ペダンチックというわけではない。描写の細部にまで、丁寧な考察が加えられ、知識の部分では決して突き崩すことのできない、緊密なものとして仕あがっているのである。私のように、わからないところは適当に書いてしまう、という部分がまるでないのだ。洒脱な人柄に隠してはいるが、私の先輩は相当の頑固者でもある。ここまで徹底すると大変だろうな、とよく思った。私の三分の一でもいいからいい加減な人間になってくれたら、作品数は少なくともいまの倍には増え、読者も喜ぶのに、と何度も思い、言いもしたが、その性格が変貌する兆しはいまのところ見えない。

本書にも、その性格は存分に発揮されていて、医学、法律、国際関係、などで私のツケ入る隙はなく、細部の描写から全体の構成に到るまで、緊密をきわめているのである。試みに、描かれている場所を地図と照らし合わせても、齟齬《そご》は発見できなかった。もっとも、やっている私がはじめから諦めていて、いい加減ではあるのだが。いや、ひとつだけ発見した。船の号令である。本書では、全速前進という号令がかけられているが、あれはほんとうは前進全速ではないのか。前進微速という号令を私は実際に耳にしたことがあるので、多分間違いないと思う。これをもって、鬼の首としておこうか。

逢坂剛の小説の魅力が、その緊密な構成や、該博な知識にだけあるのではない、というのは言うまでもない。描かれている人間と物語に魅了されるからこそ、私は時々重箱の隅をほじくるような真似までしてしまうのである。それだけ、作品の中に取りこまれてしまうのだ。

本書は、『百舌の叫ぶ夜』の続編として書かれたものだが、単なるシリーズキャラクター物とは、かなり趣きを異にしている。両方の作品とも、単独で読めるのだが、同時に、二冊がひとつの作品ともなりえているのだ。これは、つまるところ、正続のジョイントに、実に巧妙な仕掛けがほどこされているから、としか言い様がない。

その仕掛けがなにかなど、私は解説で語ろうとは思わない。ただ逢坂剛の持つ、物語における人間関係のダイナミズムに唖然《あぜん》としてしまうだけである。『百舌の叫ぶ夜』から、明確に続編も目論《もくろ》んでいて、北叟笑《ほくそえ》んでいたに違いない、と私は睨《にら》んでいる。

正続のジョイント部の巧妙さを見ていると、トリックミステリーを書かせたらどんなものができるのだろう、といやでも想像してしまうが、それはそれで、検証などが大変な作業になり、また作品数が少なくなりそうなので、あえて勧めない。

本書も、『百舌の叫ぶ夜』も、私はハードボイルド小説というふうに読んだ。ハードボイルドの定義づけということになると、また厄介なことになるが、登場人物の意志の通し方に、私はハードボイルドとしか言い様のないものを見続けたのである。倉木警視にしろ、大杉警部補にしろ、単独でハードボイルド小説の主人公になりうるキャラクターであろう。正続のジョイントの要《かなめ》にいる兄弟もまた、ピカレスクロマンの主人公になりうる。

ただ、私がもっともハードボイルドの匂いを感じたのは、実は津城警視正である。ここにもうひとつ続編が用意されていて、津城警視正が目醒めるなどということにならないか、と考えたりするのは、読者の我儘《わがまま》というものだろうか。

とまれ、ハードボイルド小説が、日本に定着しやすい状況の中で、逢坂剛はハードボイルド小説を書きはじめた幸運に恵まれた、と言ってもいいだろう。私もまた然りである。日本という金ピカの国のどこかに、澱《おり》が溜《たま》り、錆《さび》が浮き出している。そこで自分が自分であるために、どう生きるべきかというのが、明確なテーマとして浮き彫りにされはじめているのだ。金ピカの分だけ、内側の腐敗も進み、権力も巨大化し、個人の拠って立つものが組織の外にはなくなりつつある。しかし、個人は個人なのである。そういう思いが、本書の中にも通底しているのだ。

いまこそ、アメリカで生まれたハードボイルドを、日本のハードボイルドが越える時だ。いや、越える越えないではなく、日本のものと言いきれるハードボイルドが、続々と生み出されてくる土壌が、いまここにある。

逢坂剛が、今後どのような展開を見せるのか、私は同志として刮目《かつもく》している。『百舌の叫ぶ夜』と本書は、その最初の展開なのだと思う。ここでひとつの塔を建て、再び歩きはじめた逢坂剛の前に拡がる荒野は、同時に私の前に拡がる荒野でもある。そこを、ともに進むなどということができないのは、当然わかっている。書き手は、ひとりだけで進むものだ。そして、ひとりだけで倒れるものだ。

それでも、同じように荒野を孤独に進んだ者の足跡を、本というかたちで見ることはできる。逢坂剛が私にどういう足跡を見せ、私もまた、逢坂剛にどういう足跡を見せていくか。

これ以上、声高に叫ぶのはやめよう。われわれには、本がある。本の中で、語り叫ぶしか、ほんとうはやりようがないのだ。

ところで、本書にも『百舌の叫ぶ夜』にも、あとがきがついていて、執筆途中の作品と似た設定の作品が翻訳されたり、執筆中の事件とそっくりの事件が現実に起きたりしたことにショックを受け、気にしたりしている。いかにも逢坂剛らしいが、素材がしっかりしていて、調査も行き届いていればいるほど、そういう可能性は大きくなるはずなのである。むしろ、勲章とすべきことではないだろうか。

（きたかた・けんぞう　作家）

本作品は一九九〇年八月、集英社文庫として刊行されたものを改版しました。

この作品はフィクションです。実在の人物・団体・事件などには、いっさい関係ありません。また、作中における「精神分裂病」という病名は、二〇〇二年に「統合失調症」に変更されましたが、作品の時代設定を鑑み、初版刊行時のままとしました。

逢坂　剛の本

## 砕かれた鍵

倉木警視と美希の子どもが爆殺された！　闇を支配する恐るべき人物〝ペガサス〟とは何者か？　愛児を失った悲しみを憤りに変えて、倉木のあくなき追跡が始まる——。

集英社文庫

逢坂　剛の本

## よみがえる百舌《もず》

後頭部を千枚通しで一突き。そして現場には鳥の羽が一枚。あの暗殺者・百舌が帰還したのか？　警察の腐敗を告発し、サスペンスの極限に挑む大ヒット・シリーズ第４作。

集英社文庫

集英社文庫

幻《まぼろし》の翼《つばさ》

1990年8月25日　第1刷
2013年4月7日　第31刷
2014年3月25日　改訂新版　第1刷
2014年9月23日　第9刷

定価はカバーに表示してあります。

著者　逢坂《おうさか》　剛《ごう》

発行者　加藤　潤

発行所　株式会社　集英社
東京都千代田区一ツ橋2-5-10　〒101-8050
電話　【編集部】03-3230-6095
【読者係】03-3230-6080
【販売部】03-3230-6393(書店専用)

印刷　凸版印刷株式会社

製本　凸版印刷株式会社

フォーマットデザイン　アリヤマデザインストア　　マークデザイン　居山浩二


ISBN978-4-08-745167-2 C0193